U0693195

人类思想的哲学灵光

人类的历史，是一部思想史
是思想文明推动了物质文明革命
空间无限地演变发展，把童话变成了现实

童振华 著

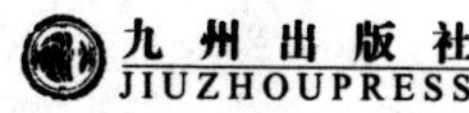
九州出版社
JIUZHOUPRESS

图书在版编目（CIP）数据

人类思想的哲学灵光 / 童振华著. -- 北京：九州出版社，2017.8

ISBN 978-7-5108-5832-1

Ⅰ.①人… Ⅱ.①童… Ⅲ.①杂文集—中国—当代②诗集—中国—当代 Ⅳ.①I217.2

中国版本图书馆 CIP 数据核字（2017）第 233442 号

人类思想的哲学灵光

作　　者　童振华　著
出版发行　九州出版社
地　　址　北京市西城区阜外大街甲 35 号（100037）
发行电话　（010）68992190/3/5/6
网　　址　www.jiuzhoupress.com
电子信箱　jiuzhou@jiuzhoupress.com
印　　刷　三河市华东印刷有限公司
开　　本　710 毫米×1000 毫米　16 开
印　　张　18
字　　数　294 千字
版　　次　2018 年 3 月第 1 版
印　　次　2018 年 3 月第 1 次印刷
书　　号　ISBN 978-7-5108-5832-1
定　　价　58.00 元

序

人类社会的不断进化、发展,是在思想不断推陈出新的过程中完成的,人类的历史,是一部思想史。

人为什么善思、善变、善为,主动适应生存环境的变化,改变思维方式,通达天地事物呢?就是思想的哲学灵光在发挥作用。

原始人类之初,是一张白纸,随着思想灵光的开发,出现了疆土裂变,产生了族群、部落、国家,发明了文字,开启了互通邦交、互换信物、物资交流的渠道,在那张白纸上,去愚昧,走向光明,创造了人类的文明史。在历史沿革的长河中,把人类一步步地引向信息化、智能化,引向太空,引向外星,打开宇宙的门窗。预期不久的将来,人类会坐在月宫里“共婵娟”。

人世间为什么会有千差万别的生活景况呢?原因就在思想灵光个性变化的差异。生活在思想灵光中的人,凭借思想的运动,闪亮发光,照亮人走路,照亮人学习、开智,产生梦想,产生欲望,产生追求,依各自的天赋、聪慧,选择自己的奋斗目标,传递文明,传递信息,认识世界,改造世界。在摘取实现目标的光环中,造就出成批的智能科学家、思想家、教育家、文学家、艺术家以及百业中的精英,造就出众创群体,一批批的成功者应时而生,他们的成就,不断填补社会需要的空白,填补国家发展的空白,同时也给政界的管理者们,披挂彩虹,使他们得以在不同场景,踏着荣耀的脚步。

思想的哲学灵光,在老年化社会,反映出别样的情怀,夕阳无限好,黄昏慢慢来。越来越多的退休老人,选择写作,开创感悟人生的创作园地,在这个园地里,悟人,悟事,悟物,研究事物的走向,抒发创作激情,抚慰人生,颐养天年。

充满哲学内涵的思想灵光，识人，悟物，处事持两分法，两点论，兼听则明，偏听则暗。法律与政治，权力与文化，人与意识形态，人与自然等等对应关系可相融，也相制，处理得当，平衡走向，处理不当，矛盾积蓄加深。此类人文哲理，在人类历史的流变中，演绎出无穷的故事，引人深思。

现实中，畅论经济繁荣，改革成就，阳光灿烂，却忽略了金钱正在俘虏人心的负面；讴歌百姓富起来了的同时，忽略了透视社会生活的另一面：沉迷物欲，勤俭美德的功臣不知去向；国民整体文化水平提高了，然而做人的礼仪并没有随之提高，处处可见不讲诚信，语言奢靡，有失文明的德行；文化繁荣了，但打着文化旗号的教唆，在电视广播中横行；推动城市化建设，更应调整好城乡兼容，盛世本应更加未雨绸缪，现实中却仍有糟蹋国家规划，丢失科学发展，丢失土地，丢失农作技能，丢失中华民族农耕精神的情况。我想诸如此类的社会现象，都是思想的哲学灵光缺失的缘故。

本书是继《追逐》之后，又一本以散文为主要体裁的创作，人本主义内涵在书中的涵盖面占主导地位。

童振华

2017 年 1 月 10 日

目　录
CONTENTS

01

文化·信仰

华夏文字的起源

文字是传承文化,推演历史进化的工具,对它运用自如的中国人,并不都了解它的来龙去脉,不了解它比任何古老的其他事物,有自己更为艰难、曲折的诞生史。

历代学者,从文字的起源开始研究,著书立说,立言甚多、甚广、甚精。在学者眼里,华夏文字的起源,似乎已有定论,其实学者们的定论并未统一,不过是各自主张自己的论证正确。这很正常,做学问就是应当笔路多元,有争论,才有不同的研究思维,才有深度,有深度才能掘开处女地,收获正确答案。人们可以在笔路多元中找趋同点,任何有深度的研究,出现趋同,就接近价值谜底了,站在趋同的地方立足,研究逝去的历史沉淀,会更接近历史的事实。我在阅读思考中,看到了学者们论证华夏文字起源的趋同点,是仓颉造字。从这里我们能了解华夏文字起源的时间、特征、时代背景、人物及其演进过程,了解到这些东西,华夏文字起源的雏形就出来了。

中华民族的祖先们,都埋葬在了地下,就是在埋葬他们的地方,发现了同他们身体的残骸同在的古迹,从对古迹的研判中,发现了远古人类的智慧,他们的伟大,他们为千古沿袭的后代,贡献出了华夏人类最初的文明史迹。祖先们留下的文明史迹,其根在史前。漫长的进化,出现了粗俗的可用作交流的符号刻画,结束了史前无任何记载可考的历史,标志着人类新文明的开始。我们的祖先为这文明曙光的开启,付出了多么大的艰辛、磨炼,百折不挠,前仆后继,殷勤、承袭,是后人无法知晓的。难看清是哪一个原始部落,首先提出了作为交流使用的符号刻画,又是如何利用自然物体,刻画符号的,后来的演变,又是怎样产生的。因此,古往今来的研究成果,仍然还有未被认识的东西,即便已经盖棺定论的东西,仍然有些是从分析、猜想、推测中断言出来的,有待进一步研究,揭示其本原。

已有的研究成果,揭示出华夏文字起源于中华民族始祖轩辕黄帝征战华夏疆土时期,统一于秦始皇一统天下,建立帝制之时。

在轩辕黄帝征战之前的漫长岁月里,华夏没有真正的文字,只有上述实为对自然物体的一种象形描画,或利用自然物进行形式不同的串珠、摆布、架构。原始人类,将这种描画、利用自然物件造作的形式,作为交流的符号,它是原始人类智慧开启的见证,经历了漫长过程,但它只是进化中的一个原始的阶段,在这些被公认的符号之外,交流就进行不下去了,又要有新的模仿、改进,克服先前的局限,扩大人们的交流空间,为此,"黄帝"命令史官仓颉造字。这便是文字起源的历史背景。仓颉对上述形同象形文的符号,进行了广泛的搜集、分类,然后加以改造,再用书写的方式将不同类别的符号相对固定,加以定义,从此,这些被改造过的流传于民间的种种符号,便有了语言表意,有了象形与表意的结合。没有语言表意的象形文,不能算是文字,有了象形文与语言表意的结合,便有了可称之为雏形文字的符号。在此基础上,仓颉又按黄帝的命令,将所有象形与表意结合的文字,进行整理,公布开来,使演变中的原始群族,在交流中有了遵循。仓颉也获得了历史的认同,被后世称为创制华夏文字的始祖。

仓颉造字,是一项巨大的原始启蒙工程,不可避免地带有原生态的种种痕迹,在传承中会很自然地发生流变,到了春秋战国时期,诸侯自立,从此文字的流变,便进入域化的载体,出现"国"的分野,出现发音的不同,书写的变异,文字自身的含义也出现了新变化。在秦统一以前,处于流变中的文字,按不同地域不同国家的需要,发挥作用。

秦始皇其人及其统一华夏文字

秦国战胜六国，一统华夏后，不仅仅是形式上国界的消灭，核心是要创造新的文明，创制统一的治国管理方式，实行统一的治国方略，要求统一物质文化交流形式和内容，继续推进历史文明的发展。这是摆在秦帝国前进路上的巨大历史使命，由秦始皇担当了起来。

秦始皇是个统治思维求新的人物，在历史使命面前，表现出了雄才大略，胸襟坦荡的帝王气质，他破陈规，立新制，从立国必立制的深度，创建了当时承前启后的文明体系。他集群臣智慧，针对百废待新的统一大局，立即盘整华夏，谋划繁荣华夏文化的各项创制工作。其中文字统一被摆放在创制诸事的首位。他亲自策划，推演出了统一华夏文字故事的生动画面。

在中华民族的史册上，记载有秦始皇的许多故事，大都讲他是暴君，典型的根据就是焚书坑儒这件事。懂历史的人，因为追随某种需要，出卖自己，咒骂秦始皇，不懂历史的人，因为或者附和权势，或者盲目无知，相信成文或不成文的杜撰流言，也跟着骂秦始皇。

历史虽然永远是沉睡的，但它也是活的，翻阅历史巨卷，能看清历史的清浊。一片黑暗，障目了一些人，但不可能障目所有的人，障目一时，障目不了时光的透射，光明的揭示，障目了地球的一角，障目不了地球的另一角，地球是转动的，任何一种人类文明，都会在地球转动的流变中保存下来，存史借鉴，是人类共同的使命。

秦始皇是从奴隶社会向封建社会转型早期的封建帝王，治国施行某些暴政是事实，客观地讲，任何家天下体制下的统治者，都会使用暴政手段，以维持其统治。但从秦始皇推行暴政起因的历史事实看，他推出暴政措施，又恰恰同革除弊制，创立新制,开创中华文明,紧紧地拧在了一起。长期以来,许多人对暴政不加分析地深恶痛绝,并不是历史唯物主义态度,我认为暴政并非都是坏的,要分析前因后果,才能公正评价其好坏。发动战争是最高级别的施暴,却公认有正义、非正义之分。正义与非正义战争,同样杀人,同样摧毁文化,同样造成社会的分化或者地域的解体,但对历史进化而言,正义战争却是揭示历史新曙光的手段。我认为人类历史的演进,离开暴政,恐怕就没有历史,有些暴政事件的发生,恰恰是以重建文明为出发点。就以焚书坑儒这件事情来讲,秦始皇正是为了革除封建王侯割据,推行郡县制,扫除复辟势力为害,才干出的这件遭到千古骂名的事情。就当时局势的演变情势而论,阻止王侯割据势力的复辟活动,是情势所逼,是当时历史进化的必然,带来了推动华夏文明进步的结果,使华夏统一后的国家,全面实施了郡县制,不要说秦帝国中的王公不能封王,秦始皇的儿子也没有一人割地为王的。所以不能因为他有某些暴政行为,就否定他的历史功绩,认为他就是暴君,对他的评说要看行为后的结果,才能看清他称帝前后的主流。纵观秦始皇的一生,客观的评价应该是:他没有坐在战胜六国、统一华夏的光环上,享受帝王的荣华,听别人歌唱伟大,听朝臣和民众山呼万岁,而是针对王朝后世不被颠覆的需要,谋划除弊革新的大计,他是一位推动历史前进,有功于千古后世的古代君王。

评说秦帝国和秦始皇其人,争论很大,反映出争论各方历史观的曲直,秦王朝的覆灭,不是因为所谓的暴政,恰恰是在秦帝国创立帝制后建立起来的、史无前例的文明体系迅速遭到复辟势力的进攻,遭到阴谋佞臣掀动的篡权内乱和秦二世的昏庸荒淫滋蔓的破坏,造成的恶果,秦王朝的覆灭,有复辟势力猖獗的原因,更有内部的原因,是被自己摧毁的。秦帝制灭亡后,复辟势力立马恢复诸侯制,封王割据,践踏文明,倒退历史,由统一回到分裂。就是那段过程最强有力的证明。秦王朝从兴盛到灭亡的历史说明,倒行逆施、破坏文明必败,这是颠扑不破的历史规律。

孔子思想的平衡点

孔子是中国古代的思想家、教育家,儒家学派的代表人物。儒家学派,在春秋战国时期诸子百家争鸣中,有过起落,但儒学思想最终还是成为中华民族长河中,中国传统文化的主导思想。

儒学博大精深，其基本思想体系是倡导德政、仁治。仁、义、礼、智、信，核心是“仁”，仁者爱人，治理国家实行仁政，处处想到人民，为人民的利益谋划国策，自然会得到人民的拥护。儒学仁者爱人的思想，是对人性的开发，是认识人性本源的根，千古流芳。

儒学在中外学术研究中，成果最显著的，是以人性为重点，从中引出治国方略。儒家倡导德政、仁治，讲的也是政治，但其基本点是告诫统治者要崇尚爱民。只有这样，统治者与被统治者才能各得其所，才能相互理解。相互理解了，才能通融，达成一致，实现包括官与民在内的社会和谐。

我常想“路”这个问题，当今世界有多条有关道路的选择，都强调自己选择的路是正确的，都有自己的根据，无可非议。但也有个通理：无论走什么路，都是人筑路，人走路，人养路，绝不会是路挡人，人心所向，走哪条路都会出现繁荣昌盛，人心背向，走哪条路都难免自毁长城。在世界历史上发生过的逆向事件，凡举事成功的，无一不是人心背向流放的结果。在任何一种制度下，人都是社会的主体。管理社会，本质上是管人，管人的人是统治者，人民百姓是被统治者，人治人，人治于人，这本身就是矛盾的对立，但对立不是绝对的，是可以和谐统一的，核心的问题，是要找到和谐统一的平衡点。现代人处事讲双赢，儒学的基本思想，既维护统治者的统治权力，为帝王统治出谋划策，又呼吁帝王爱民，告诉大王，你要爱民，要仁治，为被统治的百姓求取良好的生存环境，同时也告诉百姓们，你们要讲礼、义。这对双方来讲，就是各得其所，就是双赢。孔子思想的平衡点，正是寓于这双赢的精巧构思中。因此，儒学在百家争鸣中争夺思想统治地位，最终胜出，成为统治阶级的意识形态，其魅力就在如此。

正因为有这种魅力，无论是在古代，还是近、现代，以孔子为代表的儒学，在学术价值的天平上，都曾溢出境外，输出了国界，崇敬孔子思想的外国政党、学者、教育家，研究孔子的学说，古为今训，学而用之，热望从儒学思想中，找到真理，借鉴治国、治学之道。这是中华民族的荣耀。

中国的孔圣人，中国人研究，要史料有史料，要人才有人才，研究成果应当是丰硕的，古为今用，不会输给外国人，但这仅仅是凭借物质条件进行判断，不能当作结论。在中外研究中，中国人虽然占有得天独厚的优势，外国人望尘莫及，但外国人的研究，获得的研究成果及其产生的作用，不一定逊色于中国。从世界诸国崇敬孔子的态势上,可看出孔子的思想在境外的影响面涉及政治、经济、宗教信仰,乃至战争与和平。孔子的声望,曾被外国人排列在世界名人的首位。“征服者可以毁坏物质,但毁坏不了思想”是外国哲学家研究孔子思想得出的结论。建孔庙祭祀孔子,兴办孔子学院、孔子博物馆、孔子研究机构等,用以传播孔子思想,在欧、亚地区都不鲜见。充分说明,孔子是中国人,但他的思想,是世界的,被国外广泛借鉴,孔子思想的光芒,照射古今,照射中外!

研究孔子的思想,是传承中华民族优秀文化的需要,它是历史也是现实,时间过去了,它是历史。在现实中仍然有借鉴作用,它又是现实。每当国事出现阻滞,出现有些事不知应当如何处理才利国利民的时候,坚持唯物史观,主动吸取历史的经验与教训,就能解开思想的困惑,找到开锁的钥匙。

研究历史,古为今用,要抛弃自荣自尊,如果怕被历史贬低,就没有历史唯物史观。研究历史,古为今用,要抛弃偏见,以国家和人民的利益为重,坚持真理,修正错误,违背自然法则,违背科学规律,标新立异,结果错了,错了要敢于认错,向人民道歉。没有这个觉悟,不会有真正的历史研究,自然谈不上古为今用,陷入历史虚无主义。

在党的十一届三中全会以后,开始了转机。在党的十七大、十八大以后,做改善民生这篇大文章,又展现出了新的生机,从物质文明和精神文明的全覆盖上,百姓满意,看到了未来的新篇章。我认为这些都一定程度地体现出孔子倡导的仁政爱民的道德主张。

中华民族的文化血脉是割不断的,正视其渊源关系,顺势而为,发扬光大,是推动文化大繁荣、大发展的需要。

2015 - 1 - 7

关于不要满足于令行禁止效应的建议

能做到有令则行、有禁则止的干部,无疑是好同志,但不等于能做到令行禁止的人,思想会发生新的变化,都有了新的觉悟。因为令行禁止是组织约束的效果,而觉悟则是人的人格、思想品德、胸襟良知在新环境下发生的新变化,没有那么容易。

我建议无论是治党、治国、治军出台的制约性政策规定,在执行中,都不能满足于令行禁止取得的效果。例如党的十八大后,中央出台的整顿作风的八项规定,令行禁止的效果来得很快,不少领导干部,在八项规定前,经常吃大餐,泡桑拿,八项规定下达后,立马就收敛了,但不是思想上的收敛,而是怕担顶风作案的风险,这当然是大家都乐于看到的,从现象上讲,这是同中央保持一致的表现,但也应想到,这样的"一致",过去也很多。凡党中央要下面执行某项政令、党规,几乎都能收到这种效果,同样,死灰复原的事,也不少见。形同"割韭菜"。需要整顿治理的事情出现了就割,割了又长。韭菜是要发根的,后长的韭菜,多于被割的。

目前在全国展开的群众路线教育的实践活动,报纸上宣传很热烈,但是干部们的思想热不热烈?这是看不见的,思想觉悟这种观念形态的东西,从来都是有真有假,但又真假难分。话说得再狠,办法规定再严,思想不真正见面,收到的令行禁止的效果,是靠不住的。阳奉阴违,欺上瞒下,在党内教训很深。因此我建议,路线教育活动验收,不能满足于令行禁止,应认真总结,找出若干过硬的经验,进行制度建设。我讲的制度,是对国家宪法负责的法律制度。只有从严治党、从严治官的制度明确了,用法律规范晓谕大家,让大家有章可循,对号入座,才是铁笼子,让这铁笼子管官场伪君子,觉悟高也好,低也罢,只要触犯了人民群众都能看得见的法律规定,就对号去,该怎样处理,由法律说了算。在党内按照民主原则,改革党的管理体制,全党施法,实行民主监督。对外,让人民群众享有宪法规定的民主权利,监督执法,让民主与法治,实实在在地在社会生活中运行。什么是长效机制?这才是长效机制。

现在有关领导人,治党心切,话讲得很多,也相当严厉,当然也都是正确的,但我觉得话不在多,能对准准心的话,讲了就狠抓执行,把党的领导定位在法治上,就是长效机制。

2013-7-20

依法治国定位了党的领导

一、对我国法治道路的简单回顾

党的十一届三中全会以后,国家开始重视法制建设,将法制建设提上了议事日程,当时理论界有个提法,就是"法制建设的春天"来到了,全国上下议论法制,确实像寒冬后的春风,吹进了人们的心中。为什么叫"法制",而不叫"法治",主要是当时国家的法律、法规,近乎是个空白,刑事、民事、商事等,都没有能够适应现实需要的,具有普遍约束力的法律规范。法治首先是要有法可依,没有成文法律、法规,提法治就等于是无本之木。因此迫切需要制定法律、法规,使国家管理经济、社会事务、人文教育,调节人民群众的生活,都有行为规范,逐渐形成以宪法为龙头的法律制度体系,从而解决有法可依的问题。"法制"就是指法律制度。从1979 年开始,我国的法律制度建设,在彭真同志的具体领导下,紧张而有序地进行,制定出了一批规范国家机构,民事、刑事、商事、涉外、诉讼程序方面的骨干法律。1984 年,全国人大举办了一次"民法通则"研讨会,我参加了那次研讨会,目睹了大会的盛况,彭真同志在会上作报告,指出我国的法制建设,是一项长期而艰巨的任务。他讲现在举国上下,都热衷于法制建设,形势很好,同时难度很大,在抓立法的同时,要抓执法。不同时抓执法,成文的立法,就是纸上谈兵。这可说是法制建设上的"两手抓"。当时抓执法,带动了公、检、法专业队伍的恢复和建设,所以说当时是法制建设的春天。"有法可依,有法必依,执法必严,违法必究。"就是在这个时期提出的。如果说我国的社会主义法治建设取得了历史性的成就,这个时期是当之无愧的。从这个时期到国家宣布初步建立起了社会主义法律制度体系,国家制定了包括多种门类的法律。2010 年,国务院新闻办发表的《2009 年中国人权事业的进展》白皮书中谈到,中国现行的有效法律有 234 件、行政法规有690 件、地方性法规有 8800 多件。

党的十五大,提出依法治国方略,就是以社会主义法律制度体系已初步建立为条件的。当时社会各方面反应很强烈,对十五大提出的依法治国方略,普遍表示欢呼。很遗憾,长官意志、以言代法、以权压法的情况仍然存在。在社会层面,如果不把依法治国,纳入国民教育体系,公民不知有法可依,有法必依,执法必严,违法必究,自然也不能运用法律武器,监督依法执政,依法行政,因此,有法不依,执法不严,违法不究,较普遍地存在。后来中央又做出了把改革决策同立法决策紧密结合的决定,用法律保障改革,推动改革的深入。这项决定,对法律制度的进一步完善,起到了与时俱进的作用,填补了一些法律空白,是我国法制史上的重要一页。但在严肃执法上,仍然有问题存在。无论行政机关执法、司法机关司法,都存在受利益驱动的腐败行为干扰,利用法律解释钻空子,成为执法的一大诟病。社会生活中出现的种种危害民生的问题,有的并不是无法可依,也不完全是执法不严,问题出在理解上。人们理解事物的倾向性,出现在司法中,可说司空见惯,受利益的驱动,歪理邪说,强词夺理,断章取义,都会进入司法理解环节,正确与错误的较量,常常撕裂法律的严肃性、公正性。曾经在政界、商界盛为流传的"有权不用,过期作废"的论调就是法律的严肃性、公正性被人为践踏造成的。

党的十八届四中全会,部署全面推进依法治国。坚持依法治国、依法执政、依法行政共同推进,坚持法治国家、法治政府、法治社会一体建设。两个坚持,概括性强,表述科学,总结了历史的经验,也吸收了历史的教训,确实来之不易。全会的决定,把依法治国同社会主义道路融合在一起,通过依法治国,凝聚全国人民的意志,实现社会主义的建设目标,我想这是"决定"的最大亮点。

二、依法执政的针对性

中国共产党是执政党,是领导中国人民复兴中华的核心力量,那么如何按照国家宪法规定的民主法则,依法而有效地发挥领导作用,就要有一套科学完整的领导治理体系,四中全会提出的依法治国的两个坚持,正是抓住了治理体系和治理方法的关键。

两个坚持,最关键,也是最难做到的,是依法执政,因为依法执政,是针对执政党的领导。过去这个党,包揽国家一切事务,当家作主说了算。今后仍然代表人民管理国家,但管理国家要依国法,离开国法管家,属非法,管家要接受法律的监督,讲话先要想想该不该讲,讲什么,不能随便,更不得乱讲,说话做事,要以法律为据,今后人们可以清醒地看党如何领导,党领导人民守法、执法,那么党自己,就应当是守法、执法的模范,若不以身作则,党的各级官员,若对人民群众玩弄权术,有法不依,执法违法,那就犯了错误,就要接受监督,如实改正,若是有错不纠,用以权压法的故技,对待监督相对人,对不起,触犯法治“底线”的人,就要摘下官帽。同样,各级党委、政府围绕国家建设做出的决策,要通过法律这道门槛,才可出台。在决策的执行中,也要接受宪法原则和相关法律的监督,接受人民的监督,有违宪、违法问题,可视违宪、违法的部分为无效。无效的部分在执行中,造成损失和危害,当事的那个党委、政府,就应当被问责。现在还没有问责党委的程序性法律规定,贯彻四中全会的决定,就应参照现有的问责政府的程序规定,制定出针对党委违法的问责规定。我认为这应该是依法执政的要义、要务。

掌舵人不执法,国家这艘航船,定然会迷失方向,是否依法执政,关系到国家的安危,只有依法执政,才有依法治国。因此,我认为全会提出的两个坚持,把依法治国从过去抽象的口号,变得具体,变得好捉摸、好理解,有透明度。中国人对政治,长期摸黑,怕了,迫切希望路上有盏灯,好执行。依法执政可说就是路上的明灯。有四中全会决定,人们就可把握自己的行为走向,当家作主的人民,尽当家作主的责任,就有了明确的尺度,用两个坚持做尺度,去观察、监督权力层面的行为,这样,社会生活就有透明度了。

2013 年 5 月 15 日,我给习近平总书记写信,向他提出了“党的领导应该如何定位”的建议。讲的也就是要求党能依法执政。我在建议中,提出党的领导应定位在法治上,保证依法治国的基本国策不被人治干扰,时时处处落到实处。我在建议中具体讲了三个方面:党要保证国家立法机关遵循宪法原则,制定并不断完善、充实符合科学性、人民性的法律规范;党要保证国家行政机关依法行政;党要保证社会生活的各个领域有法必依,执法必严,违法必究。

我学习四中全会的决定,深感欣慰,我长期关注的事,在心里落地了。我认为,四中全会做出的决定,就是对执政党如何执政,如何领导中华民族走向复兴,如何处理党的领导同实施国家宪法的关系,党政关系,在国家层面,如何处理领导与被领导关系的定位。

三、从治理体系上理解“两个坚持”

从法律概念上讲,国家治理体系的总体框架,应界定为民主与法治。民主与法治是完整的体系,不可分割,既要对社会层面,对人民群众讲法治,也要对执政党,对政府讲法治。四中全会提出的“两个坚持”,我认为是民主与法治在理论上的创新。两个坚持中前一个坚持,可认为是实施民主与法治的行为准则,后一个坚持,可认为是实施民主与法治要达到的目的。两个坚持在实践中兑现了,才称得上是法治国家,称得上法治政府、法治社会一体建设。那么如何才能保证“两个坚持”的实施呢?核心问题是党执政要依法,过去的许多教训的产生,就是因为对党不讲法治,断送了党的形象,把本来是要造福人民的党,因党的官员玩弄权势、权术,混淆专政对象,而发生了变化。四中全会后,全党要依法执政,这样民主与法治就有了保障,党带头执法,率先垂范,这本身就是对政府依法行政最具权威的监督,党的监督,无论对党自身,还是对政府,都是过硬的铁笼子,党依法执政,政府依法行政,对司法的意义,则可避免,至少会减少对司法的干扰,即便仍然会出现些干扰,也不会对司法构成组织压力,可保证司法公正。而司法公正,才有法治社会的光明前景。

全党如若能诚实地贯彻执行“两个坚持”的决定,才能维护共产党的形象。从这个意义上讲,四中全会的决定,是我国政治生活中六十余年来史无前例的进步,也可说将产生里程碑的意义。

四、结束语

依法治国是主。1. 国家、政党、政府三者之间的关系联系紧密。2. 依法执政,指的是党要带头执行宪法和法律,掌舵人不执法,国家这艘航船,定然会迷失方向。这其中的厉害,习近平总书记有过精辟的讲话。3. 依法行政,讲的是政府行政,政府是国家这部机器的操盘手,它不按法律规范操盘,这部机器也就不能有效地运转。那这个国家的生存就成了问题。因此,依法执政,依法行政,都是为了依法治国。这里的辩证关系是很明确的。依法治国方略,是十五大提出的,并且定为基本国策,现在四中全会的部署,给人一种掷地有声的感受

2014-10-31

贯彻十八届四中全会决定的五点建言

1. 为保证各级党委依法执政落到实处，建议制定党委违法的问责规定。各级党委、政府围绕国家建设做出的决策，要通过法律这道门槛，才可出台。在决策的执行中，也要接受宪法原则和相关法律的监督，接受人民的监督，有违宪、违法问题，可视违宪、违法的部分为无效。无效的部分在执行中，造成损失和危害，当事的那个党委、政府，就应当被问责。现在还没有问责党委的程序性法律规定，为认真执行四中全会的决定，建议参照现行问责政府的程序规定，制定党委执政违法的问责规定。

2. 四中全会决定，“探索设立跨行政区划的人民法院”，我认为不但无此必要，还会产生重走历史错路的负面后果。我国现行的人民法院体制，是四级两审终审制，在四级法院之间无行政隶属关系，只有审级监督，如果不改变这个体制，设置跨行政区划的法院，首先要界定两点：一、新设的法院属于哪个审级？二、如何处理同跨行政区原有法院的关系？全会决定讲，设立的目的，是“办理跨地区案件”，如果仅此而已，就完全没有这个必要，会造成机构重叠。我国现行的行政区划，分为省（直辖市）、市（地）、县，无论哪一级跨地区案件，都有涉及案件受理管辖的问题，我国现行的司法诉讼制度，对处理案件受理管辖的认定和实施管辖，都有明确的规定，如果因出现情况变化，现行规定已不适应变化的需要，可通过修改现行法律程序来解决，没有必要增设机构。建议对此持慎重态度，在贯彻“决定”中，对此项再行论证，避免本来是清晰的事情，弄得复杂化，造成人财物的浪费。

3. 建议加强社会功能建设，制定相关法律规范。长期以来，在我国民间社会生活中，出现的各种行为陋习和不讲社会公德的行为，与社会管理功能不全，有重要关系，影响社会和谐，是产生社会矛盾的一个不可忽视的问题。有些行为，用法治解决,无法可依,通过德治解决,效果很不理想。应引起执政党更多的关注,应研究制定出一种不受政府调节,而交由社会自治,通过社会自治功能解决问题的一种社会行为规范,赋予这类行为规范以法律约束力。我这样想,是基于国家治理,不应该时时处处都不离权力,而应把某些社会事务,从权力框架中分离出来,交由社会自治去处理。

目前国内依法注册的社会自治组织及其发挥作用的情况如何,应当在贯彻四中全会决中,进行普查式的梳理,该整顿改组的,进行改组,该撤销的撤销,需要新建的,新建。从完善社会功能管理的要素上,进行法律层面的建章建制。

4. 希望重视文化立法。关于文化体制改革,我甚赞中央十七大决定中的一句话,就是文化大繁荣、大发展是民族的血脉。中央的决定做了,但体制似乎未动,文化大繁荣、大发展,首先要从法律上部署,进行推动文化大繁荣、大发展的立法。建设法治国家,法治政府,最显见的就是要用法治推动文化的大繁荣、大发展。我觉得,中央的决定,如同一幅尚未画完的巨幅画卷,这幅画卷,随着时代的进步,要从画的完美性上,完善它,就要加强文化方面的立法,并且将其拿到实践中,经受验证。使中央的决定实实在在地付诸实践,吹响文化大繁荣、大发展的号角。

文化大繁荣、大发展,关乎思想建设,最重要的是提高国民文化素养的哲学思想建设,建议贯彻四中全会决定,做出部署,在社会层面,大兴学习哲学的风气。

5. 建设法治社会,关键是要依法处理民生问题。民生波及的面广量大,处理出现偏差,极易破坏利益格局的平衡。维护群众利益,造福百姓,是党的执政宗旨,但要立足长远,立足平衡,不能急功近利,不能抱讨好心态,用刺激欲望的办法,求稳定,求拥护。急功近利,往往是在缺乏远见卓识下做出的行为举措,一旦力不从心,实现不了目标,其后果是失信于民,是滥政。官员们在同人民群众的磨合中,应当相互了解,多些思想沟通,少搞许愿。百姓需要的,不是打肿脸充胖子,而是实在,有困难办不到的事情,实实在在地讲清楚,会得到谅解,被许愿失落,恰恰是百姓讨厌的,所谓体察民情,就是要在这上面做文章。

我从官员的讲话中,常听到甜蜜的语言成堆,而凡涉及对管理秩序的治理,应当强调遵纪守法的时候,官员们的担当就缩水了。这种现象,虽不是普遍的存在,但也绝非个别。对这种现象,要分析,这里面有做好人、当太平官的问题。当太平官的特点,是不作为,对国家治理的危害,不亚于贪官,甚于贪官。党要管党,管住做好人的太平官,是一个不可忽视的方面。但我认为,在有事业心、心存尽职尽责的人中,也有不作为的行为,他们不作为,不是想当太平官,而是想管事而不敢管事,上位官不给胆,他们也按兵不动。出现这种现象,主要还是要从执法、执纪上去找原因,就是要理清执法、执纪的是非界限、尺度、公心、私心的问题。官员们也需要有履职安全保障,出以公心大胆管理,但方法欠妥,出了点事,在现实中很多,是个对干部进行培训、提高干事艺术的问题,是个吸取教训的问题,如果不加区分,一律问责,就涉嫌不公平、不公正了。

2014 - 10 - 31

2016 年 7 月 17 日,中共中央印发了《中国共产党问责条例》是改进党的领导的一大进步,长期以来,党内因无明确的问责规定,使党内监督软散无力,导致党内的许多严重问题得不到及时有效的处理。我不能认为中央制定的这个《问责条例》是采纳了我的上述建议,但我于一年前提出的建议,同《问责条例》可说是脉络相通的,使我深感欣慰。

马克思主义中国化、时代化、大众化

中国共产党领导的无产阶级革命，是从接受马克思主义的指导开始的，革命的胜利，是坚持马克思主义的结果。马克思主义同现代中国革命与建设的这种因果关系，已经成为历史的事实。大半个世纪过去了，我国的国运进入到全面改革开放的新时代。在新的历史时期，马克思主义在中国是否过时，还要不要继续坚持马克思主义的指导作用，如何理解坚持马克思主义，是全党必须面对的。

马克思主义哲学是科学的世界观和方法论，是指导治理国家的基础性科学，但是，在较长时间里，我感到国家在哲学社会科学研究方面，单调、薄弱，跟不上时代的步伐，尤其是站在现代文明的立场，站在全世界你中有我、我中有你，融入时代进步的高度，从哲学的层面，认真研究历史、文化、法律、政党政治等方面的关系，还放不开。2014 年 10 月 31 日，我在向中央提出关于“贯彻十八届四中全会决定的五点建言”中，提出了学哲学的建议。我写道：“文化大繁荣、大发展，关乎思想建设，最重要的是提高国民文化素养的哲学思想建设，建议贯彻四中全会决定，做出部署，在社会层面，大兴学习哲学的风气。”2016 年 5 月 17 日，习近平总书记在哲学社会科学工作座谈会上，就哲学社会科学工作，作了重要讲话，“讲话”论述了哲学社会科学建设的重要性、必要性、地位、任务和加强党的领导。理论阐述很深刻，实践上针对性很强，对当前我国哲学社会科学领域存在的问题，有的放矢地讲明了中央的态度，明确提出今后要继续推进马克思主义中国化、时代化、大众化。

国家领导人关注这个领域，引导全党学哲学社会科学，关乎各级党政领导干部实施领导责任，施展领导才干，科学处理国家事务，科学规划经济建设，稳健推进全面改革开放的思想保障，在社会层面，对国民加强马克思主义哲学思想教育，更有利于凝聚民心,调动创业、创新的热情,扩大创业、创新成果。我认为,总书记用上述三化来界定这个领域今后的任务,切中要害,是现实的迫切要求。因为在现代中国,存疑马克思主义指导作用的人,难说有多少,即便是研究马克思主义的人士,认识的差异也难以界定在某个尺度上。因此,总书记的这次讲话,意义深远,其指导性是长期的。

马克思主义中国化,如何理解? 我认为正确理解马克思主义中国化,要站在时代的角度,时代不同,应有不同的理解。

新中国成立前,马克思主义中国化,是指马克思主义救中国,在十月革命一声炮响中,诞生了中国共产党,中国共产党是依据马克思主义建党学说创建的,没有马克思主义,也就没有中国共产党,就没有中国共产领导的无产阶级革命,没有中国革命的胜利。早在中共六届六中全会上,毛泽东同志就提出过马克思主义中国化,我想其意义就在如此。

新中国成立后,马克思主义中国化,是指发展了的马克思主义,马克思主义同中国的革命与建设紧密结合,中国依然离不开马克思主义,依然强调加强马克思主义思想建设的重要性。党的十一届三中全会作出决定,把全党的工作重心转入社会主义经济建设,结束了闭关锁国的历史,打开国门,走上了改革开放的新征程。在这个时期,邓小平同志的理论与实践最能证明马克思主义中国化。他的"摸着石头过河","不管黄猫黑猫,抓住老鼠就是好猫",不要争论"姓资姓社,发展才是硬道理"的论述,是他对马克思主义哲学实践论的通俗化、大众化。"发展才是硬道理",他正是要通过发展来证明社会主义制度的优越。没有发展的社会主义,依然是空想社会主义,只有能够适应生产力发展需要,能够解放生产力的社会主义,才是从空想到科学的社会主义。他还要证明的是,搞建设不能停留在理论的认识上,要在认识的基础上,通过实践检验认识,在实践中再认识,在实践中补充或修正认识,实践出真知,有真知才有发展,又用发展来证明是否掌握了真知。他的理论告诉人民,社会主义道路,是知行合一的路,没有经济的发展,国力的强盛,就没有中华民族的扬眉吐气,没有人民生活的富庶,就不能向世人证明社会主义好。邓小平同志的发展理论,是对马克思主义认识论、反映论、实践论、方法论完整的运用。摸着石头过河相当形象,发展才是硬道理,相当真切,理论上的争论,都要通过发展这一关,才能见分晓,才能说服人,只有真金白银地发展了,才能证明谁是谁非,社会主义制度优越,是要通过发展比较才能得到论证的,当年中国经济体制改革的成功,改革开放促进生产力发展,推动生产力解放取得的巨大成就,雄辩地证明了邓小平同志坚持马克思主义不是空喊口号,他的理论与实践最能证明马克思主义中国化。

现在提出继续推进马克思主义中国化的进程,我认为应当同我国的政治、经济、社会生活发生的深刻变化相对接来理解,从马克思主义唯物史观和唯物辩证法的哲学原理上加以分析,只有这样,才能正确认识社会生活的新变化与坚持马克思主义的指导作用的关系,用事实澄清模糊认识,从正面阐释马克思主义发展观。

1. 历史的沿革,产生人们观念上的变化。中国自走上了改革开放的新征程后,生产关系适应生产力发展需要不断变革,传统的经济制度,经济运行模式,有的逐渐退出了历史舞台,有的通过改革融入新的制度中,新的制度建设与完善,促进了大发展,带来思想的进一步大解放,改革潮水般的纵横跨越,迎来了以高新科技为载体的信息化、智能化、大数据的新时代。中国人在新时代发展的自然培育中,广泛地接触新事物,学习新知识,探索发展的新途径,社会交流,越来越多地跨出了国门,学会了运用比较思维,换位思考,来思考社会现象,形成了用比较思维分析事物的思维趋势。根据存在决定意识的马克思主义哲学原理,人们在这样的历史背景中生活,产生思维的新走向,正是活的马克思主义在人们思想中的体现。观念的新变化,正是马克思主义认识论、反映论、实践论、方法论所要求的,而且不会有止步,这是马克思主义发展观揭示的真理。

2. 旧的生活方式逐渐被新的生活方式取代,个性化意识形态催生出人生观、价值观的多元组合。这种客观存在,正是存在决定意识的产物。马克思主义哲学是发展的科学,是依条件的变化而变化的科学,不是僵化在概念上的教条。马克思主义哲学认识论的本质,是能动的反映论,物质的变化作用于人的思想引起的变化,是一种认识新生的必然。不能教条地看新变化,否则,岂不一切只能依旧,不能变,变就是对马克思主义的异化,这本身就是曲解马克思主义。

3. 虽然时代背景发生了变化,但20世纪六七十年代以后出生的中、青年人,并不排斥马克思主义,只是接受马克思主义教育,比较他们的父辈、祖辈更富有思想活力,时代的进步正是这样要求的,一代更比一代强,就强在思想能放出光芒,显示出新的、深的层次,用发展思维,思考马克思主义中国化的现实性,才能看明白马克思主义就在新情况、新前景中。

总书记在讲话中指出:“在对待坚持以马克思主义为指导的问题上,绝大多数同志认识是清醒的、态度是坚定的。同时,也有一些同志对马克思主义理解不深、理解不透。……社会上也存在一些模糊甚至错误的认识。有的认为马克思主义已经过时,中国现在搞的不是马克思主义。……”总书记站在全局的高度,指出的问题是符合实际的,说明认识存在差异,认识有差异很正常,但不可是非不分,对认识差异中的糊涂与错误,要帮助澄清,引导扶正,在这种现状面前,总书记代表中央,匡扶对马克思主义的信仰,指出马克思主义在中国还没有过时,对中国的社会主义建设实践,仍然具有指导作用,这个信念不能丢,必须坚持。总书记的态度,是坚持党执政、坚持社会主义道路的需要,支持他的立场,是我们这代人的义务。

关于时代性,我的理解是,学习与运用马克思主义的指导作用,不能搞教条,马克思、恩格斯离开我们一个多世纪了,不能用他们当时的话,套中国当前的现实,中国的现实是,从党的十一届三中全会开始,一直都在前进中发生着变化,物质文明、精神文明、思想观念,一直都在与时俱进,在变化中求新,从核心层讲,党的执政方向没有变,但执政理念也在发生着变化。在毛泽东思想时期,强调以阶级斗争为纲,所以政治运动一个接着一个;在邓小平理论时期,全党的工作重心转入经济建设,所以打开国门,搞改革开放。“三个代表”“科学发展观”就是在执政理念的与时俱进中出现的,党的十八大以后,我国的政治、经济、社会活动进入全面改革开放的新时期,相应提出了全面推进依法治国。坚持依法治国、依法执政、依法行政共同推进。坚持法治国家、法治政府、法治社会一体建设,形成了国家治理体系、治理方法的新的治国理念。在不可逆转的时代性面前,坚持马克思主义的指导作用,不能违背事物新陈代谢的客观规律,必须与时俱进。传统的教科书,恐怕不能不加修改而继续沿用了,要从社会发展规律的客观性入手,书写马克思主义价值法则的新篇章。要着重宣传马克思主义哲学唯物辩证法的认识论、方法论、实践论,这是相当重要的,干任何事情,有正确的认识、正确的方法作指导,才有正确的实践,我们有许多党员领导干部,对党忠诚,工作积极,但他们履行职责,更多的是想到组织服从,无条件地紧跟,而淡忘,或者不懂辩证思维,不研究事物的普遍联系规律,不研究事物的相互制约,不讲平衡法则,不看条件变化,不看在不同的时间、地域出现的条件差异,凭着忠心干蠢事,犯了错误还不知所以然。这是很有害的,给国家造成的损失,给人民带来的灾难,太深重了。历史上的王明同志,违背马克思主义哲学认识论、方法论,推行“左”倾路线,“御敌于国门之外”,招至红军百分之九十的损失,白区的损失就更大了。王明心是好的,是为了打败强敌,走向胜利,但认识错误,方法专断,好心坑害了革命,毛泽东同志,在革命处于低潮,面对当时国民党军队的团团围剿,以马克思主义哲学为指导,带领红军转移,挽救了中国的革命。这是中国现代史上最深刻的教训。在建设时期,也有类似的教训,在1958年前后的那个特殊年代,三面红旗招展,红旗插遍神州大地。但红旗插得越多的地方,也是浮夸风刮得越厉害的地方,刮浮夸风有经验的人,都升官了,却带来民不聊生、饥荒遍野的惨景。邓小平同志领导全党,集中全力搞经济建设,搞改革开放,摸着石头过河,从此国力日益增强,人民脱贫致富。可见,中国共产党领导的革命与建设的历史,从正反两方面,雄辩地证明马克思主义哲学揭示出的发展观、认识论、方法论,放之四海而皆准。我们学习总书记的这次讲话,就应当联系历史的经验教训,把马克思主义哲学历史唯物主义、辩证唯物主义运用到推动全面改革开放的实践中去。

关于大众化,我认为,大众化是一个普及的要求,最重要的是普及马克思主义哲学,马克思主义哲学活的灵魂,在于宣传群众,让人民群众在工作生活中,运用马克思主义哲学世界观、方法论,联系实际,调节知行走向,开阔视野,扩大对社会事物的认知、认同度,这就要求我们的哲学工作者,走出研究机关,走出校门,深入到社会中去,用通俗方式,通俗的读本,生动活泼地向人民宣传哲学知识,尤其是一些哲学概念,应进行普及。人们掌握了基本的哲学概念,运用哲学思维想事情,分辨事物,对化解社会矛盾,促进社会和谐,在社会层面产生潜移默化的作用,将是一种长效的思想文化建设。宣传舆论,新闻工作者,在传播马克思主义哲学思想方面,有更多的平台,应当利用好这些平台的优势,发挥好自己的作用。

实现马克思主义大众化,重点关注三种人。

1. 对马克思主义的指导作用,事不关己,高高挂起的人,在现实中国的不同人群中,都有存在,他们不亲近马克思主义,并不是排斥,而是他们很现实,他们天天都看到富人的豪华生活,没钱人的穷酸,所以哪里能赚钱,哪里赚钱多,就往哪里奔,政府要扩大内需,刺激消费,这些人赚到钱,向贵妇、豪客们看齐,高档消费品,买不起凑钱、借钱买,哪里好玩就往哪里去,幸福、快乐、享受是思想的常客。他们常常滋生出富有欲望,为实现欲望开动脑筋,他们在各行各业中都有,是社会中有活力、有作为、有创造力的人。但他们不懂得自己所求的东西,都在发展中,而发展是马克思主义世界观,正是需要马克思主义的指导。他们是距离哲学工作者最近的工作对象,正是需要哲学工作者向他们普及哲学知识,把他们从对马克思主义的茫然无知中,带进有知。告诉他们,马克思主义就在他们的生活中,激励他们学习马克思主义,从马克思主义哲学中,去寻找求知发展的路,掌握发展的方法,总结发展的经验,吸取失败的教训。

2. 创业者和创新者。我国目前出台了一些鼓励万众创业,大众创新的政策性规定,更需要哲学工作的配合,倡导学习哲学,向人民群众普及哲学教育,把广大的创业人群引向运用哲学思维,指导创业。

在创业与创新中成功与失败都会客观地存在,需要哲学工作者,从哲学概念上帮助创业成功者总结成功的经验,帮助失败者明白为什么会失败,从认识论,方法论上讲失败的原因。这样的普及工作,对国家整体的作用,在于促进创业成功,实现经济转型,为失业者创造更多的工作环境。

3. 用哲学武装群众,首先应武装党政机关干部。因为党政机关干部是坚持马克思主义,坚持和完善社会主义制度体系,坚持依法治国的理念与实践,站在第一线的实践人,他们必须学哲学。必须使他们懂得哲学是研究事物变化与发展的科学,是引导人们正确认识世界、改造世界的工具。运用历史唯物主义,研究历史,才能有效继承与发扬中华民族优秀文化的优良传统,总结历史的经验,吸取历史的教训,处理好人民群众关心的历史遗留问题,运用辩证唯物主义的认识论、方法论指导改革开放,指导一切工作,才能掌握客观规律,学会运筹帷幄,朴实镇定,正确谋划。

2015-6-6

读习近平总书记的讲话

2014年2月24日,习近平同志在中共中央政治局第十三次集体学习时指出:

培育和弘扬社会主义核心价值观必须立足中华优秀传统文化,牢固的核心价值观,都有其固有的根本,抛弃传统,丢掉根本,就等于割断了自己的精神命脉。要认真汲取中华民族优秀传统文化的思想精华和道德精髓,大力弘扬以爱国主义为核心的民族精神和以改革创新为核心的时代精神,深入挖掘和阐发中华优秀传统文化讲仁爱、重民本、守诚信、崇正义、尚和合、求大同的时代价值,使中华优秀传统文化成为涵养社会主义核心价值观的重要源泉。

讲话是针对时弊,有的放矢,讲得好!

切实按讲话践行,是一件相当艰难的巨大工程,这是要从中华民族的传统那里去淘宝,淘现代中国人所缺乏、所需要的精神元素。要回到中华民族祖先正源的时代,研究我们祖先的正源文明,研究以正源文明为载体的物质生活方式、精神生活方式,并且同现代方式进行比较,不比较,"中华优秀文化的思想精华和道德精髓"就还是处于沉睡状态,已经被"割断了自己的精神命脉"还是不能接通。

现在行动了没有呢?中央宣传部、中央文明办,对社会主义核心价值观编写出了公告:富强、民主、文明、和谐、自由、平等、公正、法治、爱国、敬业、诚信、友善。应该算是动起来了,什么是社会主义核心价值观,有了24个字的具体说法了,我不仅认同,而且认为这是党执政以来引领民族价值取向的空前的进步。但如果分解这24个字,认识会有很大的不统一。比如"民主"、"自由",有中式的,有西式的,这中西两式,是水火不容,还是可以结合?如果可以结合,都很具体,需要拿出具体的章法,中宣部、中央文明办,能担当此任吗?不讲西式,那中式的"民主"、"自由"可否同宪法规定的公民的权利对号,也很具体,能否从实施国家宪法的要求出发,对24个字中的"民主"、"自由"做出些具体的解释呢?如果能参照经济领域列负面清单的方式,指导"民主"、"自由"的实施,就更是言有规、行有辙了。再进一步,就是通过新闻、出版立法,为实施宪法,实施24个字的核心价值观制定法律规范。这应该是贯彻党的十八大四中全会决定所要求的。同时也是十九大后新时代、新气象中应当重现新步伐。

2014年2月27日,习近平同志主持召开中央全面深化改革领导小组第二次会议强调:凡属重大改革都要于法有据。在整个改革过程中,都要高度重视运用法治思想和法治方式,发挥法治的引领和推动作用,加强对相关立法工作的协调,确保在法制轨道上推进改革。我读他的这段讲话,感觉到他把法治放到了新中国成立以来应有而从未有过的高度,我由衷地高兴。但是地方官员们,是否有这样的认识?是否愿意这样去做?客观讲,有愿意的,而且有做得很好的,遗憾的是,并不是所有人都是这样的官员。所以管党考试要打的第一分,不是听党内官员频繁使用政治语言,而是要看他们依法执政做的实事,要看他们是否学法、懂法,依法执政、依法行政是否进入了他们的思想轨道,一切见之于行动。从道理上讲,上位官的水平应高于下位官,不然他们为何被委以重任呢?同样的道理,上位官应比下位官觉悟高,因为在社会生活中,表率的作用,应当是自上而下看,上行下效。但道理毕竟不等于现实,这就使人不得不观其行要重于听其言了。

2014-2-29

治国治党武器的演变

法律是治国的武器,渗透在国家治理体系的各个部位,理论上讲,应当如此。政治是治党的武器,受党章调节。两个武器交叉使用,各有侧重,各有分工。用好、用活这两个武器,被视为国家治理方法之所在。

习近平同志任党的总书记以后,我没有听见他讲要用政治治国的话,党的十八届四中全会,做出了依法治国的决定,党要依法执政,政府依法行政。依法治国的脚步清晰了,实在了。治国要运用以宪法为龙头的法律武器,正式载入了执政党的历史史册。在这页史册中,中国共产党同国家宪法的关系,不再是文实不符,而是十分明确,党要执行宪法,把依法执政作为党领导的定位。

当他在讲党要管党,建设党的清明政治,严惩党内的贪官污吏时,他经常使用严肃党的政治纪律这个概念。现在四中全会提出要在加强国家立法的同时,加强党内立法,建立党内立法程序体系,逐步完善党要管党、治党的法规规范,把政治纪律上升为党规,升格为约束力更强的法规,显然是提升了党内自身监督的尺度。我相信党内立法,同国家立法,都会遵循宪法原则,坚持在法律面前人人平等,对党内执法同对公民执法,保持统一的公平与正义这条准绳。党内的法规体系,同国家的法律体系将相互呼应,可有效解决在治国、治党武器的演变中的"两张皮"的现象。今后会否发生变化,是向更加清晰、更加协调方面变化,还是又会拉开距离,通观历史的过去,有待观察。

2014-8-9

党的政治也是人民大众的政治

旗帜鲜明地进行政治建设转型

这同人民当家作主的宪法原则,同贯彻四中全会依法治国的决定是一致的,是执行宪法的需要,依法治国,谁来治?依法治国的主体是人民,是在执政党的领导下,依靠人民大众来治。只有真诚地依靠人民群众,才能有效解决执政脱离人民的种种不良现象,是群众路线的核心所在。从作用上讲,政治不能狭隘地理解为是桎梏人的武器,总结党内生活的过去,每当出现政令不畅通的情况,就搞"政治挂帅"、"要讲政治"之类的全党学习务虚整风活动,就是把政治狭隘地降低到整人之器,在被治理者脖子上加套,其实不见长效,反而人为制造矛盾,惹出党内外生活不应有的麻烦。应当在党建中树立一个观念,政治是疏通政通人和之器,绝不是治人之器,决不能把严肃的政治,降格为打人的棍棒。

把党的政治,变为人民大众的政治,也就是我们常讲的民主政治的本色。所谓民主政治,也就是人民大众的政治,是调动一切积极因素,积累社会能量复兴中华的政治。现在搞大众创新,万众创业,我看不能单纯看成是经济改革的需要,也应看成是政治建设转型的需要,因为创业之水流动到哪里,哪里就增添了生机,多了干群融合,多了欢笑,多了智慧的开源,多了财富,这既是经济,也是政治。今后应当坚定不移地顺着这种趋势,旗帜鲜明地进行政治建设转型,激励人民群众依法管理国家事务的激情,尊重人民群众的意志,鼓励大家敢于讲话,推动整个社会的思想建设,支持不同意见的表达,支持敢于依法、依据事实批评政务,敢于面对面批评行为不良的官员,同时也要敢于批评、制止社会生活中,出现在百姓身上的不讲社会公德的行为。现实生活中,冒出弱势群体的概念,简直莫名其妙,谁弱势,谁强势,能给出个标准吗?给不出标准,客观上是在人民群众之间制造矛盾,支持弱势、抑制强势成为法律之外的一种潜规则,还要不要依法处理在人民群众之间因矛盾引发的纠纷?如果还要,就必须贯彻在法律面前人人平等的原则,否则会滋长社会不良行动。现在所谓的"弱势群体"违反社会公德的行为,谁也不愿沾边,怕什么呢?怕惹怒他们下不了台。这种社会怪象,首先要从官方纠正,因为这个糊涂概念是政坛中的糊涂官提出的。

社会公德不良,靠权力治,会带出对执政的负面影响,社会生活中,有些矛盾,实质是权力同被管理者碰撞的矛盾,因矛盾产生的积怨,会影响执政党的威望,因此,权力不可无处不在,不可到处都用、滥用。对于社会公德不良,一要靠持之以恒的社会伦理教育,二要靠社会自身的能量。在这方面,应研究制定出一种由社会自治,通过社会自治管理的行为规范。因此应把某些社会事务,从权力框架中分离出来,交由社会自治去处理,以体现把党的政治变为人民大众的政治的具体需求。对已经依法登记的属社会自治性质的群团组织,应当组织清理,了解它们的章程、它们存在期间实际产生的作用等,通过清理,如发现其在社会治理方面,有名不符实的不良反应,督促整顿,没有存在必要的,责令注销。

2014－12－29

和平外交

近期,常听到国家领导人在国际外交场合谈和平外交,很是宽慰人心,值得珍惜。和平外交,是最高的政治,既是国内政策的延伸,又是面对世界一体化进程加快,打通国际交往,和平共处政策的最佳选择,既能赢得国际社会的支持与合作,又符合人民热爱和平的心,赢得人民群众的拥护。在我看来,和平外交,是坚持社会主义,持续做中国梦的前提条件。

与和平外交相抗衡的是搞冷战,搞军备竞赛,大家都不相让,都想超过对方,都想用军事实力,提升国际地位,加分话语权,左右局势,一旦失去理智,难免擦枪走火,引发战争。局部性的军事摩擦,能够控制,仗打大了,交战双方都国际化了,就不以人的意志为转移。

历史的经验告诉我们,战争是个杀人的舞台,在这个舞台上逞强耀势,扮演角色的人,都是枭雄,这种人信奉的,不是正能量,而是打拼天下,“时势造英雄”。我们中国,地广人众,论国土,没有几个能超过的,论人口,世界老大,枭雄坯子多,气候适应,他们钻出来蚕食割据,东方不亮,西方亮。为了当英雄,枭雄们杜撰舆论,搞乱时势,营造当英雄的环境与气氛。且不说古代,就讲清朝灭亡后的民国,那些军阀中,有几个不是枭雄坯子出身?他们在战争的硝烟中,营造壮大。枭雄们的历史,有正史、野史,也是很丰富的,现代政治家,不可不引以为戒。

历史的经验同样告诉我们,战争的破坏性,瞬息万变,现代先进装备下的战争,其破坏性非常规武器下的战争可比,战争的残酷可导致生灵涂炭,山河破碎,国破家亡。从这个角度认识和平外交,意义就大了,就能更深刻地理解,外交为内政服务,有了和平的国际环境,才能安心搞建设。

和平外交,又是一种理智的政治,告诉世界政要,中国人热爱和平,可赢得国际社会的信誉,也让热爱和平的世界人民,更多地了解中国,赢得友好,认识到只有和平才是人类的共同福音。

国家对外倡导和平外交,对内推进依法治国,都是社会主义核心价值观的组合要素。对外奉行和平外交,对内推动依法治国,社会主义的旗帜,自然会迎风招展,中国梦,自然会做在美丽中国的壮丽山河中。

2014-12-5

凝聚共识

党的十一届三中全会后,国家以经济建设为中心,进入到经济体制改革开放的新时期,给国家和人民都带来了生机。到十八届三中全会,提出全面改革开放,到十八届四中全会,提出依法治国,共产党执政在不断地成熟、进步,历史唯物主义和辩证唯物论,在这个成熟、进步的过程中,得到了较好的运用,对待历史事件,管理国家事务,布局经济建设,文化建设,推动改革,扩大开放,正是运用了历史唯物主义,辩证唯物主义的认识论、方法论,才革新了认识,改变了观念,改正了某些历史错误,偿还了一些历史的旧账,缓解了历史上的一些恩恩怨怨。执政经验丰富了,社会主义道路,由当初的蒙昧无知,不知路在何方,经过摸着石头过河的探索,到如今运用法治开路,教训之深刻,代价之大,无法形容。新的局面来之不易,应当在珍惜中凝聚共识。中国人的事,中国人办,还须继续运用历史唯物主义和辩证唯物主义的认识论、方法论。

最近一个时期,频频出现以抗日为题材的电视片,有不少是描写国民党的将士奋战疆场、英勇抗日、收复河山的历史故事,我倍感欣慰,因为这是历史唯物主义的表现。文化战线能如此正视历史,大得人心,消除了很多人在这个问题上造成的心里纠结。藏在人们心中的矛盾,不是靠讲政治能够解决的,把历史的真相从封存的档案中搬出来，是最奏效的办法。

处理历史事件坚持正能量，就是正历史，勇于正历史的人，才是有良知、人格高尚的人，沿着这条路走下去，还会有些历史事件，必将得到澄清，当年历史事件中的当事人，及他们的第二代、第三代人，也必将因此消弭心中的积怨。复兴中华，最重要的是凝聚人心，而凝聚人心的力量源泉，对处理历史事件来讲，就是运用历史唯物主义和辩证唯物主义的认识论、方法论剖析历史，深刻吸取历史的教训，牢记历史的警示。

人心有难以捉摸的一面，人性有善也有恶，但人心能用事实征服，人心服从真理。

2014－12－9

两点论的哲学思维

现实中，畅论经济繁荣，改革成就，阳光灿烂，不要忽略了另一面，金钱正在俘虏人心；讴歌百姓富起来了的同时，要透视社会生活的另一面，沉迷物欲，勤俭美德的功臣不知去向；国民整体文化水平提高了，然而做人的礼仪并没有随之提高，处处可见不讲诚信，语言奢靡，有失文明的德行；文化繁荣了，但打着文化旗号的教唆，在电视广播中横行；推动城市化建设，更应城乡兼容，可是屡有践踏国家规划，忽略科学发展，丢失土地，丢失农作技能，丢失中华民族农耕精神的事情发生。

上述现象，只有用两点论的哲学思维，才能看明白，各级官员们只要能坦诚处事，不睁眼说瞎话，也会认可这些现象的存在。

在上述现象中，保住土地红线尤为重要。国家发布土地红线，有鼻有眼，而且不是一次两次，每届政府都有划红线的规划，可是红线保住了吗？风景秀色的地方，都有良田，可是这些地方的良田，有的竟被埋在装饰华丽的万丈高楼脚下！

土地丢失了，粮食安全如何保障？和平时期有钱就有粮，在国际市场，什么粮食都能买到。但要不要未雨绸缪，要不要想到一旦世界局势发生变化，会否出现人民的衣食风险。

站在国家和人民根本利益的立场考虑，两点论、两分法的哲学思维，应当是各级领导人常备的思想法宝。

和谐是社会层面整体的需要

社会和谐,是执政党维持执政地位的需要,执政党对国家安危,对改革开放,保障经济建设的有序发展,对人民生命财产的保护,对民生、民权的维护,负有全面的责任。社会不和谐,百姓不能在平静、无心灵压力、无恐惧、相安无事中安居乐业过日子,必然怨声载道,把执政党作为出气筒,执政党还能心安理得,安坐在执政的席位上吗?社会和谐,对执政党而言,是执政生命之所在。能否将社会和谐同执政党执政的这层关系搞明白,并且自觉维护这层关系,是检验所有执政党的官员的政治觉悟的试金石。尤其是在中央工作的官员,看他们的政治天赋,也是要从这方面看。我记得构建和谐社会是在党的十六大和十六届三中全会、四中全会明确提出的,是很有远见的。

社会和谐,是国家机关履行职责、有序运转的需要,行政权力,如果失去人民群众的支持与理解,很难稳定,矛盾激化,行权目标转向,危及的客体,是人民群众同时也是权力自身。

社会和谐,是社会功能体系建设的需要,如果没有公权力和人民群众的共同努力,社会功能体系的建设与完善,必将遭受阻力,甚至遭受破坏,导致社会秩序脱轨,百姓生活必无宁日。这方面正面的例子很多,应当很好地总结。

社会和谐,是人民群众维权的需要,人民群众的权利遭受侵害,要求公权力良性循环,尊重民生诉求,公平、正义地处理民生诉求事件,不能采取非理智的,违反法律规范的行为,而应在法治秩序的途径中,选择诉求方法,只有如此,人民群众的物质文化生活利益和财产权益,才能得到有效保护。

社会和谐,是自然资源生态平衡的需要,如果没有全民族的共同维护,任凭野蛮开发,无序开发,长时期破坏生态平衡,那将是民族的自杀。

因此,社会和谐涉及国家层面的方方面面,是国家整体上的软环境建设的系统工程,应同建设法治国家,看成是一体的。

对社会和谐格局中各方面的需要,都不能偏废,要如同强军习武一样,经常放在政治沙盘上操练,不能强调某一方面,而忽视或牺牲另一方面,否则不会有真正的社会和谐。无论哪一方面,都要掌握好公平、正义、民主与法制的天平。这意味国家宪法的实施,法制建设,必须进入社会生活的各个领域。依此构建的和谐社会,才是全面的、可持久的。

构建社会和谐之路,应当不拘一格,公权力设计建造,民间也可设计建造。民间办民间的事,有自己的套路和渠道,只要能化解社会矛盾,变积怨为亲善,张扬社会正气,保持社会稳定,就应因势利导,该支持的给予支持,该默认的就默认,不宜机械地套入某种框架,强加干涉。国家之大,社会利益格局之复杂,需要在公权力的支持下,扶持民间自治,强调统一,要精于分析判断,权衡利弊,掌握分寸。

写于2013年7月,修改于2016-1-27

共性与个性的思想并存

人类社会的不断进化、发展,是思想不断推陈出新的过程,人类的历史,是一部共性与个性并存的思想史。

对民族来讲,没有共性,会丧失民族凝聚力。一盘散沙的民族,没有共荣,没有尊严,必被人欺凌,任人宰割,永无宁日。

对国家来讲,离开共性,国家将出现分裂。割据分裂,会招来外部的颠覆,内部的战乱,民不聊生。思想的分裂,会导致国事如麻,治国无序,各行其道。现在年龄在七八十岁左右的老年人,都还记得在那个恶斗、厮杀、内乱的特殊年代的情形,武斗的场面从城市波及农村,田地荒芜,工厂停工,学校停课,市面萧条,那就是一种政治思想的分裂造成的,当时无论哪一派,表面上打的旗号,喊的口号,都是要捍卫无产阶级专政下不断革命的路线,而实际上斗争双方都有各自的政治背景。邓小平同志第三次复出后,很快就收拾了内乱造成的残局,为什么很快就能收拾残局呢?就是顺应了人心思变、人心思转的大趋势,对不得人心的阶级斗争,进行了拨乱反正,获得了举国一致的共识,这又从正面说明,思想共性的统一,才能带来民族的复兴。

对个人来讲,任何人从生到死,都是跟随思想的发育、启蒙、成长、成熟、逐渐老化、衰退走过来的,反映出各自的思想个性与不同天赋。同时,人是社会中的人,任何人的思想,一旦离开共性,个性的起源会逐渐干涸,原因就是离群。生存是离不开共性的,这种生存的铁律,告诉所有的人,离群即是自绝生命。

排斥共性的人,过分张扬个性,轻则孤立自己,造成生存危机,重则触犯法律规范,承担法律责任。

也要清醒地看到,共性是极其复杂的多元组合,不是所有的人能完全认同、接受的,对不喜欢、反对,乃至背叛的东西,有些人出于生存的需要,也不得不应承接受,常讲的一句话是,“不这样行吗?”这句话道出了无奈。迫于无奈的接受,就出现了官场中阳奉阴违的人,不要看表态相当积极,拥护的话一套一套的,其实,讲的是唯心地话,唯心地去迎合其反对的东西;就出现百姓中忍气吞声、积怨于心的人;就出现在矛盾碰撞中,放弃与妥协的人。百姓中的忍气吞声、积怨于心的人,有的是出于无可奈何,听天由命,有的则是等待发泄积怨的时机,一些报复社会的事件,印证的就是这种思想脉络。历史上的农民起义,更能反映出这样的思想脉络。所以在政治生活中,上对下也好,下对上也好,不要看表面,听其言,观其行,永远是正确的。有些人喜欢自己的逻辑,听到别人亲切的呼唤,亲切的奉承,表示坚决拥护,便认为自己的讲话是正确的,其实他们太浅薄,看不清思想的复杂性。

上述说明什么,说明不认同共性不行,但认同共性有不同的心态。不同的心态,反映了当事人观察事物的不同立场和文化素养。立场有正确的,也有错误的。正确的是他们透过现象,看出了共性中的毛病,但又不能反对,只好用唯心一套,表示拥护。这种情况提示主导共性的权力方,要随时验证共性元素的合理性、科学性,革除共性中犯众怒、激化社会矛盾的东西。

不能排斥共性,也不能排斥个性,政治生活中,常出现排斥个性的思想理念,是很愚蠢的,持排斥个性理念的人,他们的身上就有许多有别于他人的个性,也许正是为了要维护自己的个性,才不允许其他个性的存在。排斥个性,社会必然多矛盾,不和谐。

因此,共性与个性,要相互理解与包容,才有民族的大团结,国家的长治久安。所谓理解,是理解对方的合理性,用以调整或纠正自己的不合理性,而包容是不要吹毛求疵,你喜欢吃红色食品,他喜欢吃白色食品,你喜欢清静,他喜欢热闹,口味不同而已。共性与个性,都是在动态中生存与变化的,不争强好胜,不绵里藏针,不明修栈道,暗度陈仓,追随人类进步的潮流,改变、完善自身,才能保持共性与个性的携手共荣。

共性与个性的完善,要求洞察民心,顺应民心,平衡共性与个性的各自依附,一旦出现裂痕迹象,要研究缝合之策。

共性与个性的完善,要求重制度建设,制定制度规范,用制度来调整共性与个性的统一,用制度管事,比靠人用权管事,持久耐用。这里面有许多历史的经验可取。

共性与个性不协调的行政命令、政治号召,往往会拉开双方的思想距离。国家治理体系各方,都应在这个层面上,下功夫研究,非良谋不断,非良策不下。人的主观意志,离开了客观,就变成了有害的东西,是人都概莫能外。

在思想被专治的年代,个性仍然存在,只是不公开而已,好朋友交谈,能露出些个性,大庭广众之下,个性各自收藏于主体的心中,思想被放出牢笼,才有思想的大解放。历史唯物主义告诉世人,新中国建立以后的中国人的思想解放,是从邓小平及其同代政治家们拨乱反正开始的,一直沿革至今,波浪式地前进。这一历史事实,谁也不会否认,谁也否认不了。

在思想被专治的年代,人们穿什么衣,戴什么帽,挂什么包,看什么戏,唱什么歌,说什么话等,几乎都是步调一致的。最常讲的话是“三忠于,四无限”。是这个时期出财富,有好日子过呢,还是思想被放出牢笼,出财富,有好日子过呢?一比较,真理就会明示天下。历史是无情的,不情愿,也会在时机成熟的时候,揭示出来。比较中要说明什么呢?说明尊重个性,让人敞开思想说话,敬业做事,奖励开动脑筋,发明创造,国家才有希望。说明封闭人民群众的思想,堵塞人的言路,共性必不完整,对执政者来说,这是最危险的,因为什么也听不到,看不见,什么事情就都有可能发生,出现种种暗处难防的不稳定因素。

邓小平之后,出现过反复,但波浪不大,总的讲,是让人们在解放思想中前进。

党的十六大以来,以胡锦涛为总书记的党中央提出的科学发展观,也是一种拨乱反正。是具有浓厚文化内涵的理念,作为权力法则,是长治的,因为这种理念,是要将社会引向符会客观规律,持久良性发展、均衡发展的轨道。科学发展观,是对错乱、混浊的社会价值观的拨乱反正,代表新时代思想、文化变革的新潮流。

十八届三中全会,提出全面改革开放,之后又提出国家治理体系现代化,是很正确的谋略,又是不能急于求成,坚持实践方可见成效的远见卓识的谋略。在这个谋略里,有强调共性与个性相统一的积极意义,常讲思想统一于中央,这样讲,是要求举国一心,搞改革,谋发展,至于谋发展的思路,则是明确鼓励思想大解放,在发展的招数上,要的就是个性,求的就是各显神通。共性是举国一心,搞改革,谋发展,个性是在发展招式上,因地、因事制宜,各显神通。这样的统一,同思想专治时期强调统一,有本质的区别。

2014-1-30

莫让金钱俘虏人心

当今社会,越来越多的人,只信仰金钱,追逐财富,走拜金主义的路线,一提到钱,就来精神了,没钱神情涣散。社会被财富绑架,人的情绪被金钱俘虏,所以社会骗子多,不讲诚信,道德沦丧,欺心覆盖良知的人和事,到处可见。这对社会主义核心价值观,对民族复兴价值取向的要求来讲,是一种整体的精神失常、变态与落后。

解放思想,走出国门,以开放促进改革,曾经在人民群众心中引起波涛,投入的激情,旷世空前,是最受人民群众拥护、最能调动民心的国策。可是人们从改革开放摆脱贫困、富裕起来的历史中,也逐渐看到了财富的流向,走上了歧途;看到了在财富绑架社会,金钱俘虏人心的现实下的人,缺乏定向,站立不稳;看到了笑脸中的变异,激情慢慢地减退了下来。在激情减退的过程中,人们对把权力关进笼子里,对反贪倡廉大业,消极地看成是官方的事情,普遍持观望态度,对贪官污吏,不再是曾经有过的怨声载道。反腐倡廉需要强大的民众基础,这个基础在金钱俘虏人心的趋势中,正在降温。

2014-3-1

信仰可选择可改变

信仰不单指政治信仰,更多的是在思想、文化艺术、科学领域。选择信仰,追随信仰,为实现信仰,不懈努力,做出奉献,是所有信仰者最基本的品格修养。信仰是自由的,可以选择,也可以改变。当一个人因条件发生变化,曾经信仰的东西,不再是原貌,而转移信仰的时候,应当看成这是他的权利,应当受到尊重。同样,离开某种信仰的人,又因条件发生变化,愿意回到曾经信仰过的主、客体中来,也应受到尊重,欢迎其归来。离开、归来都是正常的。相反,表面上很坚定,骨子里并不追随信仰的人,是伪君子,应当受到指责和鄙视。尊重心胸坦荡的人,鄙视阳奉阴违的伪君子,也是信仰所要求的。

2014 - 8 - 3

奠基铺路的开局

我们现在回顾20世纪90年代海南特区法制建设的那段历史之所以必要，是因为那段历史成功的经验是极其可贵的，它为特区的法制建设起到了奠基铺路的重要作用。

奠基铺路的思想根基，是先立规矩后办事。创始人是当年的省委书记兼省长阮崇武。仅从字面上理解，先立规矩后办事，不过是句很平常的话，看不出它的意义，但是，只要我们敞开思想，从新中国建立以后政权运转的历史轨迹去分析研究，认识就会开阔起来。1949年后，国家行权执政的理念，基本上是一个人治的理念，一把手、一言堂的理念。当时有句话，叫做大权独揽，小权分散。大权独揽于一人，小权分散到各个地方以及政权结构中的各部门、各单位的长官，治理国家，按长官意志办事。没有透明度，没有人民的参与，更没有法律的尊严，不允许在人治中，掺进法律这粒沙子。就自然观而言，也不讲自然法则，人定胜天才是法则。

在没有法制权威的年代，长官头脑清醒的时候，社会相对安定些，老百姓能够喘口气，可是在法制不健全的年代里，没有几个长官能够划清清醒与昏庸的界线。没有法制，即便是清醒的人，也会受环境的局限，难以伸展手脚。

党的十一届三中全会召开，开始对以权代法的政治形态拨乱反正，国家沿着实践是检验真理的唯一标准的思想路线，步入改革开放的年代。国门打开了，人民终于逐渐看到了外部世界。曾经一度被废弃了的法制又回来了，被取消掉的司法、立法体制又逐渐得到恢复。到20世纪90年代初，国家提出了依法治国的构想，并且定为基本国策，这本来是个很好的开端，社会各方面都适时作出了拥护的反响。可是，经实践检验证明，依法治国仍然受到长官意志的左右。法律拿在干部们手上,有利则用,感到碍手碍脚,还是用长官意志处理事情。试想,如果真要依法治国,把古老的人治中国,脱胎换骨地引向法治轨道,那么从一开始就应大张旗鼓地宣传依法治国的龙头法——宪法,向人民群众进行普及宪法精神、宪法原则的教育,并且同步部署严办违宪事件,通过案例说法,彰显宪法的权威。告诉人民,依法治国是实施宪法的需要,国家将按照宪法原则,建设法治民主社会;告诉人民,宪法至上,任何国家机构,任何政党都必须服从宪法,依宪法和法律规定,规范自己的行为。宪法是国家的根本大法,国家的政策,执政党的关乎国计民生的决定、决议都应受到宪法和相关法律的监督。只有如此,才能推动国家的民主法制建设。

回顾这些已经过去久远的事情,是为了更好地帮助我们深刻挖掘先立规矩后办事这一思想观念的价值,看清这个思想观念的实质,是对人治的反思。还可说明,从反思中提炼出来的这个观念,彰显的是民主与法制思想,在海南打造一条民主与法制的通道。当年人们常议论海南"特"在哪里,遗憾的是,大都没有从先立规矩后办事这个观念上去找答案,文章做了不少,不得要领。其实"特"主要就特在立法先行,把中央给予的优惠政策,通过地方立法的引导与推动,把它用好,转化为生产力,转化为实实在在,看得见、摸得着的发展优势。

奠基铺路,充满艰难曲折与坎坷,路不平坦要去研究凿平,没有路要去探索开辟,不回避困难,明知难度大,甚至有风险,也要一试,才能抓住机遇。海南是一个省,上面还有一片天。有些规矩能够立出来,不是仅凭智慧就能成功的,没有足够胆量和信念,走不到最后。

那段历史的主事人和参与者都还记得,当年特区搞改革开放,部署立法规划,进行立法项目论证,招来过嘲笑、非议、指责,甚至招来骂声,但没有动摇走自己的路。有些事顺水行舟,主张做的人也不少,但做下去会有损海南社会的安定,坚决不做。做和不做并非盲目武断,而是清楚地知道,特区可以搞什么,不能搞什么。都凝结着主事人的心血。改革决策同立法决策的结合,在海南的实践中成功,具有示范的作用。

历史总是承前启后的,现在那段历史的主事人,参与者有的已经"不在其位,不谋其政",但回顾那段历史的事实,通过总结传承那段历史的经验,挖掘出其中的潜在价值,有证可查、可鉴,也是责无旁贷,值得一做的事。

2014-2-17

纵横捭阖

现代社会,较少听到纵横捭阖这个词,但国际社会互动,都从这个词中掏谋略,心照不宣地用于政治、军事、外交。需要时则合,不需要时则分,有利用价值则合,失去利用价值,分道扬镳。合与分在谋划中都不透明,深藏不露,掩饰的话语很多,视对象不同而用之。中华民族是谋略之乡,运用谋略治国平天下,留下了许多经典故事,战国时期的苏秦,为借用列国的力量,联合抗秦,出谋合纵,被盟国采纳,战败过秦国。对立面的张仪,则出谋连横护秦,对与秦国对立的六国,采取各个击破的策略,瓦解合纵,也成功了。他们都是纵横捭阖的战略家,称雄一世。现代社会,运用纵横捭阖战略,更是出神入化。在外交上频频运用,在运用的手段上,攀上了科技高峰。

政治家没有全才,但都是谋略家,在运用谋略上,他们都是智慧之星,大气、大才。国际社会在他们的操控下,时而太平,时而出现危机,危机虽然是局部的,但不排除失控,核武器时代,失控的危害,不仅仅生命涂炭,天地万物也将遭祸、遭瘟、遭劫,谁能出谋阻止战争的暴发,谁就是人类的救星。

2015-3-5

相聚中的记忆言谈

这是一次老同学聚会,他们都退休了,退休前,他们都有一官半职,退休后聚会,是同学情谊未了。

主持这次聚会的人,叫瞿松柏。他的开场语是:诸位老同学好!在今天参加聚会的同学中,请到了我们相见不易的柯胜老同学。我们同城的同学,相见甚易,常常一个电话,便招之即到,老柯在异地养老,能应邀而来,足见情谊之深。想当年,他离校去了西北的边远山区,那里的疾风、飞沙磨炼了他的意志,结实了他的身体。大家还记得,2008年我们见过一次,距现在又是六年了。老柯在我们当中,是最有出息的一位,他官至副省,在中央的花名册上,也是高干。来,大家举杯,庆贺同学相聚,这第一杯酒,敬我们的远道客人,柯胜同学!

“老瞿,你不也是我们当中有出息的吗?正厅级的地方长官,不是中央花名册中的高干,也是地方花名册上的高干。你是年龄挡了你的仕途,要是你晚来人世几年,也破格了,至少能同老柯并驾了。”说这番的人,叫朱昌华,是一个局级事业单位的二把手。

老柯听了瞿、朱两同学的话,像是触动了他的敏感神经。他想,好不容易与同学别后叙旧,畅述友谊,可是老瞿的开场白,就扯到官场,朱昌华跟进,他的话又加重了官场话语氛围,倘若大家都按此路子依次跟进,就有违同学聚会本意了。尤其使他感觉有点不对劲的是,两位的话语,都指向他,突出他,他似乎有点坐不住了,急忙凑近老瞿,耳语了几句,便说道:

“今天我十分高兴,衷心感谢老同学对我热情相约,其实,我早就想建议,在老同学较集中的地方,采取适当的方式,经常邀约居住在异地的同学相聚,看来你们在这样做了。我敬你们,请大家举杯,祝贺老同学相聚时的欢快!刚才老瞿和昌华说我有出息,我想就这个话题,讲讲我毕业后从政的一些感受,我们这些从政为官的人,要说出息,也只能讲这出息是无愧于心,无愧于人民大众,为国家、人民干了点实事。什么叫出息?我以为所谓出息,是对人民群众生活的切身需要,结出了果实的人,才够格谈出息,按照这样的标准,我以为那些从事简单劳动的人,那些凭知识和智慧让国家强盛的人,才是有出息的。没有自然科学各学科领域里的科学家,没有劳动群众的科普实践,人类还会在黑暗中生活,哪里还谈得上卫星上天,导弹钻地,哪里还有微波、微信、信息化、智能化、新医学等等高科技服务人类。还有教书育人的教育工作者,他们把人类络绎不绝的新生命,送进了知识的殿堂,引向了科学,在人类灿烂的文明里,他们流淌着挑灯引路人的热血,他们向人类传播知识,传授技能,才有贡献社会的百科百匠的劳动付出,才有社会财富的积累,没有他们,人类永远也脱离不了原始人类生活的胎胚,他们才是有出息的人。我们这些吃“皇粮”从政的人,衣、食、住、行,样样都是创造社会财富的人提供的。按照国家宪法规定,人民是国家的主人,从政的人是仆人,仆人是干什么的?长期以来,在媒体上阐述这个概念的文字少见,这是宣传舆论的缺失。我认为仆人有一项重要任务,就是打扫灰尘,用清廉的政治,管理国家,用清洁的社会环境,让主人平安舒实地生活,可是,正是在负有打扫灰尘使命的仆人中,出了叛逆,打扫灰尘的人,制造灰尘,这就好比是监守自盗的贼。社会上怨怒之声不绝,该骂,犯了众怒,挨骂还算是轻的。可是仆人中的叛逆者,脑子里没有这些概念,总是用一种不平等的思维,居高临下,盛气凌云,用权谋私,是不齿于人类的蛀虫。我们这些人谈出息,在劳动者面前,实为惭愧。”

“高论!高论!不愧是高干。”老瞿说。

老柯的高论在于,不仅将人才出息的标准,放在了物质生活的实处,还从事物的两面作了分析,在他的思维里,科学家、教育家是伟大的,没有教育家人类灵魂师的作用,从何谈论科学?没有科学,也就谈不上人类的文明与进步。从这个角度讲,科学家、教育家是人类一切文明的导源,老柯话中的深意,就是从这导源处,肯定科学家、教育家在人类进化发展史上的作用。老柯的话符合邓小平同志说科学技术也是生产力的理论,符合胡锦涛同志倡导科学发展观的执政理念。我很赞成,也很佩服老柯政治上的成熟。但瞿兄把老柯的高论,同省级干部画等号,有些欠妥,在省级干部中,‘干事是草包,谋利是精英’的人不少,他们是凭借权力,维持地位,又用其地位造势权力,这样的人实为人渣,也就是老柯讲的不齿于人类的蛀虫。”讲这番话的是位处级干部,他叫胡望,人很聪明,就因他那张“嘴”不讨人喜欢,误了他的前程。人们早就不叫他胡望了,戏称他“无望”,他反倒乐意接受“无望”这个词语,他说,我要是有望,早就憋死了。你们看我现在身体多健康,人们常讲血压、血脂、血糖三高,我一高都不高,就是得益“无望”心态。

“你老胡,就是爱挑刺,老瞿说的这话,也没有什么不妥,把老柯的高论同当官为民的省级干部画等号,不就对了吗?”讲这话的,是位女同学,她姓姚名安妮,也是位高才生。她毕业后留校,在学生科当办事员,刚一上任,觉得有些新鲜感,但未过三个月,她就感觉这工作使她无用武之处,她热爱知识,希望学以致用,发挥她的知识专长,提出要到教学岗位,并且一再坚持,终于当上了助教,几十年成长了自己,教了学生,是桃李满天下的高知,她思维严谨,同学聚会中,她常含笑不语,颇有学者风度。

胡望见她批评自己,打趣地说,“安妮学妹,我刚刚夸赞教育家的伟大,你不就是教育家吗!你不领情,还要批评我,不过你的批评,错与对我都接受,你是教授嘛!我自然是学生,你忠实的学生。”胡望的话把大家都逗笑了,这笑声中,含有一段历史的秘密。

早在大二的时候,胡望向安妮求爱,安妮的态度是不表态,时间长了,熬得胡望难受,他把事情的过程告诉瞿松柏,向瞿讨计,瞿松柏向他出招说:“她不表态,不就是有态度吗?”

“此话怎讲?”胡望很不理解。

瞿说:“要么你对她的表示不明确,含糊不清,她无法表态,要么她很清楚你的用意,故意不表态,看你是否还有下文,你追她,她便变你的追求为她的优势,看你是追一次就止步呢,还是不达目的不罢休,女孩子都善于使用这种谋略,你不懂吗? 我看你是读书聪明,谈恋爱愚钝。”

胡望瞪着双眼,看着瞿松柏,像是从未见过老翟。他站起身来,握着老瞿的手说道:“我的好瞿兄,你言之有理呀! 真是旁观者清,当局者迷啊! 那怎么办,请瞿兄指点。”

“高才生也有求教于人的时候?”

“别笑话我了,我诚恳请教你这位一向稳重的学长。”

松柏说:“你请教我,不如去请教你暗恋的安妮,她才是你解除困惑的老师。据我所知,她还未同别人谈婚论嫁,你还有希望。”

瞿松柏这句回话,在一般人看来,答非所问,是句废话,可胡望却领教了,尤其是“你还有希望”给他鼓了气。他想,我何不借用松柏这句话,为我开道呢。他主意已定,果然去找了安妮,他对安妮说:“瞿松柏要我请教你。”谁知,安妮聪明绝顶,她知道胡望的来意,便说:“胡望,是松柏有话,要你来问我,还是你自己有什么心思,要告诉我?”胡望本想是要借瞿松柏破题,没想到,安妮好像是看透了自己,顿时,他脑子里如同有一堵墙,一时语塞,安妮见机,笑眯眯地说:“胡望你不好开口是吧,那就不要说了,等我什么时候想对你说的时候,我会对你说的。”

此时的胡望,心窍被迷住了,对安妮的话,发生了错觉,以为安妮有态度了,连忙跑去告诉松柏。

“松柏! 你看这是否就证明安妮有了态度了?”

瞿松柏说:“也算是她的态度吧,但我觉得对你用处不大,甚至可说是在堵你的嘴。”

胡望听老瞿这么一说,心里瞬间由火热变成了冷碳,又一次被泼了冷水的他,脑海中环绕起了老瞿的话,他说安妮在堵我的嘴,果真是这样吗? 安妮那句“等我什么时候想对你说的时候,我会对你说的”,话中寓意,是说在她开口之前,我不要再开口,对了,这就是堵嘴! 他用佩服的眼光,看着瞿松柏,由衷夸赞瞿松柏老谋深算。他没有再往下问,他在思考自己是否一厢情愿,不是要知己知彼吗,我怎么就没有用这个道理想安妮呢？他笑了，他在心里说，我没有谈过恋爱，现在喜欢上安妮了，却总是没有好味道，我干吗总是要主动呢？谈恋爱是否就应是软骨头？看人家安妮，在我面前，想说就说，想笑就笑，大派得很，我一个大男人，干吗要像松柏讲的，“读书聪明，谈恋爱愚钝呢”。不行！我不能再软骨头，我再也不主动了。受到挫折的他，凭自己个性的指引，果真不再出击了。胡望改变了对安妮的追求欲望。但他的这段失败秘史，却没有从同学的记忆中散去，每当他同安妮在聚会中对话，就会触动大家的记忆神经。

刚才胡望评论老瞿，说老瞿赞赏柯胜的话不妥，老瞿却反过来表扬他，老瞿笑眯眯地表示说，“老胡的批评，有分析，有区别，符合我们干部队伍的实情，是对的，我接受批评。”

柯胜第一次讲的那些话，本想是要“纠偏”，可是没有“纠”住，他改变了思路，他想，与其说大家在谈论官场，不如说是在议论现实，也好！如是他也参加进议论中来，他紧接瞿松柏的话，也肯定了胡望，并且还对他鸣不平。他说：“我听说胡望老弟，凡谈官场，必有批评，我看这没有什么不好，党章明确提倡批评与自我批评嘛，会上开展批评与自我批评，有假象，随便谈论中的批评，才有真东西，胡望老弟明知口无遮拦的嘴，误了自己，还是不收敛，从社会学角度讲，这叫责任，他不收敛，一方面说明他人格的可取，另一方面暴露出我们党风的不正。我们在座的同学，都公认老胡读书高才，我读书读不过他，你们各位有谁在考试中成绩超过他的？而且他思维敏捷，刚才他评论我的言论中，就讲得很好。为何他这样的人，在仕途上受压抑呢？我们国家，不知因此埋没了多少人才。来，老胡，我敬你一杯！”

胡望连忙站起身来，举起杯，打趣说道：“哎呀！高干敬我酒，不敢当！不敢当！”又是哄堂大笑。

一直不说话的姜明喻开腔了：“老瞿，你联络的这次聚会，大家都很开心，我们很少聚在一起谈论国是，谈论党风，我觉得很好，尤其我们老柯的两次言谈，讲出了治国之道，他的话里没有金钱，是人心，当下我们的执政党，最需要的是人心所向。他讲的主仆关系，及他对仆人的理解，十分精辟，是落实国家宪法和社会和谐都需要的，很受启发。我们都逾古稀之年了，还是关心国家的安危，这大概就是正能量所要求的。”

“对！明喻，我赞成你的这番话，你为我们的这次相聚活动，做了总结。我老瞿今后，要么不在同学中领衔，要领衔，最后的收场戏，我都要你这位当过厂长的人来唱。”瞿松柏的收场词,把大家都逗笑了。

安妮也许是要还胡望曾经对自己的暗恋之情,她借此机会说道:“今天老同学聚会,一派盛况,表现最好的,我看是我们的老胡。老胡!我用杯中余酒敬你,祝你,同时也祝大家健康、幸福!”

胡望显然是出于兴奋,他站起身来,举起酒杯,环视了大家,还特别将视线在安妮脸上稍作停留,说道:“我们虽然都老了,但我还是要称呼一声安妮学妹。他又面对安妮,学妹!谢谢你给我注入了好心情,来!请大家都举杯,共祝保重!”

拍!拍!拍!这次聚会在胡望引发的在掌声中结束了。大家走出了聚会地,边走边聊,瞿松柏对安妮说:“安教授,胡望的祝酒词,可是人间重晚情啊!”安妮笑了,说道:“老瞿,你是当年我们班的班长,最了解我们,当年我真有些对不起老胡。他今天称呼我学妹,我感到亲切,其实他没有必要在称呼的前面,讲那句‘我们虽然都老了’的话,他是在设防,怕别人讲闲话,年龄永远改变不了人的大小,一百岁,我也是他的学妹。他这人现在倒细心了,当年他要是细心些,也许会是另一种情况。”

安妮的几句肺腑之言,令瞿松柏颇生感慨,他从“人间重晚情”中,看到了两个人的心。他想,人世间的事情,很难料断,很多事,事过即了,有些事情,时间过去了几十年,空间上却还没有过去,留在深层的记忆中,有多少人在生命终了前,都还记着,常从记忆中,看到往昔的年华、风范,从记忆中重新品味生活的苦涩,从记忆中书写衷心的祝愿。文学作品中的千古佳话,就是这些深层记忆的文字版画。他想叫住胡望,把安妮的话告诉他,但思维缜密的老瞿,转念止住了,他们都即将进入暮年,各自又有一个温暖的家,心中的浪花,不会溢出的。祝愿所有人间重晚情的人幸福长寿!

2014-4-26

大主题下的异常

各级官员讲话,必讲民生,讲得很精美,用词造句彩色斑斓。

民生也是写文章浓墨下的大主题,从中央决策层提出以人为本的民本主义观念后,不做民生文章的当权人可说没有,而做民生这篇大文章,是各级政权当家理政的当务之急,被当做时务、要务。说明民生逐渐进入到权力舞台的主角,符合人民当家作主的宪法精神,重视民生将会成为中国社会发展的历史趋势。

民生之策,要靠官员去执行,素质不同的官员,对执行民生政策,在知与行两方面,都有落差,有的能看清民生乃政权之本,而真正重视民生,但也有跟风的,中央提倡重视民生,地方各级,也跟进讲民生,不讲官位不稳,削官风吹帽,因而把民生用着保官一术。大主题下的异常,就在这"术"中。我在某市暂住数日中,闲来无事,到标致性景点逛街,听到了"术"中的异常说法。

我逛的街,是步行街,街中间,又有"街中街",叫美食一条街,便向它走了去,不是想去吃美食,而是好奇,看看美食的花样。我看到街景很华丽,各家店面装饰精美、别致,但我马上又感到遗憾,还未靠近这条街的街口,就见到了烟雾层层,走近些,往里面看,哎!这哪里是美食一条街,简直是雾霾一条街。更不能接受的,是嗅到了一种非香、非臭的味道,呛人鼻息。拔腿疾步走出了几十米外,讨厌的气味,仍然留在鼻腔内。我倒转又走进了另一条"街中街"。

我将逛街的感受,讲给一位在街中执勤的公安民警听,请他将我感觉到的现象,向相关管理部门反映,通过相关部门,传递到市长的耳中,请市长也来"逛逛"这条街,也许对调整他们的改革思维,会有所启示。万万没有想到,这位民警竟然回答我说:"市长管这等事吗?市长是管大事的。"我纳闷,他这话是对官场的调侃、蔑视,故意使用讽刺语言呢,还是他真的认为市长的形象就是如此?

离开时,我一直为民警的话,运用逻辑推理的方式寻思答案:市长是管大事的,一市之长嘛,当然应该统领全市宏观大局,但何为大事?环境建设,治理污染,应当是大事吧。那么美食一条街中藏污纳垢的事,市长该不该管呢?是的,在市长的下面,设置了层层的管理者,这些管理者,如能用心管事,市长可以不直接插手过问,如果他们疏于守责,管不了事,市长该不该负有责任?市长怎样才能知道他手下的人管事素质好坏呢?靠开会是不管用的,甚至有害,因为市长在会议上听到的可能都是"良方",要想知道实情,就要开通民间渠道,让自己的耳聪起来,目亮起来,对全市一盘棋中属于市长施政范围内的事,都能看在眼中,想在心中,经得起人民群众的监督。那么,上面讲的现象,市长就应该管了。逻辑推理到此,那位民警的话,就可否定了。

否定了民警的观念,不等于是责备民警,要责备的是市长。

在市政府的"三定方案"中,会写上市长的职责,市长就职演说,会讲许多好听的话,热民心的话,但重要的应该是将自己的职责分解,晓谕民众,做到了没有呢?如果没有做到,那市长是个大而化之的官,如果做到了,上面讲的那位民警,就不会讲那句有损市长名誉、误导民众的话。

长期以来,官场大而化之惯了,所以才有官僚主义恶习的存在,才发生在群众路线中,为百姓不能接受的问题,才发生不应发生的官民矛盾。官场大而化之,官僚主义恶习难除,根子在政权结构太肥胖、臃肿,这方面的改革不深,各级主官的周围,有那么多部门,那么多下属,他们当然不能"越俎代庖",于是就形成了开会体制、坐办公室体制的弊病。

02

| 人生向往 |

我的青少年读书生活

当我还是蒙童的时候,就喜欢听学堂里传出的读书声,我六岁那年,进私塾学堂启蒙受教,也学着先生摇头晃脑地教学生背诵课文。放学回家,也时常边走边习惯地如此背诵,有一次一路人见我如此,以为我患有癫痫病,跑去告诉我的父亲,父亲对那好心人说,我家幼生(小名)没病,他是在背书。那人连忙赔笑说:"哎呀!对不起,是我搞错了。""哪里!哪里!你也是好心。"我父亲也赔笑与那人搭话。

1947 年,在我们家乡办起国民中心小学,我插班进了小学四年级,数学课跟不上,常有不及格的记录,但非我一人,插班生都这样,是学制转型出现的一种难免的情况,后来学校特事特办,对插班生采取加时补课的办法,我逐渐跟上了进度。

新中国成立的 1949 年,我小学毕业,不愿在家乡升学,到武汉报考中专,没有考取,落榜生志,决意要在武汉谋生,在我祖母的支持下,父亲把我送进一家织布厂学徒,成了工人阶级的一员。人民共和国的基础是工农联盟,工人阶级在那个年代,是块金字招牌,凭着新时代召唤激起的热情,我积极投入政府兴办的业余学校学习,新时代、新政府办的学校,在当时是新事物,是提高工人阶级整体文化素质的教育课堂,教师是从全日制学校选优抽调来的,教育质量受到政治信仰的保障。我以优秀的成绩,学完了初、高中文科课程。这时我已成年,是共青团的支部书记,积极追求上进,对新事物充满热爱,求知欲望极强,业余时间,除了去夜校上课,做作业,就是读书。尤爱文学作品,也有过废寝忘食的读书经历,不单纯是为了欣赏,追求故事情节,主要是为加强自己的文学修养。

我阅读了文学名著:《我的大学》、《钢铁是怎样炼成的》、《战争与和平》、《基度山伯爵》、《白痴》、《莎士比亚戏剧集》中的《威尼斯商人》、《无事生非》、《皆大欢喜》、《温莎的风流娘儿们》等。对文学刊物上的散文，我阅读如餐，边读边捉摸它的写作技巧，我也常读报，对社论，我读起来很感兴趣，也是边读边捉摸文章结构和语言表达。我的这种执着禀赋，为我立志报考大学，做了铺垫。也为大学毕业后，长期适应工作的需要，打下了较为坚实的文字功底。

我报考大学是在1959年，而萌生志愿就是在这时，阅读《我的大学》产生的刺激是原因之一，更主要是老师的开导。教我们语文的，是位女老师，她对我说，“你的作文课完成得很好，你很有报考大学文科的潜质，如果你有这个想法，应开始准备，我可以辅导你。”听了老师的话，我激动地问：“老师！你真的认为我有这个希望吗?”“有！不过我讲的是文科，你的作文作业，每次我都看得很仔细，你擅长句式的运用，文中夹叙夹议也起收得当。你每次的作文都得了满分，我也高兴，因为我从你的文章中，看到了你读书的奋发精神。”她接着问我：“你是不是常读一些课外杂文、杂书?”我回答：“是的。”她释然地说：“看来我想对了。”老师同我的这次交谈，成了我从萌生想法到厉行必争的最强音。遗憾的是，在我实现了志愿，考上了大学的时候，却不知老师的去向。老师给了我知识，又为我点亮了向知识殿堂高处追求的明灯，我却忘记了与老师保持联系，每当我想起这件事，就感到惭愧和自责，我的知识启蒙于私塾学堂，是在天地君亲师牌位面前受过教的人，居然忘师!

我与散文

我开辟“人生的感悟”栏目，进入写作生活，一晃十八年过去了，没有辜负自己，在真实的生活中，不倦地悠悠自思，感悟社会生活百态，说人间故事，扬人间之善，揭人间之恶，议该议之事，说该说的话。在我的文集中，留下了数百余篇，120余万字的文章。其中4篇中篇小说，50余首近体诗，其余330篇都是散文、杂文。由中国文联出版社出版的散文集《追逐》就是我的部分作品的合集。

我以“人生的感悟”为写作切入点，其实就把我的写作生活捆绑在了散文、杂文体裁的文架上。感悟无非是悟人、悟事、悟物，人、事、物是构筑社会存在的物质基础，又是精神的载体，天地广阔，有供我捕捉的丰富的物质外壳和精神要素，事物是发展演变的，我也跟进深入其中，阐发内层。若是写人与事，彰显真善美，让阳光作墨,从各种不同的表象出发,抒发各别情怀,反映时代的需要。写人类社会发展与进步,用比较思维,于绝对中看相对,看趋势,排内外,找共同,说清楚世界上没有绝对的东西,一切都在相对中,在变化中。一个个活生生的人,若面视其形,只有男女老幼,高矮胖瘦,美貌与其貌不扬的区则,若窥伺其内,透析其灵魂,就不都是人了,鱼目混珠,妖魔鬼怪都有。写非人之人,自然是揭他们的假恶丑,剥开他们精美语言的外壳,曝光外衣里面的脏污。《追逐》,容积了12个篇章,其中的"人生晚景",重点写老年人生的晚情、晚景,人性修养,在暮色苍茫的路上,安度晚年;"生命与健康",海纳百川,接纳医学和保健专家们的理论与实践推介,写我耳闻目睹与疾病抗争、充满生命活力的朋友的生活;"感悟大自然",着重写人与自然的关系,人与其他生物的生存规律,把自己的感情倾注在自然景物之中,每当我走出花丛林带或溪流绿地,都要向它们挥手,向它们说声再见了,朋友;"思想与信仰",写人的思想就是用来信仰的,奔信仰也就是奔前程,追逐所需要的未来。信仰是神圣的,没有无信仰的人,但要知道,没有压力下的信仰才是真的,是能够维持的,与虚伪和唱,必受其害。因此,信仰可以改变,信仰了,因故而变,又因故回来,是自由的,都应受到欢迎;"百姓生活集锦",没有百姓就没有国家,持这样的观念,才能不漏掉百姓生活集锦中的精彩,捕捉存在于百姓中的生活百态。没有百姓,一切都没有存在的必要,所以要推动人本主义建设;"长话短说",倡导好文风。

12个篇章,铺开的面很宽,各有特殊的要求,按照它们的个性特点,把握住散文的写作套路,我感觉很不轻松,因此,我的写作生活始终是在学习中写,边写边悟的过程。

散文写作,受题材的影响,用笔技巧会有所不同,写人论政,写社会现象,写百姓生活,要抱定诚实的心态,语言可以不避讳尖刻,但必须符合事实,每句话讲到实处,文笔不装腔作势,要朴实,不哗众取宠,给读者一种平实文风的美感。涉及历史题材,必须忠实于历史唯物主义,分析古今人物,必须牢牢把握住人物的言行,从其言行中,揭示内在的关联,分析他们对所处时代产生的影响,避免空穴来风,捕风捉影。

题材中的主体,有浮出水面的,有潜在水下的,社会生活很复杂,人的思想诡谲,假不露真,虚不露实,伪不露貌,行骗以假乱真,写这类人和事,就是要尖刻些,去伪存真,由表及里,用逻辑推理的方法,笔无针对,但能刺痛对号入座者。鲁迅先生痛打落水狗,其实打的是人,为何拿狗形容,因为疯狂的"人狗"没有人性,不痛打,他爬上岸,还会疯狂咬人。对于良善之人,因受知识水平或能力的局限,干了错事,则要持宽容的态度。

写自然景物,重文采,多点审美,充分发挥想象力,用好比喻和隐笔,增强文趣,给人以艺术感。

我用得最多的写作手法,是夹叙夹议,纵向叙横向议,针对写作对象的性质,从头到尾,分节点写,每个节点都有叙有议。在《追逐》那本书中,几乎没有不用这种方法的文章。

写散文力求生动,就要在用词上下功夫,我的功夫主要用在思维形式的使用上,把概念、判断、推理力求用实用活,不生硬。语言句式,我常用排比句,也多从比较思维中捕捉恰当语言。这类句式在收录进《追逐》一书的文章中,处处可见。

我讨厌费话,所以在我的文章中,尽量避免。我讨厌装腔作势的语言,所以我写文章,不唯书,不唯上,必须要引用的话,点到为止。我讨厌阿谀奉承,所以我写文章,多有对此类文风的鄙视与抨击。我讨厌拉幅增长,所以我在书中专设了"长话短说"这个篇章。我喜欢朴实,用词摒弃牵强、柔媚、哗众取宠、画蛇添足之类的痞气文风。

2017－2－10

暮年路上与笔为伴的我

2016 年 9 月中旬,我写了十八年的"人生的感悟",突然不想写了,要中断坚持了十八年的写作生活,要将余年尚存的经历更多地转向书法习作。未料这转向想法的启动,使我的生活失去了平衡,把我拖进了懒怠的睡袋,每天练完字,就不想动,感觉空泛。是什么原因催生出这一转向呢? 想过,没有找到直接的诱因。几天后我将这新变化,告诉了婆婆,说我正在进行第二本文学散文集的出版工作,是我写作生活的收尾,以后就不写了,不想再回到生变之前,退休后按照三性原则(继往性、可行性、兴趣性)选择的写作生活,要打上句号了。第二本散文集的书名定为"人类思想的哲学灵光"本想出到 30 万字,不想再写的想法一出现,迫使我修改了计划,加快了收缩步伐,26 万字就打住了。书稿排版后,我在校对中又重新阅读了一遍我的作品,也许是敝帚自珍的缘故,我几次恋在了作品中,凝神某段文字不舍离开,目光和思想聚在某段文字面前,情不自禁地手舞足蹈,这种情景在阅读中,反复出现,不禁有所触动,我反思起来:我以写作为自己退休后生活的选择,十八年的写作,一直给我的老年人生注入了活力,为我营造了老有所为、老有所乐的新天地,小小的电脑屏幕,记载了我想到的事情,收录了我想要说的话,过往情愁,沧桑岁月,蹉跎挫伤,我认为有必要留下的,都留下来,反映了我的思想深处和我的历史观、价值观。某段历史好,某段历史产生人心背向;某人真心为民,他们干了什么,怎样干的,他们的思想、人格、形象,他们对某段历史产生的作用,对未来历史的进程将产生影响;哪些人,话讲得很多,却不足为训,哪些人讲话不多,却能启迪人,变为社会发展的动力,等等,都归纳在我的历史观、价值观里。我读着自己写的文章,听见了自己的声音,听见了自己在呼唤!听见了自己在同别人交流对话,何等的自在!在我的心灵的园地里,我成了世外桃源人。精神生活充实,促进了我的健康,我年逾八旬,身无弓形,足不蹒跚,能日行万步(两次)。社会生活中的人,都以不同方式追求幸福,我的幸福就在孜孜不倦地放飞我的思想,感悟人生的乐趣中。

我反省自己思想的退潮,产生自责,我曾经讲过:人生感悟无穷,我要在这无穷的感悟中,走着我余生的人生路,让笔陪伴我的余年,直到思维迟钝了,看不清时世为止。现在思维还清晰,还能看明白时世中发生的事情,还能用两分法、两点论,褒贬人和事,何故要停止写作,要中途退缩,岂不是背叛自己退休后的誓言,要撕碎自己的选择吗?糊涂!这段时间我的情绪很乱,心里不自在,常出现烦躁甚至坐立不安,意识到焦虑的产生,意识到继续下去,焦虑会转变为抑郁,八旬开外的人了,怎能经受得起抑郁的困扰打击呢!果真如此,我的亲人们,也会跟着我受困扰。我想到了这样下去的危害,必须阻止自己精神上的这种情形扩散。真是车到山前必有路,自我反思的思想车轮又把我送进了写作的心灵园地,一支文化养老的笔,又摇动了起来又恢复十八年一贯的生活,每天定时抒发我生活中的感悟。快一个月过去了,再也没有打退堂鼓,情绪稳定了,人又恢复了从前的轻松。

这就是我,一个在暮年人生路上与笔为伴的真实的我!

2017-1-7

走出校门后的人生概述

1959 年秋，我报考湖北大学被录取。当年的湖北大学不是现在的湖北大学。而是由中南政法学院、中南财经学院、武汉大学法律系、华中师范大学化学系、外语系等院系合并。于 1958 年组建成立的一所综合性大学。四年本科的大学生活，改变了我的人生道路。

1963 年我大学毕业后，历任中国科学器材公司武汉分公司人保干事，湖北省科学技术委员会办公室秘书，《湖北科技报》常务副总编，湖北省高级人民法院经济审判庭副庭长、庭长、审判委员会委员，最高人民法院国内经济审判组组长、副局级审判员，海南省高级人民法院副院长，海南省法制局、海南省体改办党组书记、局长兼海口仲裁委员会主任，国务院经济法规研究中心理事。

退休前，我在中央党校《论坛》、《党校科研信息》，最高人民法院《人民司法》，武汉大学《法学评论》，国务院经济法规研究中心《经济法制》，复旦大学《经济法研究》，西北政法学院《民法学论文选编》，新华社《海南内参》，华东政法学院《当前经济纠纷原理探索》和省级报纸杂志上，发表论文六十余篇。论文选题于实践，是对实践中提出的问题的回答，是从实践中来再到实践中去的经验总结。这些论文，在理论上不及学者教授高深，但论文中透视着实在性、可操作性、直接与实践相契合的经验性，是工作实践与研究相结合的产物。1993 年 9 月，中国高级法官培训中心，聘我为兼职教授；1996 年 9 月，中国政法大学研究生院，聘我为经济法学专业攻读硕士学位研究生兼职指导老师。我想都是理论与实践结合的需要。

在这些论文中，有的获湖北省社科院优秀论文奖，有的在上述刊物上相互转载。我是最高人民法院统编《中国经济法教程》写作组成员，参与编写《中国经济法教学大纲》，是该大纲的统稿人之一。曾主编《联营承包租赁法律实务》一书。

我的人生路，不是找背景营造的，是一步一步走出来的，承认与埋没，都未改变我的平实向前，也有过烦恼，有过不平的自鸣，但总是硬气战胜了软骨。我的人生路，平坦中有曲折，每走出一处曲折，都要拐大弯，付出的努力，都大于平坦时期。本文略去曲折，直线概述我大学毕业后的工作历程与退休后的人生状况。

我在湖北省科技战线工作了十五年。1971 年以前，科委一位副主任，因 30 年代的一段历史问题不清，被立案受审，成立了专案组，科委秘书长田忠同志，指派我担任专案组组长，任务是查历史。专案组对省委负责，工作结束前，我向省委汇报案情，省委赵辛初书记，对专案组的工作很满意，说我们实事求是地查清了问题，还了受审人那段历史的清白。

1971 年，我结束了在"五七干校"接受审查的那段历史，被抽调到湖北省委"两清办公室"工作。负责人有省高检的房昭义检察长，省高法的张思卿副院长，省委组织部薛坦部长，经常过问这项工作。"两清办公室"是挂靠省委组织部的临时工作机构，以毛泽东思想学习班的形式开展工作，若干个学习班的工作时间，不搞一刀切，完成任务就收兵解散。我参加一位老同志的学习班，这位老同志在"文革"中狂热支派，成为省内的头面人物，帮助他提高认识，转变观念，就是我们的工作，当时把这种方式叫做思想交锋，说理斗争。但我们从不对他粗暴无理，在一起交谈，和风细雨，时间久了，常彼此开玩笑，气氛融洽，比在"五七干校"搞斗批改要文明得多。

1974 年春夏之际，两清办公室的工作圆满结束，我仍回到在"文革"中新组建的科技局工作。离开两清办公室前，我得到的信息是，组织上对我的工作是满意的。同年秋，我被安排组建《湖北科技报》，这是一个县处级单位。该报社的社长兼总编辑由省科协副主席谷光同志兼任，我协助他具体负责操持该报的全部出版业务，开始了我人生跨度较大的将近五年的报人生活。

《湖北科技报》是湖北省推动科技进步的宣传园地，广大科普工作者以及接受科普宣传教育、授业科普知识的工农劳动大众等读者，都热爱这张报纸。办报人辛苦，是有共识的，但想到它在生产建设、人民的生活中产生的作用，也就心安理得了。在那个特殊的年代，办报风险也大，科技业务性的报纸，本可不沾政治，但在以阶级斗争为纲的年代，凡政治性的新闻，也必须转载，稍有疏忽，所谓政治性的错误，就会上门找茬，随时都不能松懈政治这根弦。任何事情都习惯成自然，习以为常了，就不感觉是负担。在这段时间里，我很愉快，可说是我最有实际意义的一段经历,每当回忆起那段经历,都会想起同我一起艰苦创业的编辑们。四十多年过去了,他们中年龄最小的现在七十多岁了,大家的近况怎样,常在我心里念叨。

我在科技战线的十五年中,大约有五分之二的时间,是在政治热浪中被波及,受到过风浪的撞击。人人自危的年代,都会有自己的生存选择,我选择的生存之路,是少说话,多读书,把风浪中的"五分之二"用起来,自己培训自己。好在我能静得下来,一辈子都是如此,有朋友观察我,戏说从我走路中,也能看见我在思考事情。我庆幸自己的选择,否则五分之二的光阴,就白白地浪费了。在当时的中国,这种人力资源的浪费,可说遍及神州,谁也不感觉可惜,甚至觉得理所当然,自然也就没有任何人会注意到这种浪费是时代的耻辱,更没有人敢于从这种浪费中找原因。"宁要社会主义的草,也不要资本主义的苗。"这句话精辟概括出那个年代的底线:只要政治,不要经济,只要革命,不要生产,那么要人才干什么?

少说话,多读书的选择,成了我的"管家",管了我一辈子,丰富了我一辈子,对我退休后的选择,客观上起了铺垫的作用。

1979 年冬,我离开了科技部门,调到湖北省高级人民法院经济审判庭任副庭长,是我转换人生角色的新起点。人民法院经济审判庭创建于 1979 年,其历史背景是中国共产党十一届三中全会决定党和国家工作重心转入社会主义经济建设,人民法院为了适应国家工作重心转移,适应改革开放的需要,创办的经济审判庭。经济审判庭的业务,是在摸索中不断成熟,任重道远。我当时满脑子想的一件事,就是要尽快适应工作的需要,就必须尽快掌握经济审判不同于一般民事审判的新特点,用新的思维方式,开拓新的工作路径,在没有现存经验可资借鉴的情况下,湖北要自己创造经验。为此我迫切追求适应角色转换的新知识、新理论,进行新探索。我珍惜时间,与时空争分夺秒,有时走路都在阅读有益于开创工作新局面的文章资料,边工作,边学习,边实践,边总结,在研究与探索上下功夫。我经常下乡,同全省经济审判干部一道,了解新情况,捕捉新问题,通过实践解决新问题,及时总结。在不到一年的时间里,湖北创造出了经验,被最高人民法院在全国推广。最高法院创办了一个推广经济审判经验的内部刊物,常登载反映湖北经济审判动态的文章。

1983 年,庭长陈皋离休,省高院党组决定由我继任庭长,我被湖北省人大常委会任命为省高院经济审判庭庭长、审判委员会委员。次年,最高人民法院召开第一次全国经济审判工作会议,我在会上介绍了湖北经济审判工作的发展情况,受到与会者的普遍好评。会议期间,出席会议的深圳市中级人民法院院长李曼,同我交谈,问了我一些情况,他还特意告诉我,他快要离休了,我很理解,也从内心感谢他同我交谈的用意,是试探我是否有去深圳工作的意愿,我虽未明确表明态度,但从此在我心里埋下了去特区工作的伏笔,心想如有可能,我愿意去深圳,我当时缺乏的是涉外审判的经验,没有涉外案件,这个短缺是无法填补的,只有到涉外案件多的深圳特区去吸取。

全国经济审判工作会议结束后,经济审判工作在全国出现了新气象,为了跟进这种新气象,开创全国经济审判的新局面,我会同河南高院经济审判庭庭长陈杰三、广东高院的庭长潘戈环,发起召开全国经济审判研讨会,得到全国法院的响应。这是一件具有重要建设意义的举措,它的影响力扩及人民法院的各项审判,没有多久,全国人民法院的各种审判研讨会,都应时而生地开展了起来,积聚研讨会的智慧,推动法院工作的创新,为司法立法,提供了十分有价值的实践根据。

这段时间,我的人生继续处于上行期,对工作的悟性、通达似乎更成熟、旺盛。因工作需要,我在这期间同时被最高人民法院、湖北省高级人民法院、深圳市中级人民法院三级法院看重。

最高法院要调我进京,湖北高院力劝我留在湖北,深圳市委力促我去深圳。

这时,我已进入孔老夫子讲的知天命之年了,工作起来得心应手,常受成就感的推动,不知疲倦地工作和学习。但我也告诉自己,成就的得来,不完全依赖于个人主观的勤奋,是时代的需要,让我发挥了自己,造就了自己,同时也是时代承认了自己。我无论在哪里工作,都被认为是个谨慎的人,有了成就,把成就放在别人眼里,别人认可才是成就,未得到别人认可的信息,不孤芳自赏。取得每一个成就,只要我的同行、我的领导、我的朋友认可就足矣了。我的文章,报刊认可,发表了就足矣了,不在成就面前同别人争高低,肯定自己的人生价值,但不借机推销自己,卖弄自己。1983 年,我在湖北省高级人民法院任经济审判庭庭长期间,多次在武汉大学《法学评论》上发表论文,武大法学院的一位老师对我说:我引用了你发表的文章内容,你不介意吧?我回答说,我发表文章是供人看、供人用的,你引用,说明你认同我的文章观点,文章有教学利用价值,我高兴,怎会戒意呢?他说,这我就放心了。我理解他讲的放心,是怕被指控抄袭。这也许就是我对学术上的此类问题的一种理性的界限划分。

最高人民法院要调我进京,是出于干部使用制度改革的需要,从下级法院选调政治素质好、业务能力强、经验丰富的骨干改善最高院的审判队伍素质,充实自身的审判业务力量,我是最高人民法院推行这项改革的首选人选。此时我就在北京,参加《中国经济法教程》的编写工作,是该教程教研组撰稿人之一。时任最高人民法院院长的任建新同志,得知湖北高院三番五次催促我回湖北的信息后,指示《中国经济法教程》主编费宗祎同志电告湖北,说明我在京工作的重要性,要他们不要直接给我写信打扰我,影响我完成撰稿任务。

湖北高级法院之所以急催我回湖北,是因为已决定让我进院领导班子,并且已报省委,马良院长,李文华、王启珠副院长,轮番做我的工作,一再劝说我不要离开湖北。

期间,深圳市委也向湖北高院发函商调我去深圳中级人民法院工作。深圳中院李曼院长写信给我说,只要我愿去深圳,采用调去、借调、考察性工作一段都可以,哪种形式适合,由我定。他们欢迎我去深圳,给予了宽松的环境。随后,深圳市委致函湖北,请求给予支持。湖北高院一直不予表态,后来湖北高院收到最高人民法院的商调函后,眼看要留住我在湖北进班子已经是无望了,便答应了深圳,不久,深圳市委正式向湖北高院发送了接收我去深圳工作的调令。但因最高院已发函商调这层关系,不肯将深圳的调令给我,为此我特地打电话同湖北高院人事处胡昌琳处长提出要求,胡昌琳同志明确对我说,只要最高法院撤销对我的商调,他们即刻把深圳的调令给我。他把话说绝了,我便给任建新院长写信,表明我愿去深圳工作的意向,任院长见信,要最高院人事厅抓紧办理对我的调动事宜。深圳市中院知情后,报告给了广东省高级法院,请广东高院向最高院求请支持,广东高院说,广东缺干部,童振华同志的人事档案,也调去了深圳,恳请最高法院支持。最高院的回答是:你们缺干部,我们同样缺,至于档案,请你们转告深圳市委组织部,将童的档案寄我院。从此,深圳的努力作罢。

以上三级法院的同时努力,大约有八个月之久,最终还是下级服从上级。1987 年春,我被最高人民法院选调进京,从此,我离开了湖北高院,进入人民司法最高审级的最高人民法院工作,改变了我的人生履历。我没有任何背景,是个完全靠自己勤奋学习、勤奋工作求进取的人,能来到国家最高审判机关工作,实属不易。当时对我表示祝贺的朋友,来自全国多个高、中级人民法院。我的心态是,要戒骄戒躁,再勤奋,绝不辜负最高法院领导对我的知遇与信任。

我在最高人民法院工作了四年零三个月。最高人民法院是我国四级两审审判制度的终端审级，当事人不服省、市高院一审判决的案件，都由最高人民法院作二审。国内的经济合同纠纷案件，由最高人民法院经济审判庭承担审理任务，当时，我任副局级审判员、国内组组长。我常带着合议庭成员外出办案，足迹遍神州。新疆、西藏、内蒙古、宁夏这些民族自治边疆地区，都留下我值得记忆的工作往事。

1987年，我们在内蒙古审理一起联营合同纠纷案，当事人一方是内蒙古自治区一政府部门。主要负责人是自治区区党委委员，在官场根基较深，当案件需要他出庭的时候，他说，有我们办公室主任出庭足够了，何故还要我到庭，他还向他们办公室主任询问我们是些什么人。当他的办公室主任告诉他带队的是位老同志是副厅级干部时，他的态度稍有缓和地说："你们告诉那位老同志，就说我工作忙，不能出庭。"尽管我们一再讲明要他出庭的必要性，仍然无济于事，依法可以对他采取拘传措施。但我考虑他是位在当地有影响的老同志，又没有经历过司法诉讼的经历，不了解出庭是怎么回事，也许他觉得出庭有辱他的身份，也许还有些害怕，于是决定对他采取缓冲的做法。我把我的想法告诉了合议庭成员李天顺、周帆，要周帆通知内蒙古自治区高级人民法院，让高院了解我们的想法，请高院将法律规定转达当事人单位。内蒙古高院在转达时很配合，还讲了他们的意见，消除了那位领导同志的顾虑，改变了他的态度，他立即表示随叫随到。他到庭后的第一表示是检讨，我们也因势利导，对他以礼相待。由于他的配合，案件得以调解解决。

这件事看起来很平常，却给我深刻的启示，说明处理属于民事范畴的案件，既要严肃执法，也要疏通思想。只有严肃执法才能维护法律的尊严，使重权轻法的人增强执法意识。同时也不可忽视分析当事人的思想动态，做好思想工作。领导干部应当是执法的领头人，做通他们的工作，让他们配合执法机关严肃执法，既可增强他们的法律意识，又有助于法律畅行。

同年10月，我们去西藏办案，一下飞机就感觉缺氧。我们住在西藏自治区高级人民法院招待所，第一天我因缺氧不适应，躺了一天。为此高院在我住的房间，放上氧气瓶和一个氧气袋，每晚睡前吸一袋氧气，就感觉舒适些，睡眠也好些。合议庭成员李天顺、周帆共居一室，未摆放氧气瓶，他们可以到我的房间吸氧，由于我疏忽大意，未向他们讲明，使他们误以为这氧气是专为我置放的。李天顺对此口里未说,心里有意见,我也丝毫没有察觉。1997 年 12 月,我在北京同李天顺共餐,闲谈中他谈起这节故事,还带有几分怨气,我才知道 9 年以前的这件事,还深藏在李天顺的心里。

我们这次在西藏办案,充分发挥了主观能动性。我们带一宗案件进藏,结果办理了四案。另外三件案子西藏高院一审判决后,当事人不服,口头向高院提出了上诉。正待西藏高院向最高法院转送上诉状和案卷材料之际,我们到了拉萨。按正常程序,我们可以不过问这三件案子。但我考虑西藏路途遥远、差旅费用大,气候条件又特别,而且被上诉人与上诉人都在拉萨,如果按正常法定程序走完,另组合议庭进藏,经费在双倍以上,时间至少三个月。因此,我提出由我们在当地受案,由我们合议庭承担三案的审理任务,就地审理,这样可达到省钱、省时、方便当事人诉讼的效果。我请周帆按我的想法打电话请示院里,黄赤东副庭长接电话后,立即请示王奇庭长。他们商量后作出的答复是,同意我们的意见,由最高法院经济庭直接与西藏高院联系三案的受理问题。随即将盖有院章的空白法律文书寄给了我们。我们将法律文书填写好后,委托西藏高院代为送达当事人。

这三起案件的案由都是采矿承包合同结算纠纷,争议的焦点是矿砂开采数量。为了有效取证,我们深入到矿砂开采现场实地调查。那天风很大,飞沙击面,不敢睁开眼睛。在极端恶劣的天气情况下,我们克服困难,坚持工作,逐个勘察堆集的矿砂存量,在双方当事人面前核实。针对这三案的具体案情,我们的审理,着重调解,促使争议双方顺利达成了调解协议。时间上只花了七天,我们的工作受到双方当事人的赞扬。我也被同事们誉为民事诉讼法的操作能手。

1989 年,我们在新疆办案。一天,我们车行在戈壁滩上,我坐在汽车前排,在我座位的一侧,放有一瓶 12 镑的暖水瓶,汽车驶入戈壁滩,颠簸得较厉害,暖水瓶晃倒在我的脚边,一瓶滚烫的开水,泼在我的右脚背上,脚背顿时泛起一片黄豆大的水泡。新疆高院的刘庭长,把我送到乌鲁木齐第三医院治疗,该院没有烫伤科,由普外科接受治疗,医生在不使用麻醉技术的情况下,给我做揭皮手术。烫伤比刀伤更为疼痛,剧痛使我难以忍受。我请医生慢点,医生说越慢越疼,他使劲一拉,整块皮沿烫伤边沿被揭下,然后用药纱布贴在创口上包扎了事,手术做完后,如果静养数日,也许会消炎痊愈。可我工作任务在身,静不下来,养不安心,我忍受疼痛,如同在机关上班一样,每天要去新疆高院处理案件。我们住在自治区人大常委会大楼旁边的天山宾馆,去高院要行走大约 300 米的路程,我伤口发炎不能行走，新疆高院经济庭的刘庭长选派身强力壮的胡审判员用自行车推我去高院，在高院内部挪动地方，就由老胡背着我移动。老胡非常耐心，在那段时间里，他每天都陪着我，周帆的爱人王晓梅，也同我们在一起，每天由她帮助我换纱布，成了我的随身“半医”。新疆高院在日程安排中有去吐鲁番的计划，如果我不去，安排就有可能取消。我怕李天顺、周帆、晓梅他们失望，就决定抱病一同前往，完全是为我的同事着想，才做出这一决定的。到了吐鲁番，他们被吐鲁番的风情吸引，十分开心，我则只能坐在葡萄架下，忍受脚伤的疼痛。不过我从未见过新疆的葡萄架是什么样子。产生出好奇的想象。加上葡萄架下的景色和凉风，减少了我的痛苦。为了留个纪念，周帆拍了一张葡萄架下的我，那完全是一副伤员的模样。在葡萄架附近，有一株很大的桑树，树上结满成熟的桑葚，吐鲁番中级人民法院的同志，用床单铺在地上，用竹竿敲打树干，乌红的桑葚纷纷落地，我欣赏葡萄架周围的风光，调节心情，伤痛又好像减轻了许多。从吐鲁番回到乌鲁木齐，我的烫伤炎症加重，被感染的范围扩大，从脚背到小腿。出现了红肿。新疆高院的同志很担心，他们同新疆医学院烫伤科联系，烫伤科的医生看了我的伤势后，说我的炎症感染已发展到深二度，要我住院治疗。我问能否不住院，医生说不住院就怕炎症难以控制，再发展就要从大腿植皮。我怕植皮，接受了住院治疗。此时案件已查实待判，我吩咐李天顺、周帆先回北京。

半个月后，脚伤明显好转，开始消炎生肌。虽还不能着地行走，但我提出要出院，医生开始不同意，说炎症还未完全消除，还有受感染的可能。过了两天，医生见我出院心切，就详细向我交代了注意事项，办理了我的出院手续。回北京那天，脚还是不能落地行走，新疆高院把我送到机场后，仍由老胡背我上飞机，老胡将我的脚伤向空姐作了介绍，要求空姐照顾。我带着深厚情谊告别了新疆高院，告别了待我如亲人的同志，告别了整天陪伴着我的老胡同志。到了北京，两位空姐架着我下飞机，架着我走到机场出口处。事先等候在那里的李天顺、周帆护送我回到了家。

我在最高人民法院工作期间，安徽、江西、江苏、四川、陕西、山西、河南等省都留下了我的工作足迹。人民法院的工作，不同于普通行政机关，办事的严谨度、缜密度高，从案件收理到结案，每一道程序，都用法律文书来体现，文书格式都很讲究，尤其是结案文书，无论是判决书、调解书，都要在事实的表述和适用法律条文上严把法律关，不能出任何文字错误。我担任审判长的案件，文书我自己把关。

因我负责整个国内案件组的工作,组内别的同志担任审判长的案件文书,也常送给我过目,再报庭长审签。因此,工作很不轻松,在最高法院四年多的工作历程中,我仿佛受到了严格的训练。

1990 年国庆前夕,我被调到海南省高级人民法院任职,告别了最高人民法院。行前,我去向任建新院长辞行,他问我,你工作得好好的,为什么要走?面对任院长的问话,我很尴尬。任院长是当年最高法院试行审判干部任用制度改革的决策人。他问我为什么要走,我想是我让他失望,所以我没正面回答他,一直到现在,想起这事,就感到对不住他。我的这一感受使我常联想起另一件事。那是 1988 年,建新院长就干部选调改革征求我的意见,我说,这项改革是绝对正确的,问题是被选调的具体对象,是否符合选调标准,这很关键,标准把握不严、不准,进来的人不能胜任,就势必给这项改革摸黑。任院长说,你讲得很好。他鼓励我好好工作。我感觉他对我有知遇之恩,而我确对不起他,心里难消愧疚感。

1991 年,我去中央党校学习了半年,我在中央党校刊物上发表的论文,就是在学习期间撰写的。

党的十四届三中全会以后,海南经济特区进入全面构建社会主义市场经济体制时期,加强和完善特区法制建设,进一步提到了省委、政府的议事日程。我受形势的感召,致信阮崇武书记,提出海南立法首先应确立建立法规体系的思想。我在信中写道:"海南地方立法,首先应当确立建立特区法规体系思想。法律作为治国之本,国家有以宪法为龙头的全国统一法律体系,其中就包括地方立法。地方立法由于各地改革开放呈现格局、层次的多样性,经济发展水平的不平衡性,就出现立法需求的不平衡性、特殊性。海南是全国独一无二的省一级的特区行政建制,市场经济体制的建立与完善,与国际市场挂钩接轨的建设速度,以及海南依特区的地理环境而确立的特殊的产业结构、产业政策,都有别于全国,优先于全国,立法的特殊性就更为突出。因此,根据海南经济发展的特殊要求,确定建立特区法规体系,应形成海南的一种立法观念。"

万万没有想到,我的这个建议,成了我离开司法审判机关,到政府工作的起因。

1993 年 11 月 2 日,省委根据加强政府法制工作的需要,调我到立法与体改相结合的省法制局,担任党组书记、局长。此时,我的工作年限不到三年时间,按公务员条例六十岁退休的规定,我对虽属于是省委信任的这次调动,表示了不同意见,我给阮崇武书记、杜青林主任和汪啸风副省长写了不愿接受调动的信,还讲了几句不通情、不讲理的蛮话,说如果省委一定要我接受调动,请求省委批准我提前退休。阮书记批评我:让你独当一面工作,发什么牢骚?杜主任同我谈话,语重心长:振华同志,对你的调动,全然是工作需要,不要乱想,你为政府分分忧好吗,不要提退休的事好吗?他的这句"为政府分分忧",让我没有退路,我又连夜给他们写信,表示服从调动。

到政府立法与体改部门工作,虽说不算改行,却也面临新的探索,我一如既往地发挥研究思维,开始了潜心研究政府法制,废寝忘食的工作历程。不到半年时间,迅速扭转了政府法制工作的被动局面,在此基础上,在得到省委、省政府重视、政府相关部门的支持配合下,实施了两项改革。

一、致力于改革开放,建立海南经济特区社会主义市场经济法规体系框架

这项改革实际上是对我前期建议的落实,付诸行动。我首先构思了法规体系框架的指导思想、原则、体例、结构分类等,然后带领相关人员,深入省直三十个厅局,逐一进行调查研究,同这些厅局的领导层和法制处的同志,根据完善海南市场经济建设的需要,精心设计、挑选拟进入法规体系框架的立法项目。同时还认真研究了全国人大、国务院法制局、国家相关部委、国家法律研究机构以及有关省市的立法信息资料,进行综合研究、比较研究。较快完成了初稿设计,之后又反复征求相关部门的意见,充分考虑部门的要求,经多次修改,定下了向省政府的送审稿。1994 年 7 月,省法制局以《框架(草案)》的形式,报送省政府审议。同年 9 月 6 日,省政府第 45 次常务会对《框架(草案)》进行了审议,获原则通过。阮崇武省长在会上讲了很关键的指导意见,他说:"《框架》与规划有所不同,《框架》讲究系统性,而规划着重于工作部署。"他要求"《框架》要有伸缩性,以便根据变化的情况,适时做出修改。"会后,法制局又广泛听取了各方意见,会同改革发展研究院、法学会对《框架》进行论证、修改。同年 11 月 25 日,省政府办公厅以琼府办[1994]147 号文正式印发了《框架》。

二、开创全国之先河创立新的立法体制,实行立法专员制

我提出这项改革,是对立法工作进行了深度思考,我一接触到这项工作,就感觉到,立法是一项层次和精度很高的工作,具有政治性、政策性、专业性、研究性、

知识性强的特点,运作起来,要进行周密的调查研究,参阅大量的图书资料,广泛收集信息,组织分析论证,综合协调,进行周密的审查修改等。这样的工作,主要依赖个人行为,与立法人员个人的政治、业务素质、刻苦钻研精神、知识的发挥和正派严谨的工作作风直接相关。因此立法人员必须要专,要稳定,工作环境要独立,有充分的时间和精力进行独立思考,是完成任务的一个重要的条件,而且要挑选知识层次较高、工作阅历较深的人员担任。

这样一项重大的改革,国内无现成经验可鉴,国外的相关做法,是在三权分立体制下形成的,因而提出这样的改革是要担风险的。由于阮崇武省长在法制方面开明独到、具有远见卓识,我才敢大胆一试。这项改革的风险还在于针对性很强,就是针对法制局现行的管理体制现状,会触动利益机制,带来阻力。因此,对这项重大改革的提起,方案的制定,都是我一人操作,未在班子中公开。我在这项改革设想中,把体制的职能同职能管理作了明显区别。

1994 年元月 16 日,我给阮崇武书记,杜青林主任和副省长汪啸风写信,提出了《关于法制局机构改革的构想》,其中有这样一段话:"现在的法制局,维持住局面,把省委、省政府的立法意图领会好,工作组织好,遇事往主动考虑,并适时作出安排,增加立法数量,提高立法质量,是完全可以做得到的。但是,这不是特区立法机关的发展目标,只不过是在老路上修修补补,并不是创新,不是建设上的发展与进步,因而会是脆弱的。党的十四届三中全会关于加强法制建设的决定,把全国特别是特区的立法工作推向一个新的历史时期。在新形势、新任务面前,是仍然在老路上修修补补,还是通过创新,输入新的血液,建设充满活力、充满研究气氛的肌体环境,以此为依托,不断取得建设上的发展与进步,是我对未来法制局的前景思考的焦点。形成了我对法制局的体制改革的构想。通过改革,建设一支精干的、相对稳定的、富于创造性的立法专员队伍。"

这段话勾画了我当时的思想蓝图,反映了我将为特区政府法制的创新闯出一条新路子的决心。其核心就是要在海南省创立新的立法体制,实行立法专员制。

我的信,很快得到阮书记、杜青林主任的批示,我很高兴。

阮崇武书记批示:"可以考虑,请与有关人员和部门协商后再定。"

杜青林主任批示:"振华同志,请将设想与罗席珍同志沟通一下,听取一下他的意见,看可行性如何。"

根据两位领导的批示,我将"设想"同省劳动人事厅厅长罗席珍同志进行过多次商谈。随后又同省编委编制办公室磋商这项改革要解决的具体事项,终于达成了一致意见。同年2月,按照我同罗席珍和省编办商定的意见,我拟订了《关于省法制局实行立法专员制改革的方案》

省人劳厅、省编办对《设想》和《方案》再次进行了认真的研究,取得一致意见后,报经省编制委员会审查批准。同年5月5日,省编委以琼编(1994)12号文件。向全省各市、县政府、省直属机关印发了《海南省法制局"三定"方案的通知》,通知文件中明确了在省法制局实行立法专员制的规定。上述两项改革,在全国产生了影响,国务院法制局专为此发了简报,许多省的法制部门,来海南调研,称赞我们的改革的超前性、先进性。

由海南省委党史研究室编撰,海南出版社出版的《海南改革湖》收录了上述两项改革,且较系统地介绍了改革的过程。

1994年,海南省政府机构改革,省法制局同省体改办合并,实行"一套人马,两块牌子"新的立法与体改相结合的体制。法制局同体改办合并后,由原先的直属局变为省政府组成部门,我被任命为新机构的主要领导。全面主持新机构的工作,摊子大了,人员多了,任务重了,又面临新的适应、新的探索,求索新的思维方式,一番辛劳在所难免。到1997年春,我在这个岗位上工作了近四年时间,我满怀激情地工作,积极主动地当好政府的法律顾问,精心回复政府领导批示交办的事项,心力交瘁,可说是尽职尽责地工作到退休的那一刻。尽到了"为政府分忧"的责任。

法制局、体改办是我工作历程晚期最为顺利的一段。省委组织部1995年对我的考察材料可表明省委对我这几年工作的评价。考察材料写道:

"童振华同志有较强的组织领导能力和协调能力。在他1993年10月调任海南省法制局局长以前,法制局由于领导变动频繁,正常的工作运行机制没有建立健全起来,内外关系未理顺,干部队伍思想不稳定,工作处于被动状态。他到任后,大胆采取一系列整顿措施,调整了工作机构和人员分工,把能力较强的法律专业人才重新召回,加强班子内部团结和干部队伍的团结,加强理论和专业学习,建立健全各项规章制度,整顿工作纪律,把注意力集中到立法工作上来,较快理顺了内外关系,扭转了被动局面。工作效果显著。""他有较强的改革开放意识,对法制局的整个工作机制,特别是立法管理机制进行了比较大胆的改革。他针对立法环节多,工作步伐缓慢,尚难适应特区经济发展要求这一实际,提出了改革立法管理机制,实行立法专员制的建议,得到了省委、省政府有关领导的重视。认真进行了这项改革,实行了立法专员制,把这一国际上比较先进的立法管理经验引入到法制建设中来,在全国尚属唯一的一个省。""他业务工作比较熟悉,他长期从事法律工作,实践经验比较丰富,到法制局工作后业务上手快。1993年10月任现职,1994年初就主持制定了《海南经济特区社会主义市场经济法规体系框架》这一富有创造性的工作部署。由于实行立法专员制,每个法规他都亲自进行最后的审定和修改,仅1994年度就完成了44件法规、规章的审查和修改工作。""他能发扬民主,善于团结共事,处理问题较严谨,从政廉洁,在群众中较有威信。"

我为国家敬业工作的几十年,终于走到了尽头。

进入人生后半生的我,在想什么,在干什么,哪些可以放弃,哪些还将坚持?可用知行合一这句话来回答。

我出生于1936年元月,1996年8月,已超过退休年龄,满脑子装着退休的念头,但省委那边没有传出任何要我退休的信息,反倒听到叫我不要向省委提退休的声音。当时省政府分管法制工作的刘名启副省长,在调离海南去国家港澳办任职前夕,找我谈话,就是这样讲的,他说,你不要有退休的念头,不要向省委提退休的事,省委对你的工作是满意的,目前未考虑你的退休问题。此次谈话,无别的内容,我想他是代表组织,专门来向我谈此事的。省人大有位老同志也对我说:"不要提退休,据我所知,省委主要领导对你器重。"按照常理,我应为这样的阳光信息高兴,可我似乎失去了敏感,没有放弃退休念头,一根筋挂在国家的规定上,国家规定六十岁退休,我已过了六十岁了,怎么可以不退呢?不退,后面站队的人,会不舒服,会有意见,机关干部中,也会出现嘀咕我恋栈的非议,我不愿听任这样的事情滋扰我的思想情绪,便未将刘副省长的话装在心上,积极要求退休。在随后两个月中,我向省委写了三次请求依法退休的报告。首份报告如石沉大海,二份报告也无动静,于是我在最后一次报告中,引用了公务员条例中的规定。大约是在当年10月,省委组织部张德春部长找我谈话,她转达了阮崇武书记对我的关心。她说,你坚持要退休,崇武书记看了你的退休报告,说你把法律都搬出来了,再留任不好,同意你退休,问你有什么要求,我说我十分感谢组织上的关心,我没有其他要求。次年,省委正式办理了我的退休手续,时年逾六十一岁。

退休了,原先的一切,都进入了历史。今天的自己无论从社会属性讲,还是从自然属性讲,都不是过去的自己了,记忆中的自己,改头换面了。在情感上我感觉改头换面好,因为退下来的人,生活在平坦的低处,享受自然人自由自在过日子的滋润,其实是人生最需要的,我还觉得人生的低处是避风港,纵有狂风暴雨,也感觉安全。

退休了,开始了夕阳无限好,只是尽黄昏的人生岁月。剩下的日子怎么过?各有各的说法,各有各的活法,但是,无论怎么说,怎么活,终是结束了对过去的继往开来。

人生一世,草木一春,退休前的几十年,过得很快,在影集中翻阅相片,飞快流逝的岁月,也流逝了自己的模样,但在流逝的几十年中,无论人生环境发生了什么变化,我都没有虚度时光,我把工作的舞台,当作耕耘的土地,当作在土地上栽培的园艺,在上面勤奋耕耘了几十年。退休前的几十年,除去要同变了人味、人鬼两面的人发生思想碰撞,受到过一些刺激外,更多的还是留下了知己、支持与信任。其中有对我有知遇之恩的领导,有在各个工作岗位结交的良师益友,有在遭遇打击时给予过精神抚慰、帮我渡过难关的亲情般的知遇,有自己成长的足迹。许多美好的回忆,做人的道和理,在过去的几十年中,也生了根,成了我的精神财富。回忆以往,没有“少壮不努力,老大徒伤悲”的遗憾。我的前半生,现在画上了句号,退出了耕耘的那片土地,再也不用在那片土地上劳心劳力泼洒汗水了,所以说结束了对过去的继往开来。回忆以往,我的那些良师益友,都四散了,有的去了生命的彼岸,有的各自走向了不同的岗位,处在不同的地域,久久未曾联系,失去了信息,这是晚年的我,最感遗憾的。

后半生,到了秋风扫落叶的季节,从生命的正常周期讲,没有前半生的时间长,抓不住很快就溜走了。我不愿过没有意义的生活,过去是这样,今后也要一如既往,但角色转换了,生活的内容变了。今后有意义的生活,指向哪里,干什么才算是有意义呢?我想了很久,我想了我退休前的状况,精力还未衰退,思维还相当健康、活跃,秋风中的我,叶未黄,草未枯,似乎还能另起炉灶干事情。于是我给自己定了个稳住退休生活的基调:这就是人都有自己的过去、现在和未来,组成生命的完整周期。在过去的岁月中,有成功,也有明创暗伤,成功的一面,不再有任何意义,创伤也钙化结疤了。现在轻松了,自在了,可以按照自己的意愿,利用自己生命中的优势,思考过日子,积极地,而不是消极地与时光相伴,做好度时光的安排。回忆过去,但不留在过去,安排现在,以健康和填补人生的空白为目标。这就意味着对未来的生活之路,要重新选择。

如何选择呢？我决定选择要体现三性：继往性，不要断掉自己数十年的历史；可行性，不做力不从心的事；兴趣性，选择能给自己带来欢快、愉悦，能填补人生空白的事情做。

按照这三性，我决定把写作引进我的生活，这就是我的选择。继往性，我的过去，没有离开过纸和笔，没有停止过研究思维；可行性，我经历了新中国成立后，几代领导人更迭的往事，有较丰富的生活阅历；兴趣性，我有搞创作的欲望，早就想要在退休后，填补创作的空间。

老年人生的我，以写作为生活的选择，追逐老年人生"心灵的园地"。我在心灵的园地里耕耘，给予我的是健康，尤其是心灵的健康，是药物无法取代的。健康又提振我的信心，激励我的灵感，促使我再接再厉，更加热爱自己的选择。什么我都可以放弃，唯独健身活动与写作促进健康不能放弃。

我的写作生活，有步骤地展开。首先着手整理曾经公开发表的论文，留下了专著《经济审判理论与实践研究》，之后开辟了两个写作栏目：《人生的交代》、《人生的感悟》。

《人生的交代》主要是写我退休前人生的经历。半个多世纪的人生路是怎样走过来的。无论走得平坦，还是坎坷跌撞，都留下了思想的印记。主要是我的思想，我处事的立场和方法，我做人的行为准则。大约花了一年的时间，完成了二十万字的初稿，修改定稿后，装订成册，文存后世。

《人生的感悟》写我的退休生活，写我的思想。记述我在修心度夕阳岁月中的一些生活片段，快乐人生的一些生活片段；与人交流，共享晚年情趣的一些片段；走进大自然，与天地万物交朋友的一些片段；感悟国家政治生活、国家治理、经济建设、文化生活、公民教育、社会人文生活的片段；讴歌人类文明进步，想象世界未来将会发生什么变化的思考片段等。也算是《人生的交代》的续笔。

走进大自然，与天地万物交朋友的生活片段，是我的情感世界发生的真实变化，这个变化对我的晚年生活，对我的健康，具有建设性的作用。在这里我引述一段我在《牧羊老人的志同道合》这部小说中，老教师杨伯儒退休牧羊的感受，杨伯儒对退休老干部许之光说：

"养羊是我过去不曾经历过的事情，困难是难免的，我没有退缩，坚持了下来。我每天赶着牛羊走上山丘林地，过几天又在这些山丘林地间，换个地方，牛羊就可吃上新鲜的青草、嫩叶。长期的放牧生活，完全改变了我的人生，连我自己也没有想到，我的这一转变，很快就转移了我对人生的情趣，我的思想也逐渐发生着变化。久而久之，昔日的课堂，渐渐地淡忘了，同大自然朝夕相处，感情世界发生了深刻的变化。同教书时的生活相比较，一个是小小的、不变的课堂，一个是任人走动的旷野。满目翠绿的旷野，改造着我的感观视觉，使我产生一种自由自在的感觉，兴致勃勃的感觉。我是接近70岁的人了，却像孩子一样在山上跑跑、跳跳，每天都要喊几声，唱几句，无拘无束，心里特别舒坦，没有人会嘲笑这是疯子行为。自从拿起羊鞭，我的生活方式十分的简单，十分的消闲畅快。每天晨曦时刻，赶着牛羊出来，傍晚赶着牛羊回家，整个白天都泡在大自然里。我常常带着书上山，坐在青草丛中看书，需要休息时，站起身走走、停停，或者到树荫下躺一躺，卧一卧。仰面可观蓝天白云，看白云聚合又离散，离散又聚合，都是在飘浮的运动中发生着变化。直视可见远山近水，树木花草，看树枝和花草在风中自由摇曳。有时野兔从身边奔跑而过，它们知道我不是猎人，跑不多远，又停下来觅食。在树枝上迅速游离跳动的松鼠，常常警觉地看着我，生怕我去抓它。野外没有令人厌烦的嘈杂声，听到的是鸟语和昆虫鸣叫发出的不同的声音，野外的大气是洁净的，嗅到的是大自然吐出的清香。几年过去了，我的身体好了，人们见了我，都说我变得年轻了。还给我编了首儿歌：'老牧羊人老心不老，牵着牛羊吃青草，看他面色红润润，百岁不会倒。'我深深感到这是大自然营养了我，陶醉了我。""在同大自然相处中，我对自然界的生物也有所想、所感、所悟。自然界的所有生物，也都是生命，作为生命，除形体、基因有异同外，它们同人的生命没有区别，死亡前，都是活生生的。动物界的飞禽走兽、水族、昆虫、植物界的树木花草，这些生命的主体，它们的生存繁殖同人的生存繁殖只是方式不同而已。吸取营养的方式，抗御天敌的方式，内部交换、外部交流的方式等等，都不同于人类，有它们自身的规律，然而，它们对生存环境的选择，同人类无本质的区别，共用着一个'物竞天择，适者生存'的规律。动物族类，也有亲情，有爱，有恨，有强者，有弱者，伪装，狡诈，厮斗，弱肉强食，比较人类要复杂得多。人在与它们的共处中，互相感应，也互相补充。人类向大自然索取，也向大自然学习，人类的文明进化，科学的发展，在许多方面，就是从动物的生存能力中借鉴仿效，才得以研制成功的。我在这山丘上转悠，常自言自语地对它们讲，我们人类是生命，你们也是生命，我们都是大地的造物，我们是朋友。人只不过是大自然中的一员，比较大千世界，人微不足道。人爱自己，人与人相爱，人也应该爱护一切生命。我曾经把我的感受讲给一位朋友听，朋友说我神经出了毛病,其实不是我的神经有毛病,而是他未能置身其间,没有生活体验,陌生于神奇的大自然,不可能产生我所感受的人生。"

我从小就喜爱山水,退休后,有几年时间或偕同老伴,带上孙子,或独自一人,出岛走走看看,接触大自然的旷野与名山秀水中的风情景物,在心中留下了花一般的痕迹,我笔下的杨伯儒同大自然之间的情感心态,代表了我的情感世界的变化,是把我的感受移植到杨伯儒的身上。

《人生的感悟》,写了百余万字,记载了我退休后这段人生的思想足迹。由中国文联出版社出版的散文集《追逐》,就是其中的作品集结。《追逐》描写了处在不同生存环境下的人,如何处理从生命的起点到终点的追逐途中发生的事情,通过这些描写,容积了我人生经历中所见所闻、所思所想、所感所悟的基本部分。出书是做文化,我曾写过一幅字:"天地之大文化至上,运筹帷幄慎展前程。"生活就是文化,《追逐》也可说就是文化的感知。

我对自己写的东西,很有感情,敝帚自珍。自己开辟的论坛园地,随时随地把自己的思想感受和情趣,人性与良知,移植到文字中,享受着畅所欲言的快乐。

人老了,将写作融进休闲生活里,也算是寻觅到抚慰人生寄托。人生的感悟无穷,我就是在这无穷中走着感悟人生的路。坚持写作,陪伴余生。

2015-5-30

感 悟

广义上讲,蓝天黄土间的万物,都是感悟的对象,归纳而言,就是悟人、悟事、悟物。感悟受知识、阅历、经验的局限,因人而异,纵横有别,深浅不一,反映出主体思想灵光的亮度与射程。

悟人,以人性为本,与人为善,包容、理解,褒贬都有涉及,但是誉人不增其美,贬人不添其恶。做人遵循守则,守则是用良知与理智写成的,不遵循涵盖良知与理智的守则,做人就很难看明白自己是人还是鬼。在现实生活中,存在人变鬼的现象,有的还飞黄腾达,穿金戴金。一些尚未变成鬼的人,羡慕他们,要步其后尘。这种社会存在,使社会生活的各个领域,都出现无诚信而为的风气,引起了社会的不协调、不和谐。

社会存在,决定社会意识,不讲诚信,阳奉阴违,不和谐的警示,随时都在同社会主义核心价值观的 24 个字较劲。24 个字的价值观,从理念上讲,设计完美,自然是正确的,然而在诚信缺失的社会生活的实践中,难以同步运行。

悟事、悟物,通过比较思维的方式,反映自己的立场、是非观、审美观,客观事实让人充满信心,充满希望,自然用期待的眼光去看,去等待实践带来的光明。客观事实让人纠结,也用期待的眼光,看变化,看雾霾消散。事物是变化的,总是会有曲折,这也是规律,用曲折思维看事物,保持平心静气,是生活的必修课。

悟事、悟物,自己也在悟中,善于给别人机会的人,自己也能生活在机会中。让路给别人走,事实上也是为自己营造道路,别人在前面创造出了辉煌,自己不是可以借鉴别人辉煌的经验,成就自己的目标吗?智商高的人都会懂得,地球是转动的,空气是流通的,水是下行的,挡住别人的后果,是别人没有挡住,却堵住了自己,给自己带来伤痛,这是做人的哲学。

善悟的人,会观察到广泛的民生互动,权力与权利互动。会观察到人民群众之间互敬、互爱、互帮、互扶,拓宽中华民族礼仪之邦之路。权力与权利互动,实为管人的人与被人管的人的互动,对待人民,不可用谋术的手段,不可霸气,不可盛气凌云。但是,不能不讲是非,不能姑息养奸,对百姓施行勒索横蛮的霸气,欺行霸市的霸气,贪官污吏祸国殃民的霸气,权力的担当者,则不能温良恭俭,必须用"霸气"摧毁霸气。我写了篇说秦始皇的文章,秦始皇如果没有霸气的手段,就成不了一统天下大业的帝王。一统天下对谁有利,当然首先是嬴政家族得利,但也对人民有利,免于战争涂炭的百姓,自然拥护熄灭战争硝烟的人。

发挥思想的灵光,悟人、悟事、悟物,是用来交流的,能将事情看明白,交流就不会失方寸。开放的社会,鼓励交流,希望社会成员解放思想,让思想的灵光生气勃勃地推动发展,促进民生兴旺。利用这样的好环境,在交流中积聚智慧,是整个社会的责任。在感悟交流中,个性的东西会多一些,这是必然的,在自然法则面前,大家都应尊重客观,服从真理,不强加于人,不依权力论高低、论贵贱。不赞成别人的东西或自己的思想观念被别人否定,都是社会生活中的正常现象,很自然。

社会事物,博大精深,任何人的知识都会是有限的,什么事情都能看明白,都能作导向,做引路人,事实上不存在。因此在社会的发展进步中,智慧的多元化,更有助于在谋划社会发展的路径中,走得稳健,少犯错误;尊重智慧多元化的人,会不断修正自己,即便出现了错误,也不会造成大害。

在感悟人生的园地里耕耘,没有寂寞,自由自在,享受笔耕的快乐,事先没有特定的对象,接触到了具体事物,产生了感悟,有了新的写作题材,写出了作品,就走进了人生的另一空间,填补了这个空间的空白。人的思想灵光不灭,在思想灵光指引下的感悟,是无穷的,把人推向填补生命空间空白的无限中。

萌芽过的路

一

1949 年我是湖北黄冈县方高坪镇中心小学毕业班的学生,同年 4 月,中国人民解放军第四野战军兵临武汉城下,我的家乡成了过往兵站,士兵们穿的是灰色的军装,小腿上打着绑腿,脚穿布鞋。每天都有肩膀上横挂子弹袋,荷枪实弹的士兵在街上穿过。有一天,一辆小轿车,停在了街西头一块长满野草的空地上,从车内走出一位不扛枪、不打绑腿的军官,他在前面走,身后跟着两人,一人在腰间的宽皮带上,别着小手枪,白净的脸皮,上身衣兜里,挂着一支钢笔。另一位肩膀上挂盒子炮和一个黄色的牛皮包,这两件物品都扎在腰间的皮带内。他们边走边说话,面带微笑,不像武夫。

镇上的人,见他这样子,就不感到紧张,去掉了戒备心,甚至产生出好感。有的人说"这是一位大官",也有的称他是长官。长官的称谓,带有民称官的历史痕迹,因此年纪长的一些人,持这种称呼。说他是大官的,带有比较性,推理性,能坐上小汽车的官,有随员跟从的官,自然是大官。

不知这位大官是闲逛来此,还是有意视察我们的学校,没有见过世面的孩子们,像看稀奇一样,眼睛都跟随大官身体的移动打转。正在上课的教室,一时间,听到一种衣服摩擦的声音,还听到课桌不稳发出的响动声。好在学生们都坐着,倘若有一人冲动站起,难说不会发生联动的反应,小孩子喜欢嬉闹,又缺乏自控力,要是发生"联动"反应,我们的教室会出现开闸的情形。

我们的班级主任姓何,学生们称他何老师。何老师对这位不速之客的到来,毫无思想准备,但他老沉,很快就镇定了下来。他离位走过去同"大官"打招呼,并责令同学们肃静。何老师是从山区出来教书的先生,他的知识主要是四书五经。他治学严谨,为人师表。我对他常面带微笑的白皙的脸,静而不躁的文质举止,漫而不急的言谈仪表,印象很深。他深受我的爱戴,也是全班小同学们心中的好老师。他经常用课余时间向我们灌输"学而优则仕","万般皆下品,唯有读书高","有教无类"一类孔孟思想。尤其是"学而优则仕"这一文化思想对我影响很深,成了我少年时期的学习动力。我经历过打倒孔家店的年代,对大批孔孟之道,很是反感,认为孔孟学术思想的主流是人类文化遗产中的珍品。对"学而优则仕"我一直反思维于旧教科书多有批判的思路。我认为对治学来讲,这一思想激励人刻苦勤奋、孜孜不倦地求索进取,是人类历史进化的基本要素。任何一种社会形态,倘若不提倡学而优,都当白卷英雄(在"文革"那个特殊的年代,曾树立一位典型人物张铁生,就是考试交白卷)势必愚昧丛生。对吏制来讲,倘若不提倡知识化、专业化,让外行领导内行;让野蛮统治文明,其结果是倒转历史的车轮。这些认识当然不是做小学生的我就有的,但做小学生的我则接受了"学而优则仕"并进入了自己的信仰。当时朴素的想法是,认为做官的人都是有知识的,官做得越大,知识越渊博。

当“大官”一行在老师的陪同下，走近我们的时候，本来就好动的我，难以控制住情绪，强烈的好奇心不禁使我的身子不断地蠕动，两眼向上望着屋梁脊，想象这位“大官”一定是“学而优则仕”。老师见我如此，走过来问我看什么，我说：“两眼望青天。”脱口而出的这句话，绝不是把大官当青天大老爷，望青天，不是看大官的意思，那么说这句话是出于什么想法呢？几十年中，无数次想过这件事，想当时怎么会口出此言。

这句话在当时产生了并非我有意要制造气氛的效果，逗得大家都笑了，“大官”也笑了。老师也笑了，老师笑，多了一层好兆，因为他见大官笑了，是他的学生把大官逗笑的，他岂能不觉光彩。老师笑着对大官说：“全班的孩子，数他最顽皮。”“大官”走过来，抚摸我的头，问我：“你长大了想干什么？”“当个师长。”“师长是什么官？”“是管旅长的官。”我明快的回答，又让大官高兴了。他听了我的回答，伸出双手托住我的脸说：“小小年纪，野心倒不小，不过算是个胸怀志气的孩子。”接着他又问我住在哪个村，我回答说我住在镇上。他“嗯”了声就转向老师，说他告辞了，叫老师继续上课。大官走了，老师告诉我们，这些解放军是去攻打武汉的。

第二天，“大官”派人来我家，说要见幼生（我的乳名）的母亲，我母亲听说当兵的找她，吓得不敢出来。我祖母（她读过书，还会些武术）见来访的军人面带笑容，揣度应无恶意，就到后屋把我母亲叫了出来，向来访的军人介绍说：“这就是我媳妇，我幼生的母亲。”军人叫我母亲坐下，他自己也在一条板凳上坐定。他问我母亲有几个孩子，我母亲回答有五个孩子。“你们的幼生是老几？”军人进一步问。“他是老二。”听了我母亲的回答，军人诙谐地说：“啊！五个儿子，幼生居中，他走了还有他哥哥和弟弟们在你身边。”接着他正面直问我的母亲：“你同不同意幼生跟我们部队走。”“那不是去当兵吗？”我母亲有些惊慌。“是的，不过他现在还小，跟我们走不算正式当兵，就跟在我们首长身边。”“你们知道他还小，就不要带他走，我不同意。”母亲的恐惧消失了，此时的她完全镇定了下来，因此她才把问题回答得很明确、干脆。“你再想想，在我们离开这里之前，把你想好的意见告诉我们。”显然，军人是希望我母亲改变态度。他说完就告辞而去。

我母亲不同意部队把我带走的道理，就是母爱，对她来说，这是十分明确不过的，没有什么再想想的余地。因此，第三天来询问意见的人，又被我母亲的“不同意”挡了回去。到第四天，部队开拔了。我人生中萌芽过的这条路，也就烟消云散了，可是这个故事却一直留在我的心中，“大官”和同我母亲谈话的那位军人的容貌，至今我还依稀记得。几十年过去了，还不时想到他们，想到决定我人生走向的这一少年经历。“大官”如果还健在，也有九十多岁了，人生有缘分的事，都要能长久就好了。

这条路消逝了，但这件事在我年少的脑海中游荡，也多少联结着我后来的人生。

二

在我们镇上，没有中学。我的小学同学，有的因家境贫寒，读完小学就辍学务农。继续升学的或考县中，或报考团风中学。

我何去何从？我祖母和我父母，不会让我辍学，一定是要我报考中学，至于是报考县中，还是团风中学，我想他们不会有主见，因为他们对当时的国民教育制度很茫然，对可报考的两所学校没有比较，甚至可以说在他们的思想里，没有存在比较的意识。他们的一生为生计奔忙，持家育子，希望孩子好好读书，长大了光宗耀祖，做个人上人，这是他们思考问题的主线。但他们也会很现实，会要我报考团风中学，因为离家近。但他们万万没有想到，我选择的学子之路，不在家乡，是想离开家乡，去武汉考技术学校。为什么要考技校，而不想沿着学制的路走进大学？这与我从小接受的民俗教育有关，在我们乡下，常听人讲“荒年饿不死手艺人”，这句话，“手艺”就是技能，人有了技能，就有了生存的本领。在我当时朦胧的意识里，读技校学到的手艺，比从师当学徒学到的手艺，要高尚些，所以我决意要将我的想法，向我父母提出来，但我提出后，遭到了母亲的反对。我母亲贤惠过人，爱子心切，她人生的最大使命，最充实的生活，就是抚养好五个儿子，她宁可自己劳伤筋骨，也要让孩子们吃饱穿暖，消灾免祸。1948 年暑假，我邀约几位同学进山砍柴，不小心自伤了手指，她见状哭个不停，自责不该同意我干这砍柴的劳动。我九岁那年，右手心长了一个鸡蛋大的脓疮，她外出数十里为我寻医，还请道士来家里驱邪，直到脓疱痊愈，不知费了她多少心血。在她看来，十三岁的孩子，乳臭未干，还不能脱离母亲的羽翼，还需要母亲的保护。可怜天下父母心，伟大的母亲是人类社会繁衍的根基。但是，在封闭的年代里，母爱虽然伟大，却常常成了阻碍人成长的社会因素，排斥苦与甜的辩证关系，排斥风雨育人的哲理。

我没有因母亲的反对而放弃,向父亲诉说了我的决心。在我小的时候,父亲经常给我们讲些"贩桃子"的故事。故事的大意是,有志气的人,不安于现实生活,为了改变贫穷和落后,毅然远离家乡,到外部世界去闯事业。父亲他自己也是个不安于一辈子在乡镇谋生的人。1948年以前,他经常来往于武汉做些行商生意,还在武汉江汉区民生路一个烟草行干过多年。他在武汉交了些朋友,但层次都不高。父亲讲的故事对我的人生不无影响。父亲常常去武汉,因此武汉也成了我向往的地方。

父亲听了我的诉说,面带喜色地说:"我不在武汉,你一个人去行吗?""行。"我果断地回答。"那好,等我说通你母亲后再告诉你。"显然,父亲是同意了。第二天,我见我母亲双眼红肿,心里很难受。她老人家一定是拗不过我父亲的决定,违心地同意我远离她而独行武汉,却又心里不忍,才哭肿了眼。当天下午,我被父亲叫去,他说:"我对你母亲讲你决心去武汉考学是好事,是有志气的表现,将来有出息。我告诉你母亲,我在武汉有些朋友,给他们其中一位写封信,请照顾、安排你在武汉的食宿。经我这样反复讲明道理,你母亲终于同意了。不过她心里很难受,心情很沉重。这不要紧,你走后,我再劝她,会慢慢地好起来的。"父亲说完,交给我一封信,是写给一位姓杨的叔叔。这位杨叔叔,曾经来过我们家,是个没有多少文化的老实人。我接过信,十分感激我的父亲,也十分为我的母亲难过,好像这封信一到手,就告别了亲人,告别了故土一样。"你婆(对祖母的称呼)最疼爱你,我还要把这件事告诉她,你也去找婆说说。"父亲以安排的口气,结束了同我的谈话。第二天,我按照父亲的吩咐向我祖母诉说了我的想法。出乎我的意料,我祖母对此事心境很祥和、坦然,她高兴地对我说:"你小小年纪,就有志一人出门闯荡,是我们童家祖宗有德,我知道你母亲难过,我会劝她的,你不要放在心里。你父亲给武汉的人写信,虽然能得到照顾,但主要还是要自己学着照顾自己。"她说完,从身上搜出一枚"袁大头"银圆(即压模袁世凯头像的银质硬币)。民国时期银圆信誉好,有钱人家罐装银圆埋在地下。银圆有两种,一种压模袁世凯的头像,一种压模孙中山的头像,袁世凯头像压模大,所以人们称这种银圆为"袁大头"。我接过这枚银圆,顿时眼泪夺眶而出,一头栽在我祖母的怀里哭了,祖母也伤感起来,老泪汪汪。

祖母和父亲给的钱,省吃俭用,足够我花两个月。离开的那天,母亲为我打好行装,对我千叮咛,万嘱咐,告诉我如何注意冷暖,不要乱吃生冷,到武汉就给家里写信。我表示都记住了,就依依不舍告别了亲人。我们方高坪镇距离团风镇有九公里路程,行走两个小时,正好赶上从团风开往武汉的班轮。

到武汉的当天,我就找到了杨叔叔,没有想到杨叔看完信后,眉头一皱地说:"你父亲太粗心,他根本不知道武汉的情况,刚刚解放的武汉还是兵荒马乱的,工人失业,学生失学很多,技术学校更是关门大吉,哪里有你想报考的学校啊!你既然来了,我就照你父亲信上讲的给你安排。"说完,他带我出了他工作的烟业行,他一边走,一边说道:"我先安排你同我住在一起,报考学校的事,等过几天你自己到街上去看有没有招生广告。""谢谢杨叔叔,麻烦您老了。"我真诚地感谢这位第一个帮我在武汉安身立足的长辈。

当晚,我给祖母、父亲、母亲写完信就睡了,却时睡时醒,心里老是不平静地想到报考的事情,杨叔叔白天说技校关门大吉,难道真无学校可考?要是有学校考,考哪类技校呢?等等。这些问题反复在我脑子里转动,几乎折腾了一夜。第二天杨叔叔带我去吃早饭,并交代说一日三餐都在这里吃饭,还交给我一副碗筷。吃饭的时候他笑着对我说:"你小子昨夜翻来覆去,没有睡好吧!"我默然地笑了。饭后,我对杨叔叔说,我要上街看告示。杨叔叔开始有些不同意,他说:"你第一次来武汉,什么都不熟悉,又是一个孩子,还是等两天出去,先熟悉熟悉住地的路也好。"我明白杨叔叔是怕我不认路回不来。如是我安慰杨叔叔说:"杨叔叔,请您老放心,我们农村有句俗话'口就是路',我记住了街名和门牌号码,万一走岔了路,问别人就知道了,我不会丢失的。"杨叔叔这才同意,还夸奖我说:"有志气的孩子,就是不一样。"

一连两天,我为找张贴布告的地方,东南西北地窜,一事无成。第三天我决定乘轮渡到武昌去看看。下船后我乘柴油公共汽车到了武昌司门口阅马场,又从阅马场走到付家坡,沿路留心观看。在付家坡转向水果湖的地方,看到了纺织学校招生的广告。心想可找到了,十分兴奋。可是当我按招生广告指定的时间去报名的时候,才得知这所学校是专门为解决失业工人就业开办的半年期培训班。招生对象是具有高小毕业学历的成年人,我向招生的人求情,讲了很多好话,未成功,一下子我几乎呆若木鸡,回到住处,杨叔叔见我怏怏不快的样子,知道情况不妙,殷切地劝我不要焦急。

困难中,我想起了"吃得苦中苦,方为人上人"的古训,想起了小时候听过的在落魄中苦苦求生的一些故事,这些故事虽然都发生在成年人身上,却对我也产生了鼓励作用。我自勉不能因受挫气馁,打退堂鼓。我再一次过江步行走到徐家棚,边走边看。当时的徐家棚破败脏乱,到处是垃圾,民宅破旧。在一个张贴广告的地方,我终于又一次看到了招生广告,是地质学校招生,我如期报了名,心里十分高兴、自在。报名日离考试时间只有五天,那天我换了一身干净的衣服,心情有些紧张地走进了考场。语文考得不错,数学考试砸了锅,我落榜了。这对我的打击非同小可,当我看到榜上无名时,丧气极了,脑海茫茫,离开张榜处,在街上不分东南西北地走着,流浪漂泊了一天。傍晚,我想起了杨叔叔,父亲把我托付给他,倘若我晚上不回去,不知他会急成什么样子。在从武昌返回汉口的途中,我不停地在想,想离开家前后的情景,想在家乡报考初中的同学,一定都收到了录取通知书,而我则成了一个落败者。

又一条萌芽过的路,也在岁月的风云中消逝了。

2001－2－6

来兮归去

人来到世间之初，是一片空白，从启蒙受教开始，空白中逐渐绘画出了五颜六色的人生画面，标识空白中的人，走进了一生各个不同的历史阶段。经历成功、失败，坦途、挫折，既显示出人生阳光的一面，也坦露出人生厄运，不同的人生道路。

任何人思考事情，都会受知识的局限，但都不受时空的阻隔，是一个无穷无尽的长途。在这个长途中，不断地学习、研究、求索、进取，克服局限，拓宽感悟的视线，看清事物的来由，认识人世间事物的善、伪、真、假。善者从之，真者求之，伪者避之，假者唾弃，不受其惑，做一个清醒、明白、自在生活的人，做一个不务虚名，在思想的园地里，有所为，有所不为，勤勉耕耘的人，来兮归去无憾。“少壮不努力，老时徒伤悲。”这是我从私塾先生启蒙受教时学到的一句话，一直铭记在心，它同“来兮归去无憾”，互为诠释。

来兮归去，来时不知有路，从零开始启蒙，逐渐积累，由无知变有知，由知不多、不深，到知识拓宽，认识深邃。都是通过善学、善思、善行，成就知行合一。善思是中心，思则悟，深思颖悟，不思则无由得悟。而思源于学，不学则思钝，思钝，则行而无方，诸事难达，思悟方能达通途。做人，思能知缺、知短、悟能知错、知过。知缺、知短而学，目的明确，学而再思补缺、补短，循序渐进。

人的前半生，主要是学而知，向书本学，向实践学，向先知、先觉、经验丰富的人学，学而无厌。后半生则是思悟达通途的成熟期。有了前半生知识的积累，才有后半生的悟而达。一个人学习、修养到此，就不是从前的自己了，身份起了变化，是学生，也是先生，是知识的拥有者，也是知识的输出者，贡献社会，帮助他人成长，也构建自己知识的宝塔，所有的学问家，都是沿着这条路走过来的。我们祖先中的圣贤也是这样走过来的，比如孔圣人，说他三十而立，四十而不惑，五十而知天命，六十而耳顺，七十而从心所欲，不逾矩。每隔十年一个飞跃，从一个普通的人，到圣人，也是思悟达通途。以孔子为代表的儒学，为中华民族谱写出了文化精粹，也输出到国外，贡献全人类。孔子的声望，曾被外国人排列在世界名人的首位。“征服者可以毁坏物质，但毁坏不了思想”，是外国哲学家研究孔子思想得出的结论。孔子思想的光芒，照射古今，照射中外！

思悟达通途，“通途”是指认识事物的路径，事物的“物”，泛指认识对象，包括人与社会万象。“达通途”，就是通过悟的思维释放，看清通途走向、脉络，去实现目标。知识海洋中的人，落差很大，思途悟物的目标，千差万别。任何人在追逐目标中，难免受惑，聪明的人也是一样，但聪明的人，不困惑，能及时醒悟。

人进入老年，由于生命功能退化，思维不如中青年敏捷，甚至常显迟钝，但老年人凭借一生的丰富经历，更能从复杂的事物中，理清头绪，察看事物的脉络，更成熟地处事接物。孔子说六十而耳顺，七十而从心所欲，不逾矩。是什么意思呢？“耳顺”不是讲听觉，而是明辨，是说人到了六十岁，听别人言谈，观察别人的举动，便可以分辨真假，判明是非，到了七十岁，处事便随心所欲，但是，随心所欲不放荡，不胡思乱想，欲而守方，做任何事都不越出规矩。孔子是讲他自己，却具有普遍意义。现实中有许多知识老人，选择写作，著书立说，细心读他们的作品，就能感觉出他们文字的平实、中肯，分析事物入微深邃，没有狂傲浮躁，没有卖弄虚荣，矫揉造作的痞子文风。这些老人们从事写作的想法，不尽相同，但我想有一点应是共同的，就是把自己留下，不要在辞世时，带走对一生的所学、所思、所悟。人生无论命运如何，都是过客，旅途的精髓也就是两个字：“明白。”把清醒中悟出的明白，用文字留下，也就留下了自己，交代自己的归去。无论古人、今人，留下自己，是求问心无愧。我本人退休后，即着手整理曾经公开发表的法学理论、司法实践方面的论文，留下了专著《经济审判理论与实践研究》，之后开始写《人生的交代》，交代我的人生路是怎样走过来的。继而开辟专栏，写《人生的感悟》，留下了百余万字的作品。目前手头正在做的事情，仍然是写作，除整理现成作品外，继续写生活中的感悟。就是为了来兮归去无憾。对别人也许毫无意义，但对自己“无憾”就是意义。

2014－11－20

填补人生的空白

人生从小到老,也是不断填补空白的过程,包括对知识空白、知识短缺的填补,对修养处世、修养心性、增进健康的填补等等。但知识无穷,到终了还是填补未完。因此知识不全面,知识短缺、空缺,多于已知,始终是一种常态,所以人为了实现自己的愿望所付出的任何努力,都会感到知识的不足。不停止前进的人,也是不停止求知补缺的人。

在人群中,书读得多一些的人,懂的东西自然也会多一些,但还是改变不了知识短缺的常态,仍须继续头顶“学海无涯”四字。百业中都有行家里手,他们是人群中知与行冒尖的人,但若是把他们挪个位子,或许就进入了盲区、半盲区。比如任用当党委书记称职的人,去当人民法院院长,任用学机械、有工程师称职的人,去当财政局长,短期内就很难称职,因为进入了外行领导内行的盲区。如果他们事业心、责任心不强,不思发奋,恐怕永远也称不了职。在知识的汪洋大海中,没有全才,所以才有了活到老学到老的格言。

勤于学习的人,不虚度岁月,总想利用多余的时光,学点新东西,满足进学补缺、补短的愿望。但是,人的精力毕竟是有限的,退休前,要为生存而忙碌,要在就业的岗位上,履职尽责,有进学补缺想法的人,因受到客观环境的制约,多数都难遂其愿。执着心坚强,冲破藩篱,夜以继日进“补”的人,诚然可贵,却是以生命为代价,英年早逝,在各行各业中都有。

幸哉!退了休的人,情况就不一样了。终于从繁忙的工作中解脱了出来,时间都属于自己,人生进入到我主沉浮的时代。满满的阳光,多么富有啊!如何支配呢?各有各的活法,多数人用来填补人生的空白。

退了休的老人,填补人生的空白,把志趣、休闲、欢乐紧密连在一起,所以各地的老年大学应运而生,给社会也带来了文化市场的兴盛。在老年大学填补空白的人,以学习书法、绘画为多。一主三得:一得学到了知识,充实了自己,缩小了人生空白的空间;二得雅致养生,撵走了寂寞,增进了健康;三得丰富了社会,弘扬了文化。这是一个庞大的群体,他们的参与,增添了主流意识倡导的文化大繁荣的色彩。

我退休有十九个年头了,也是这个庞大群体中的一员,一直自觉而勤勉地进行填补空白的努力。但我填补空白的选择不同,所以没有进老年大学。先是整理编纂我的旧作,这些旧作是我在工作期间发表过的法学理论、司法实践、社科研究方面的论文。整理编纂这些旧作的动因,不是要将其汇编出版,而是以非卖品的形式,印成专著,文存生后。

在这件事之后,我便按照我退休生活的选择,开始写作。

我出生于20世纪30年代,成长于新中国建立之后。大学毕业后,在国家机关工作,几十年公务员生活的磨炼,没有多少自我。退休了,轻松了,开始思前想后,感悟人世间发生的事情,感悟时世和人文发生变化的起因与走向,预测其结果。退休前,我办过报,担任过《湖北科技报》的常务副总编,主编出版过书籍,参与过最高人民法院组织编写的《中国经济法教程》的编写工作,有司法实践专著,但基本不涉及文学创作。退休后的写作生活,正是对文学创作这个空白的填补。

2014年8月,中国文联出版社出版了我的散文集《追逐》,文章全部选自我的《人生的感悟》文集。这是我在心灵的园地里,结出的果实。

同年12月,我又选编我的书法作品共计八十八幅,是我自20世纪80年代至今的创作。由海南政力印刷有限公司,制作成书帖。封面正副题签为:书艺吟古韵,翰墨千秋香。

2016年1月4日,是我进入八十岁的生日,过完这天,我的人生便开始了又一个新的十年。在这新的十年中,生命充满变数,我常对亲人们讲,人老了,易发生生命突发事件,但这只是要引起注意而已,从未因年岁的增长,影响我的写作信念。只要还能思考问题,填补空白的创作,就将继续,我说过,人生的感悟无穷,我将在这无穷中,走完我的余生。我的决心,是在挑战自我。挑战的结果,改变了我人生的晚年履历,在这新的履历中,有我从前没有尝到过的苦涩,有一段时间,我因身体有恙,打过"退堂鼓",算了,何故要苦自己呢?放弃!不只是一次的放弃!但是每一次的放弃,都没有过二十四小时,又捡了起来,沮丧的脸,又变成了笑脸。

一支迟钝的笔,又挥动了;在这新的履历中,有我之前从未说过的话,从未写过的文章,从未有过的观察事物的心灵感应,从未有过的人生享受与快乐!没有坚持不懈的努力,就没有百余万字的文存,就没有散文集《追逐》和“书艺吟古韵”的诞生,就没有我生命与健康的更新。

2005 年,医生针对我的冠心病,劝说我接受做冠脉支架手术,我未被说服,

2008 年,海南几家三甲医院的外科主任,针对我的颈椎严重变形的情况,指出必须开刀,我拒绝了。

2011 年,我在武汉腰痛严重,睡觉翻身需要人护理,几乎到了生活不能自理的地步,医院检查的结果是腰椎间盘突出,要我做微创手术,我没有接受。

2013 年,我不慎摔了一跤,摔裂了膝盖韧带,医生说如果不开刀,靠自我修复相当困难,我选择了在“相当困难”中自我修复。

现在上述疾病与健康事件,相继过去了十一年、八年、四年、两年,情况没有恶化,尤其是冠心病,感觉病情在减轻。

决定生命与健康的因素很多,我的生活告诉我,在诸多因素中,写作起了积极作用,人们常讲心态对健康的意义,我的感受是,心态决定健康。生病要找医生,但是否能够延年益寿,不要找医生,要问自己的心态,出现心态需要调整,应及时调整,这才是良药。

每当我在电脑上打开 U 盘,在我的文档上开始写作,我便完全倾注在思维的构思中,一种轻松、快乐的感觉从心中流出。尤其是阅读我的旧作,品味文中的感悟心得,自庆成就的心,油然而生。长时间持有这样的心态,对我的老年健康起了药物不可替代的作用。这就是我为什么要坚持写作,放弃了又捡起来的原因。

我庆幸自己有了正确的选择,更庆幸我在遇到困难的时候,没有退缩,一直坚持了下来,若不是放弃了又捡起来,那么退休后的十七年就空虚了。毫无意义的生命,是最痛苦的。在这里,我要同老年朋友们交流心得:人生的潜力,没有定数,不开发,它始终沉睡,只有开发,才能唤醒沉睡的自己,往深处认识自己,了解自己人生的价值。不要说人老无用,要相信人进入老年以后,选准目标,勤恳耕耘,同样会结出对社会、对自我都需要的果实。

在我未来的生命中,还有没有这个完整十年,自己无法把握,也不取决于自己的意志,但不影响我做出十年的打算。假设过不去新开始的这个完整十年,也无憾,我对这一天的到来,留下了一首自挽诗:《了歌》。

这首歌的歌词是：

了了了了要走了，老妻同舟到岸了。
承诺白头偕老事，做到了都做到了。
了了了了要走了，儿女情长此时消。
没有留下钱与物，遂愿清白全家好。
了了了了要走了，亲朋好友永别了。
想起生前愉悦事，在此说声谢谢了。
了了了了要走了，愁肠心事一起抛。
人间浮沉无轻松，一了百了百了了。
了了了了要走了，长眠不起乐逍遥。
乐逍遥魂飞蓝天，乐逍遥我上九霄！

生前写挽歌，给人一种悲观的感觉，很好笑，其实是对生与死的自我放松、自我宽慰、自我预期的一种思想情怀的放缰！八旬年纪的人，就算长寿，盈缩之期不过二十年左右，很快就到了，对照曹操的《龟虽寿》简直微不足道。我在构思挽歌内容时，忽然产生一种来去轻松自在的感觉，我不知道怎么会产生这种感觉，当时我笑了，自然而然的笑。境界如此，还在乎什么呢？

在填补空白的写作中，我感到国家在哲学社会科学研究方面，有些单调、薄弱，尤其是站在现代文明的立场，站在全世界你中有我，我中有你，融入时代进步的高度，从哲学的层面，认真研究文化、法律、政党政治等方面的关系，缺乏与时俱进的胆识。这是我在下一个十年中，要继续在填补空白的路上，思考感悟的题材。

我喜欢描写人性，人性修养，探索人心灵幽静，人心藏净土的作品，这是我要在下一个十年的写作中，要继续研究的题材。

2015－2－7

创 作

许多人一提到文学、艺术创作,就产生几分神秘感。谈起作家、剧作家、画家等,由衷产生敬意。这敬意来自于"家"们的艺术价值。就创作主体讲,他们上路成"家",是用他们的才智、灵感、意志、勤奋共同熔炼出来的,他们的作品,是他们的精神财富,也是人类知识宝库中的财富。他们的作品,使文化繁荣的百花园多了光彩。

他们可说都是凝练文化的高人,他们的思想丰富,想象力极强,逻辑推理造诣深,细腻的表现手法,能渗透到社会和人心的内层。

但是,搁置主体,仅就创作这个词来讲,也用不着惊讶,不要一提到"创作"二字,就必同"家"们挂钩,非"家"莫属,其实,"家们"在进"家"门之前,有一个创的过程,这个过程中的非"家",也有创作,也有问世的作品。机缘是决定因素,气候、机缘未到,火喉到了还不行,暂且在"门"外等等。还有人脉一说,当今社会,要干成任何事情,人脉能升火,也能熄火,特殊情况下,人脉能一票定乾坤,也能一票否决创作高才进"门"。

要知道任何创作,都有初始的尝试,有从尝试的启蒙,到精品的锤炼过程。在这个过程的起点,我想任何人都可以是创作的主体,都可产生创作动念,大胆进行创作实践。大家想想,在深山老林伐木的森工们,为了解除木材运输途中的劳累,发出的"嗨哟!嗨哟!"等各种不同的号子声,在大江大河岸边弯腰弓背跋涉的纤夫们唱起的踏歌声;采茶姑娘们、放牛娃子们自由放荡吟唱的小曲,民间艺人讲的故事等,应该都是创作,至少是可以为作家、诗人创作提供的素材。他们都是极平凡的人,或者文化不高,或者是个文盲。他们喊出的号子声、吟唱的踏歌声、小曲,最初都可能是信口开河,但信口开河的东西有了韵味,就有些价值分量了。人们常说文学在人民大众中,作家要深入生活,就是这个道理。再浅显一点讲,一个文化水平不高的人,对某种自然现象,能用文学语言表述出来,哪怕是几句话,也是创作。一个没有任何绘画经历的人,喜欢画,眼前经常出现画面,便动手试着临摹,画出了他自己的第一张画,这张画,就是他的创作。他们的作为,在行家眼里,是婴儿,或者什么都不是,但是对他们自己来说,却是如同变了天地,生平的第一次,难道不是创,不是作?我以为对他们自己讲,就是创作。我自己就有一次经历,那是2009年5月,我写了篇《快乐人生》的散文(载于散文集《追逐》)讲我学画画的故事。该文写道:"超市隔壁,有家书店,我一进门就看见出售的各种画册,我对其中的《中国画白描技法》产生了兴趣。该书有人物白描,有花卉白描,我本想是要买一本人物白描,不料拿错了,回家一看是梅、兰、竹、菊。"

我已经是个年老度时光的人,不做画家梦,那么为何要买画册呢?当时的想法是,耄耋之年,若能填补一项人生的空白,不就可以在时光里增添点快乐吗?填补空白,有高有低,有深有浅,好比文化水平,从小学到博士后,在这么多的层次里,寻找自己的位置。低要求的这个想法,促使我行动了起来。

回到家里,我迫不及待地翻开书页,读完《概述》知道画竹要学习直线的配置组合,画兰花要学习曲线的构成,画梅花要学习树枝和树干,画菊要学习花和叶的构成。使我顿生情趣,心想买书张冠李戴,反而歪打正着。我立马向外甥马修要来纸笔,临摹起来。

当天我临摹了一张纸的两面,在正面的一角写了两句话:"这里有五物,组成一个故事,能找到画中物吗?能解其意吗?"两句话问谁呢?问我老伴。我将画给她,要她讲出画中之意,她半天不吭声,看她的表情,有为难之色。我靠近她,指着画对她说,这画上有高山,有蝴蝶、蝉、螳螂、黄雀。画意是螳螂捕蝉,黄雀在后。她的视线又移向画面,表示赞同地说道:"真是的!"她的这句"真是的"是表示认同,说明我画中"螳螂捕蝉,黄雀在后"有点像。

这张画的另一面,我画的是多鸟竞飞。这是我的习作,而且是首次,所以我给其起名为:"画的第一课。"

其实称不上画,只能算是不及格的临摹。第二天我又画,画的是各种姿态的鸟。有向下俯冲的;有立在竹梢上歇息的;有嘴衔小虫,飞落在竹枝上吃食的;有望空起飞的;有在梅花枝头窥视猎物的;有枝头情侣相伴的;有正在啄食的;有草丛中的蚱蜢、螳螂、黄虫。这是我学画的第二课。

画中的昆虫、鸟类书中都有，而它们的组合，是我构思的，而且难度还有点大，即便这构思在“家”们眼里，谈不上是画的构思，只能算是胡乱拼凑。然而对我这个画盲来说，这是否算是创作呢？在画家眼里，什么都不是，可它们是我的生平首创，我认着是创作。

人生常有羡慕，羡慕别人的灿烂、光彩。我常想，人生最重要的是第一步，闭上羡慕的目光就叹息，妄自菲薄，就什么也干不成，在可望而不可即的思绪中，大胆走出第一步，尽管这第一步是混沌初开，但它是起始，在这个起始上，知难而进，遇上再大的困难，也不妥协，不止步，从此埋头钻研，锲而不舍，有这种精神，就会有成功。

2014－3－28

学 问

（自己是最好的老师）

学必有问，问中又有学，学与问相随并且是开放的。一个因受知识的局限，一时思想闭塞的人，在学与问中，解开思想的扣子，产生研究思维，会有茅塞顿开之感。

学与问是对知识的追求，应当知其然又知其所以然，才能获得知识的完整性，避免偏见。只知其然，不知其所以然的人，学与问停在路上，是“半瓢水”。“半瓢水”的人，也有另一面，思想活跃，思维敏捷，遇事反应快，求新，涉猎多，杂学了不少东西，论知识面，也有过人之处。他们的毛病在于满足于一知半解，不探知识的深浅，虽然涉猎多，却难有一精。“半瓢水”的人，另一个毛病，是“二道贩子”，大家知道生意人中的二道贩子，炒短，现买现卖，追求不高，赚点差价，就满足了，过生活，很实在。做学问中的“二道贩子”，在半道上捡到有点学问或有点新闻讲究的话，见人就抛售，求什么，求喝彩，求虚荣，就是人们常讲的爱卖弄虚荣，不知为人谦卑、低调做人的可贵，自认为懂的事情多，常在人前人后晃荡，众人之中，唯恐不被发现。他们若是改了这个毛病，有可能在学与问的路上，一直走进“家”门。这样的人，常会在生活中惹出笑话，我九岁那年，政府在乡镇选举基层参议员，街上有些人聚在一起看选举告示，其中的一位，好像有点兴奋，他对着告示大声地念起来，把“参”的发音读为人参的参，参（cān）议员在他嘴里变成了“参（shēn）议员”，引出在场人们的哄然大笑，他不知这笑从何来，大家为何对他发笑，就问身边的一人，那人告诉他说，你认字读音错了，他不服，扭着脖子说，我哪里错了，难道这了字不是“参”字吗？那人又告诉他说，是的，你字没认错，但把这个字的用意搞错了，同样一个字，用着讲不同的事情，发音就应跟随变过来，他这才明白过来。

学与问要在知其所以然上下功夫，“半瓢水”的人读书，不求甚解，读得很快，可谓一目十行。而追求所以然的人读书，慢读细嚼，不看明白，不前进，边读边思考，留下心得。他们涉猎少，却有精度，有精度做事，成功率高，所以人们主张少而精。

知识是个无底洞，任何人都有空白点，有短缺、肤浅，包括进了“家”门的人也不例外，在学问的问题上，秉持知之为知之，不知为不知的品性，学问才能往深处做。

任何人也都有“半瓢水”的求知过程，只要不停止在半路上，不“荡”，虚心求教，会赢得诲人不倦的良师，还未听明白，就讲“我懂了，知道了”，求不到真师。

学问是无穷的，没有知识的全才，没有学问的止境。人往高处走，知识的高处，永远在学与问的路上。

学必有问，问谁？学生时期问书本、问老师。出了学校门，踏入社会，才真正知道社会生活中的海阔天空，才发现在学校学习，原来有不少的浪费，学得的书本知识，有些是废学，与要做的事对接不上，还有误导之学，听命之学。

走出了学校门，能有这样的发现，是值得称赞的，这样的人，是可造之才，是社会未来的希望。他们的发现很重要，不然就没有当今社会热捧的“创客”的诞生。这些发现本身，也是通过学必有问、勤学勤问得来的，从旧的学必有问，进入到新的学必有问，进入到更具实用价值的学习、深研、为用而学的过程。这个过程的老师，是能者为师，古人提倡不耻下问，这下问，就是在我不知、我刚入门的时候向其他有学问专长的人讨教学问，虚心向一切有真才实学的人学习，而不论其背景如何。

向书本学习，向能者为师的人学习，固然重要，然而要求得真知，更重要、更扎实、更能升华自己的，还是向实践学习，在实践中讨答案，实验室的实验是最好的老师，自己通过实验找到学问的答案，自己就是最好的老师。

人类社会进入到信息化、智能化时代，学与问的天地，空前的广阔，在这广阔的天地里“念经”成“佛”的人，都将成为社会的精英，成为学问大家。

2015-3-15

读书与信仰同缘

读书不求速度，不求数量，而求精。把读、领会、思考有机结合起来。是读书人最佳的思维选择。

博览群书，如果过目不忘，都能领会并且大致能记住，当然是读书的最高境界，但如果闭上书本就没有印象，那是浪费时间，徒有虚名。

知识渊博的"渊"，是讲深度、精度，讲融会贯通。"博"是相对的，跨学科的"博"，如果是蜻蜓点水，实际用处不大，同"渊"就配不上套，倒不如少而精更受益，更有用，即便年深日久忘了，重温起来也方便。

无目的读书的人，大都是闲坐发慌，拿书来消遣，我不干这种无意义消磨时光的事，我读书要选些与工作关联密切的书，要求自己把读书和研究问题结合在一起，常常边读书，边思考现实中与书中内容发生结合的事情。我也常读文学作品，年轻时，也有过废寝忘食的读书经历，不单纯是为了欣赏，追求故事情节，主要是为加强自己的文学修养。

研究问题要力戒空泛，我要求自己这样做。我以为这是对社会的一种责任。为装潢门面，或从格子中淘金而写作，是读书人不可取的。力戒空泛的第一层意思，是从自己工作领域的现实中捕捉课题。现实提出了需要，就是捕捉的对象，就去为解决问题寻求答案。课题捕捉到了，阐明了自己解答问题的见解和主张，对实践产生指导作用，这样的研究才有益于社会。我在人民法院工作期间，在《人民司法》、《法学评论》、《经济法制》、《经济法研究》等著名刊物上发表的论文（收录于专著《经济审判的理论与实践研究》）都是从实践中来，再到实践中去之作，有的法官给我写信，说看了我发表的论文，对于他们处理案件，参照性很强。研究问题力戒空泛的第二层意思，是不说大话、空话。大话、空话叫人不得要领，摸不着边际,即使是值得研究的好课题,也会被大话、空话糟蹋。可悲的是,大话、空话往往同溜须拍马串在一起,有市场。喜欢身边的人对自己溜须拍马、谄媚奉承的人,自然也就喜欢大话、空话连篇的人,记得在“大跃进”年代,说大话,搞浮夸的人,是最吃香,被重用的人。大话、空话还有一个作用,就是虚张声势,对人能起到恐吓作用。大话、空话滋生出假话,滋生出阳奉阴违种种。社会败风的许多方面,就是由此而生,由此而危害社会。可悲的是,有些主宰沉浮的政治人物,非但不从其中发现问题,理清治国之道,还因图其所好,助长此风。

读书求实,求真,读书的目的,不是为装饰门面,是为了应用,为了指导实践,研究问题,解决问题。这就产生了对读书的选择,对书中内容的筛选,喜欢爱好都孕育其中,反映人对信仰的追求方向。所以读书与信仰是结伴的。人们谈信仰,往往同政治挂钩,同主义挂钩,这是很狭隘的,信仰的宽泛性,涵盖人对物质和文化生活的认知、认同,反映出人的思想水平、学识水平、道德良知修为等。两人交谈,涉及外部对象,回答问题的人,肯定或否定,赞同或反对,都出自于对事实的判断和信仰的选择。

读书除了学习知识,增长才干之外,最大的好处还在于熔炼人的思想,坚定人的信仰。认识到这一点的人,才能享受读书的韵味,把读书当做书餐,当做生活的第一需要。

2015-5-7

丰富多彩的百姓生活

社会生活是否丰富多彩,决定于老百姓的生活是否丰富多彩。改革开放以后的中国,百姓的生活,随着改革开放的深入,经历了由沉默、贫困,到行动起来,睁眼看别人,学别人,由小步迈向大步,走着致富的路,生活由好起来到实现丰富多彩。

以民间平凡生活为题材的草根文化,枝繁叶茂。俗话说,家家都有一本难念的"经",在难念的"经"里,有政治,有经济,有哲学、文学、心理学,有神仙,有妖魔鬼怪。思想开放的作家们,深入到民间,挖掘民间的故事,书写民间风情、民间生活,更显现出丰富风采。

百姓生活,风风雨雨,富日子过,穷日子也过。穷日子也有过得有滋有味的时候。平坦的路走,泥泞、坎坷的路也走,同样走过来了。走到了今天,城里人变了,农村人更变了,农村的生活面貌,已非昔日可比。雨水中的泥泞路,变成了水泥路,茅草房变成了红砖灰瓦的楼房宅院。不少昔日的泥巴腿子,变成了今天各显其能、创业发家的能手。在过去的三十年间,我两次去过浙江萧山,当年的穷村,现在成了童话中的天堂。三十年后的2016年3月,我经过萧山机场转乘飞机去湖北宜昌,看到萧山的变化而高兴,特地改变行期,在萧山的农民宾馆住了两晚,用这个时间,观赏了整个萧山的风貌。萧山彻底改变了传统农业模式,几乎所有的土地,都改成了种花木,昔日的农民,都成了花木种植庄主,成了管理者兼经销商,把种植劳动,承包给外来打工的农民。主要是来自安徽、四川、江西的农民,月收入都在五千元以上,昔日的地主养长工,这些人不是长工,是随叫随到包活做的短工,很灵活。那么新生的花木种植庄主,有多富呢？他们的身价是多少呢？我问了,以家庭为计算单位,家家的资产都在千万元以上,看他们的住宅,都是经统一规划的五层楼以上的楼房,楼房装修很别致,房顶用的装修建材,是五颜六色的陶瓷,灯饰也很讲究,晚上看去,有金碧辉煌的气派。每家都有两至三辆高档卧车,车库就是楼房的一楼。他们彻底经历了由贫困农民向富人的转型。

民间也有烦恼,有怨恨。怨恨最甚的,是官欺民。发生官欺民、官商勾结坑民的事情,他们便会团结起来,以各种不同的方式,群起而抗争,事情闹大了,有可能酿成难以控制的局面。因此,无论在哪个朝代,掌握政权的权力阶层,都懂得政权的运转,要围绕老百姓做文章。可说这是中华民族的传统,远古时代的尧、舜、禹,运行帝制,同部落成员就是心连着心,儒家倡导的仁政,也是为老百姓争取生存空间。现代社会喜欢用谋略这个词,所谓谋略文化。谋为民所施,老百姓安居乐业,盛世可期、可续;若使用谋略害人,扰民,必遭百姓的反抗,民不安则政不稳。值得庆幸的是,中国在邓小平同志主政后,解放思想闯禁区,推行改革开放的理论与实践。后来的领导人继承他的理论,顺应民心而治,做以人为本,提升民生温度这篇大文章,正是谋为民所施。

2014-1-23

追逐书艺的足迹

我的启蒙老师,是私塾先生,学的第一本识字课本是《三字经》。老师的教规是,认字和写字并进,会认必会写。写字用的是毛笔。用毛笔写字,首先要学会使用纸、笔、墨、砚,学会磨墨,学会握笔的方式,五指在毛笔杆上的正确位置不能错位,还要学会端正写字的坐势。每天都有写字的作业,叫做"托临",在老师写好的托底字上,依样画葫芦,从左至右,从上至下,照着描画,反复习作。

三年多的私塾,我学会了运用毛笔写字,培养了我的书写兴趣。干任何事情,打基础是最重要的,我怀念幼年时的受教,自然也怀念说话常带之、乎、也、者的我的老师。后来我上了本镇国民小学,是公立学校,书包里没有纸笔墨砚,身上挂着一支钢笔上学堂,做作业用钢笔,但我没丢下毛笔,仍坚持在家用毛笔练字,形成了习惯。往后的大半个世纪,我一直不忘书法爱好,积我一生的心得,可抽象概括为:翰墨临摹,不逾始终,练之志,习之悟,帖为我师,见亦我师,有学无类,不问师门,纸墨铺路,未成歇脚。

我成年参加工作后,书写练习,进入广泛的"对临"期,跟着商业招牌和字帖练,在家跟帖,出门走在街上,看见我喜欢的招牌字,就用手在身上写。我把书法作为艺术追随、修炼,就是从这个时候开始的。上了瘾,走到哪里,都未闲着,手当笔,衣服当纸。

有一次我站在一家店铺门口,仰望招牌,手在胸前比画,店内一伙计见状,疑我是精神病人,出来赶我离开。我说:"再写一遍。""写什么?快走!不要站在门口影响我们做生意。""快了,我写完就走。"两人的对话,改变了那伙计的态度,他沿着我的视线往上看,又看我在胸前纵横左右比画的手指,知道了我在干什么,他跑进店里对他的同事们说,这人不是疯子,他在写字,是学写我们店铺的招牌字。

还夸奖招牌字好。

我对寺庙、道观、庵堂、祠堂之类的文物建筑很感兴趣,重要原因是喜欢里面挂的楹联,一定要看个够,边看边临摹。看到石刻碑林,更是神情专注,留恋不舍。后来我感觉我对书法的执着,是受爱好的驱动,对提高书法艺术水平来讲,还缺乏能动性,临摹的积极性高,但缺少研究意识,勤以补拙,收不到事半功倍的效果。要改变练习书法的这种状况,不能仅仅在“字”上下功夫,还得在“艺术”二字上做文章,让理论指导实践。为此,我买了书法习作的基础理论书籍,重点钻研字的书写结构和运笔技巧,练习心手合一,意念在前,运笔追随意念。可说这是我练习书法在心理上的提升。随着基本技巧的逐渐掌握,思想和理论上的提高,我的书法习作,便进入到一个新的阶段。

书法爱好,跟随我从小到老,数十年不逾,四十岁以后,我开始逐渐丢“拐棍”了,必要时翻翻字帖,一般情况下,都是通过“忆临”加强练习,这里面包含着自己对字的结构造型的摸索,逐步有了反映自己书写方法的创作。

我最喜爱的书体,是王羲之的行书和行草。王羲之是中国古代的一位杰出的书法家,被称为“书圣”。他的书法从总体上说,刚健而娟秀,笔法精妙,行笔潇洒飘逸,笔势委婉含蓄,章法巧妙,无论横、竖、点、撇、钩、折、捺,都显现出丰裕的艺术美,我主要是练王羲之的行书和草书。

我 1997 年 7 月 19 日退休,从这时起,我用于练习书法的时间更多了,可以说把练书法作为退休生活的必修课之一。家中的报纸,看完后都要经过第二次充分利用后才废弃,最多的时候,一天要写完二十张报纸的两面。

在接近六十岁的时候,我的手开始出现颤抖的毛病,随岁月的流逝,日益加重,严重时,稳不住笔,写字走形,但我没有妥协,仍然常与笔墨为伴。不妥协是意志使然,要论实情,也苦恼。一幅小楷字写到中间,因手颤抖出现败笔,又无法解救,不得不全幅报废的情形,会引起烦恼,这时我常不由自主地发出呻吟的怒吼。不知情的人,不知发生了什么事情,只有我婆婆知道我怒吼声中的苦涩,她听到声音,连忙跑过来,向我说几句安慰的话。二十余年中,我就是在这不妥协中,独自忍受苦衷。颤抖的毛病,在夜间会减轻许多。我生平基本不喝酒,要喝也只是半两为限,感觉酒后也会减轻些颤抖。有次我对医生讲起这件事,医生负责任的态度是不强作解释。医生的茫然,使我感觉到,人生尚无认知答案的东西,难说有多少,不要因为出了不正常的现象,就沮丧无望。我从自身的感受中,受到了鼓励,每有创作欲望，我就利用这两种"缓颤"的机会作笔。

上述情况提醒我，我的书法创作生活，再往前走，获得提高，是不可能的了。因为书法写作，功夫主要在手上，笔在手上能运用自如，才能写出好作品，而且要害在腕的灵活，手颤抖，限制了手腕的灵活，无法挥毫洒脱。

所以，才动念要制作一本书帖，在翰墨上，留下点我参与文化建设的心得积累。这本书帖中，收集了我自上世纪80年代以来的一些作品，作品具有哪些特点，我想阅览者会有褒贬不同的评论。

这本书贴，同我出版的书籍和未出版的文集一起，共同组成我心灵的财富。它们陪伴了我的过去，仍将陪伴我的暮年，常翻阅，常思考，笔不停，脑不歇，就不觉寂寞，感觉有未完的余味，感觉时间不够用。所以我视它们是财富，给剩下的岁月添油。自我抚慰，才是最实在的。

在这里，我想追述一下因自己缺乏胆识，而一直感到遗憾的一件事。那是刚退休的那年，我曾经产生过要创办大众书艺馆的想法。并且为开馆做准备，写了一首开馆主题歌《吟大众书艺》，歌词是：

这里有气氛，这里有温馨，这里是传承书法文化的地方。来这里切磋书艺，赢得师教。

这里有气氛，这里有温馨，这里是艺术的天堂。来这里沐浴古今书海，赢得墨宝。

这里有气氛，这里有温馨，这里是精神的净土。来这里劲笔健身，赢得心悦。

这里有气氛，这里有温馨，这里是朋友聚集的场所。来这里以书会友，赢得高雅。

因担心办不成功，就一再犹豫、拖延。时光把我从六十三岁送进了"古来稀"，犹豫中残存的一线光亮，也熄灭了。开馆的想法流逝了，歌没有唱响，但这首歌词应当保留下来。书法这古老的传统文化，是精神的乐园，正本溯源，根很深，在书艺面前，大家都是学生。我相信这古老的文化大树，总有一天会茂盛起来的，会有人站在这株大树下歌唱的，有可能的话，我愿将这首歌词当作脚本献出。

2014－10

“创　客”

当今社会，出现了“创客”，我想这“创客”是社会给那些独立自主，自力更生，在就业的路上，立志闯关的人设立的一个平台。荣为“创客”的人，都是些年富力强，精力旺盛，集结活力、能量，追求未来，抱定有志者事竟成决心的人。他们凭借这个平台，各显技能、智慧，跌倒了再爬起来，勇往直前，唱着进军号而进，唱着凯旋歌而还。

这个平台是实在的，政府力挺，政策扶持，科技引导，三种力量合力齐推，共同“孵化”“创客”大军，为复兴中华挺进。中华儿女，迎着新时代的朝阳，经受考验。

初始阶段的“创客”们，设计的人生，是创业谋生，储备能量，存量知识超过原始积累后，再发力，设计人生理想和希望的新台阶。此举如同开渠，创业之水流到哪里，哪里就得到新生的滋润，就少了许多烦恼，许多怨气，多了许多欢笑。创业之歌唱到哪里，哪里就旧貌换新颜。

“创客”是一批有智者事竟成的人的集合体，主观上为自己而创，客观上也是为社会而创，自己享受创业的果实，社会成员也从他们的成功中，得到分享，跟在成功“创客”后面创业的人，就是分享，接受“创客”招聘就业的人，也是分享。

创业是艰难的，任何创业的成功，不仅仅需要资金的投入，更重要的是知识与智慧的投入，知识与智慧从哪里来？来自实实在在的学与问。搞投机取巧，成不了业，做不了“创客”。没有学与问的硬功夫，即便有成，也会半路碰壁。硬功夫就是学习不唯书，不唯上，不墨守陈规，主动寻师问路，开动脑筋，提出问题，又带着问题去学，循序渐进，从低到高，从浅入深，不松懈，碰到困难、挫折不移其志，失败了，找原因，当做成功之母，百折不挠。现实中不乏成功的典范，他们都是从修炼硬功夫走出来的，他们都有“黑夜行舟”乘风破浪的艰辛经历。

仔细捉摸“创客”,他们是福音,“创客”的出现,有如开仓放粮,把知识从“仓库”里放出来,在政治锁闭的年代,知识不仅派不上用场,还成了一些人挨批、挨斗,遭冤狱的根子。鼓励大众创业,万众创新,就是动员知识从千家万户的“仓库”里,走向社会,零散的知识经过社会的整理、积聚,会放出更大的能量,为社会刮进学与问的新风,追求创业知识的学与问蔚然勃发,必将造就出百业中的英才,必将提高整个社会的知识层次,改变国家的知识结构,必将使社会财富,在创中倍增,富国、富民,昌盛中华。

2016－7－1

聊天是所大学校

聊天是一种生活方式,普遍存在于各类人群中,是民生的需要,又滋养、抚慰民生。聊天中的文化氛围很高,大家在聊天中,拓宽视野,看事物变得深邃。本来相信某件有可能上当受骗的事,聊天中经朋友点拨,才恍然而悟。

聊天增长知识与智慧。有个中年男子,没有上过学,除会写自己和家人的名字,认得日、月、星、辰,赵、钱、孙、李外,再无别的文化,算是一个半文盲。但他的故事很多,一次一个作家听他讲故事,他讲了三个,有两个被作家看中,出价一千元,要买下这两个故事,可他拒收,说他讲故事给别人听是免费的,作家说,我是作家,我要把你讲的故事写进我的作品中,我给你一千元,是给你支付稿费,这人听了说,那我更不能收你的钱,我讲的故事,不是我的经历,不是我的创作,是我在聊天中听来的。作家想,聊天中的故事,难说清楚故事的"始作俑者"是谁,我不妨先用了再说。

当今社会聊天,聊什么?聊的人不同,年龄不同,场合不同,有不同的聊法,不同的内容。

男人聊天,在金钱、名誉地位之外,更多的是聊如何适应工作环境,政策环境、社会环境同自己从事的工作的关系,交流从业心得,处理人际关系的体会,也聊玩乐,聊花边新闻,当聊到路边的鲜花、野草,相互调侃逗乐。

女人聊天的内容,有雷同于男人的,但更多的是聊孩子、丈夫,钱财、美容、购物、择偶、婚嫁、婆媳、邻里,等等,女人聊的天地比男人宽,聊起来短话长说,没完没了。她们的聊法,究竟是她们的长处,还是她们的短处呢?不好界定,也许可称之为是女人的特性较为适合,因为这符合她们的生活氛围。

离退休的老人们,是一个到处可见的群体,他们聊起来,文章也很多。当聊到人体内部生命器官相互作用,相互反射时,那真是“久病胜良医”,“最好的医生是自己”。有介绍保健经验的,有批评医生过度治疗,服务质量不好的,也有褒奖良医,好医生互为推介的。当聊到饮食健康时,几乎都摆出了各自的食谱,饮食单调的人,会在聊天中受到充满关怀的批评,受批评者,反倒高兴,咧嘴笑谢。当聊到社情民意时,会听到抱怨声、诅咒声、骂声。骂什么呢?一般不是骂娘,而是骂他们觉得该骂的事情。他们都有怀旧的经历,新事物与旧事物发生撞车,看不惯,感觉不舒服,就骂那件看不惯的事情。他们都养成了离退休后新的生活习惯,当现代生活方式,同他们的习惯产生矛盾,感觉不舒服,就发牢骚。对道貌岸然的伪君子,难免带出“乌龟王八蛋”这类语言。他们的视觉、听觉、嗅觉都程度不同地发生了变化,行动迟缓,思维不再敏捷,对到处交通拥堵、淤塞,人行道被机动车辆侵占,出门走路不方便,产生恐惧感,就骂。政府官员经常谈论养老工程,但对老人群体的思想诉求,并不十分了解,好听的话讲了一箩筐,没有讲到点子上,就出现反常现象,越是好听的、甜蜜的话语见报,越是挨骂。讲话的官员,如果挨了骂不感觉委曲,从骂声中分析原因,调整从政思维,也许能收到不一样的社会效果,那么“骂”也许就是社会释放出的正能量。善于从这样的“正能量”中获益的官员,才是真正懂民生,处理民生事件不放空炮,不搪塞舆论,不拉大旗作虎皮的官员。

在各类人群中,自动形成的相对固定的聊伴,把聊天当成一种生活的安排,健康的需要。尤其是老年群体,怕寂寞,常常主动找人聊天。我曾在《瘦里吧唧——老年人健康的楷模》一文中,写一位八十六岁的柳老,问他的健康状况,他说什么病也没有,血压、血脂、血糖都正常,脑袋是好的,能想事,不糊涂。问他每天怎样安排自己的生活,他说,早晚走路,大约两个时辰,在走路中与路友聊天,不走路也在室外同爹爹婆婆们聊天,每天吃饭、睡觉之外,就是在户外同别人聊天,没有大人聊,就同小孩子们聊。只要愿意同我聊,不认识的人,一样聊得开心,已经形成了习惯,不聊,就觉得无聊,不自在。他讲的不自在,我想是指寂寞,他就是用找人聊天的办法,赶走寂寞,所以他身体好,“什么病也没有!”

聊天的形式多样:

有路聊,边散步,边聊天。常见谈笑风生的人从身边走过,是他们聊得投缘、开心的反映。

有茶聊,走近茶馆、茶舍就会看到、听到,坐在里面喝茶的男女老少,不单纯是喝茶,是边饮茶,边聊天。热闹的场面同聊天人的热情参与,互为烘托。

有相约聊天，地点是由邀约人确定，虽然是邀约，但不先设定主题，见面后，无论什么话题都可聊起来，甚至一句问话，就成为当次聊天的主题。很灵活、随便，因此，这种相约聊天，兼有老朋友联谊相会的需要。

当今社会的男女老少，尤其是青少年，都拥挤在微信里，成了"微信"的粉丝，他们利用手机作平台，在微信上，夜以继日，如火如荼地聊，从群内聊到群外，健康、安全赔进了聊天的天堂，也不在乎，明知聊天倦了，感觉不舒服了，也还要无休无止地聊，看微信成了他们每天生活的第一要务。我也在微信里聊天，但我有节制，以不牺牲健康为原则。我把微信比作超市，里面摆的精神产品，海阔天空，无所不包。到微信里"购物"各取所需，都是免费的。

无论哪种形式的聊天，都是思想互动。意义就在互动中，通过交流思想，在学识、认知、信息、了解社情、分析事物的真伪上，也是相互学习。不要小看聊天，天天有聊，天天有新知，在新知里，有新闻，有人文故事，有处事良方。聊天是不交学费的学校，有些心灵纠结的事，在别处找不到解决的办法，在这所不交学费的学校里，能解开心结。

物以类聚，人以群分。不同的人群，观察社会，析剖事物，有不同的思想倾向、思维方式，有不同的人生志向、利益追求、利益纷争，处理矛盾、追求利益，有各自的方式，一些志同道合的朋友，有的就是在聊天中结成、加固的。

2014－10－5

母亲节的祝词

母亲节,根源于伟大的母爱。

母亲节,是对伟大的母爱的纪念、敬仰和缅怀!

在母亲节里,永远有长寿母亲、高龄母亲、老年母亲、中年母亲、青年母亲,她们都是母亲!在她们的身边,都曾有牵着她们衣襟的孩子,跟随她们的脚步,走过岁月的春夏秋冬。

在母亲节里,作为母亲,她们虽不同辈,但在享受节日的拜见与祝贺中,享有母亲平等的荣耀与无愧!

在母亲节里,看到了岁月的流逝,青年的母亲,在怀抱、抚养、教育子女的艰难历程中,送走了自己的青春,青丝秀发熬白了头。子女们,每当仰望母亲的鬓发,看着母亲布满皱纹的脸,想到母亲的身体功能在逐渐开始退化,敬仰母亲的心就会发出呼唤:伟大的母亲!伟大的母爱!

在母亲节里,看到了人类的历史,是一代一代的母亲,养育了一代一代的新生命,没有母亲,哪里有人类!

母亲的伟大,在于她是生命的根,伟大二字,最配的是无私付出养育之恩的母亲。出生来到人世间的人,在生养受教的成长过程中,更多的是同母亲在一起。生养病痛,更多的是母亲守候在身旁。好男儿志在四方,牵动着双亲的心,更多的是母亲的难以形容的牵挂。人生哪能始终一帆风顺,母亲最担心的是在困难岁月中行走的孩子。母亲!一颗伟大的母爱之心,一辈子都落在孩子的身上,汗水一辈子也都洒在孩子的身上。母亲!您是生命的根。没有您,便没有摇篮里的欢笑;没有您,生命找不到依靠,难以健康地成长;没有您,孩子们的苦处无处诉说;没有您,孩子们难有一个健全的家。

啊！母亲！您在孩子们的心里，永远是依恋的家，孩子们无论在哪里，也无论事业上有多么宏大，永远怀念母爱的伟大！

写于2014年母亲节前夜

思想灵光的启示

我在写作中常出现两种情况。

一是不打纸稿，也没有打腹稿，仅有要写的文章题目，就在电脑上开写，稍加思考，居然出了内容，而且畅流不息，一些久久不用的词，也按照构思的需要，流了出来，一些常常提笔忘记的字，也出现在记忆里。这是否可认为是大脑中的化学元素，在思维运动中的变化呢，或者是写作催化脑细胞的生长，催化出思维的灵感，放射出的灵光呢？比如：

一个老妇人，从门内跨了出来，她头上裹着一块淡黄色的头巾，赤脚站在风中一动不动，宛如蜡人一般。看她的模样和肤色，不是美国本土人，像是个移民美国的南亚人。她为什么蜡人般地立在风中，又是一双赤脚，不觉冷吗？她肯定不会有冷的感觉，不然她怎会如此自作自受呢？或许吹吹早晨的冷风，对她来讲是一种需要，甚至还是一种享受！要是有位摄影师在此，我想会将她当成一景。在我的想象中，有她蜡人般地立在风中，仿佛多了一份天地间的气象。

社会万象，人生百态，要问的为什么太多了，难说清楚的事太多了，不让说，不让知道的事也太多了，纵然是博学万卷，才高八斗的人，也难解百态！不过，难说的事情，也许大有说头，只是因为许多难说的事，藏在人的心中，解密者只能是那颗心的主人。

我写这段文字的起因是我在散步中突然看见了老妇人，回到家，便以这位老妇人为题材，写下了《她为何蜡人般立在寒风中》一文。内容并没有事先构思，而是在写的过程中，边写边构思出来的。

健康医学讲，老年人经常用脑，不会痴呆，出现的上述现象，是否就是一种印证？我想是的。所以我在《追逐》那本书中，多处建议老年朋友，如果退休前一直从事文字工作，有条件选择写作的，退休后，安排自己的晚年生活，不要割断自己的历史,拿起笔来,创建自己的心灵园地,一为晚年健康,二为参与文化建设。我退休十九年了,百余万字的散文创作,就是在自己心灵的园地里,耕耘出来的。

二是夜半更深的时候,从沉睡中醒来的大脑,突然冒出了一个题目,跟着流出一些所需要的文章的内容。这种情况在清晨起床前,更易产生。就是这些在不自觉中突然冒出来的东西,要是专门去想、去构思,往往很费思索,也出不了成果。

这两种情况下得来的文字不易,很可贵。尤其是第二种情况,更是难得。可是这第二种情况,来得出奇,走得也出奇,很容易跑掉,一会记起,一会又忘记了。有几次,我想等到起床后,再将出奇而得的内容录下,可是起床后,再也想不起了。得了这个教训,我就只好辛苦自己了,脑海中随时发出“奇想”,随时录下,不能贪睡,不能怕扰了睡意而放弃,便立马开灯起床“当自己的书记员”。这样做也许对健康不利,但这种情形不常出现,而且随时起床录下,不是要将全部内容都从脑子里搬到纸上,记下梗概就行,有了梗概,就有了加工拓展的框架。这已经成为我的经验。

在我的感悟文章中,有些就是这样写成的。

人的大脑很玄妙,生物医学科学对人脑智能的研究,一直没有停顿。受这种研究趋势的影响,现代人也热衷于在各自的岗位上,探寻人脑智能的后天育成方法,追逐智慧型的劳动,这是科技创新从实验室走进社会的时代潮流,永存活力,波澜壮阔。

2015-2-7

自己做菜自己吃

有位老朋友对我说,退了休的人,仍然动笔写作,是自己做菜自己吃。我觉得这句话很有生活哲理,既是闲情逸致,也是淡泊名利的人生别路,在我们这一代人中,能为自己铺设这条路的,估计不少。自己做菜自己吃,也是一条自我调节的路。不可避免产生烦恼的时候,动手动脑,走进感悟的思维中,把对某事某物的灵感,创作成文,从中品尝自己做菜的香味,情绪就能得到调节,甚至不好的情绪可急转而治。我自己对此有较深刻的体会,因此,我把自己做菜自己吃,视为是老年人转移思考,转变情绪,自己解放自己的一片蓝天。这片蓝天里的主体是自己，客体是感悟创作中的人或物，彼此对话，自己同自己谈心，没有寂寞，迎来快乐。

做菜离不开调料，写文章的"菜"的调料是什么呢？是人本主义。在曾经有过的一段特殊年代里，是绝对不能用人本主义做调料的，稍稍放进一点，就会炸锅，现代人有福，允许用人本主义做调料，但炒菜人也要掌握好分寸，调料放少了，做不出菜味，倘若烹饪技艺欠佳，把这种调料放多了，就要防范特殊年代余波的冲撞。

2015－3－27

激情在风雨中消逝

人在年轻的时候，常常会因听到某句话，或读到书中的某段文字而高兴，热血涌动，迸发出激情，发誓要做那句话的信从，身体力行去实践，去体验那句话的真谛。到了老年，尤其是进入高龄老年，听到同类的话，读到同样的某段文字，再也激不起思想的浪花，甚至还会感到厌烦。

隔代人为什么会出现思维路径的这种逆转呢？我想有两方面的原因：一是人老心淡，从生活的许多方面退出了，淡漠了从前向往、追求的东西。二是反映出生命在成长、成熟中的差别，从年轻人讲，是因为人在年轻时稚嫩、单纯，阅历浅薄。稚嫩的生命，天真、单纯的生命，容易冲动，看其表，不窥察其内，阅历浅薄，未经教训，没有借鉴。从老年人讲，经历过数十年是是非非的反复变故，度过了蹉跎岁月，受过挫折、挨过打击，老了以后，思维反应功能虽然不如从前了，但教训使他们刻骨铭心，遇见同类的事情，就习惯性地想起曾经发生过的往事，似乎还看见了往事中的人和情节，回味曾经受到过的波折。他们的思维是谨慎型的，从容镇定，在陌生人面前少说话，在只有一般交往的朋友面前，一般不亮自己的观点。所以人尽管老了，五脏六腑的功能退化了，但俗话说得好，姜还是老的辣。老了的人，别看他们皱纹满面，腰弓背驼，说话慢吞吞，做事慢蹭蹭，接受新生事物，更是反应迟钝，连小学生都不如，但他们思考事物，有自己的方寸，知道哪些话不好听，却有益，哪些话好听，却无用甚至有害，思维变得更辩证了，对听腻了的话抵制，自然激情不起来。书还要读，报刊上的言论还要看，但不盲目跟着造势，不盲目叫好，该拥护的，也不含糊，明确表明立场，不应赞成的事，不跟风，在阅读中辨虚实。同样是自己，青年时读到某段文字，产生的感觉是，有如山花灿烂，一片明媚的春光，戴着老花眼镜读同一段文字，会认为并非想象的那样美好。老年人常常在文字面前发呆,看上去有点呆头呆脑,但形色中的呆,不是痴呆,而是在思索,为文字中的表述寻找答案。有位老朋友问我,你对当今新闻有何看法,我说现在新闻有进步呀!把视线从党政领导们露出的形象和言辞上,转移到百姓身上,虽然转移是有限的,但有限也是进步,每天的报纸,都能看到发生在百姓生活中的新闻,这是否可称作新闻转型?老朋友听了我的这番说法,表示不满意,他说你讲的这种新变化,我也看到了,但我问的不是你说的这些,是新闻的文字表述,太标签化、太花哨了。更让人厌恶的是,题材本来不错,可是写新闻的人,跑题病重,拉拉杂杂,搞文字游戏,让人不愿往下看,文字游戏中的废话太多,几句话能讲清楚的事,却拖泥带水,故弄玄虚。老百姓的生活是朴素的,直面朴素的素材去写,不是很好吗?却偏偏要牵强附会地贴标签,套话、空话、捧场的话,硬要往里面穿插,小文章就写成了长篇,这对新闻作者和读者来讲,都是一种浪费,反浪费,这里也有浪费可反。当今文风太浮,老八股怕毛泽东,新八股不怕人。

细想这位老朋友对新闻写作挑出的毛病,确实存在。不正文风,得不到有效的纠正,根子在没有新闻法。有些人还对这种文风点赞,说这是重政治,其实是给政治帮倒忙。

这就是老人们的思维模式。正因为如此,老年人才是个可贵的群体,为什么说老干部是宝贵财富呢?就因为他们经历的事情多,识人度物,有独到的品位,独到的主见。不论时世发生什么变化,也不论社会生活环境、节奏发生什么变化,他们自有主心骨,都会循着自己的生活规律和观察事物的思维套路、习惯地看物识人,这是老年人故有的特点。不过真正把老干部当宝贵财富的人不多,讲讲而已,有些人其实是借用这句话为自己讨好,场面上不讲也不行,退出了场面,情况就变了,藐视老年人,指责老人老糊涂,恐怕不是个别的。“你去讨教他?他老糊涂了,不讲错话就阿弥陀佛了,能有什么主见。”这大概也是官场的一种政风表现。当然,老人们论是非,也会有出现偏执的毛病,但这不是老人思维的主流。

2015-1-4

与生活达成和谐

与生活达成和谐,对每个人都是很重要的,不可忽视的。快乐、美满、幸福是和谐的标签,长辈人的和谐标签,对晚辈的影响,随时发生,随时浸润。因此与生活达成和谐,无论对社会、对家庭、对我们每个人都是心灵的建设。

在我们的生活中,常发生自己烦自己,同自己较劲的情况,对生理健康的人来讲,发生这种情况的内因,是满足不了欲望,心里憋屈,外因是与法律或道德规范发生碰撞,心里矛盾,又解不开矛盾的扣结,与人相处,发生矛盾等。所以与生活达成和谐,是任何人都会遇到,又必须解决的问题,否则,惆怅、不安甚至恐惧就会侵蚀我们的生活,就难有快乐、美满和幸福!

与生活达成和谐的办法是,首先要自己同自己和谐,不强求自己去做力不从心的事,不去干会触犯法律、道德规范的事,与外部接触,首先要知己。试想,自己不了解自己,怎能去度量别人?了解自己,认识自己,才能把自己放在生活中的恰当位置,这既是解决自身和谐的需要,也是与外部达成和谐的需要,心态平和,宁心静气,处事理智,才能与外界和谐相处。

解决自身和谐,靠身外的说教效果不好,要靠自我教育,自己给自己当老师。比如社会提倡遵守公德,要从自己做起,这种提倡是道德规范范畴,是每个人的一种道德责任,是与外界达成和谐最重要的条件。能做到吗?道德修养好的人,能够率先垂范,坏习惯多的人,难做到,坏习惯这东西,相当顽固,从根上讲,与从小受到的教育、影响有根深蒂固的关系。

有个电视广告,孩子向爸爸要东西,要什么爸爸都喜笑颜开地应承,孩子要一件,爸爸都答应好,我给你买,要两件、三件,爸爸都是如此态度,没有一句是问孩子要的对与不对,好与不好。这样的爸爸是爱孩子,还是害孩子,对孩子的成长是有益,还是害呢?很值得做父母的仔细想想。可是这样的广告,每天都在熏染千万的观众,它的作用是宣传爱的理性,还是在后代人身上播种有害孩子成长的种子呢?值得管理层思考。

我认为今天的从我做起,要起于孩子时期的父母做起。坏习惯成性的人,要改变身上的坏习性,意味着对自己进行自我教育、自我克制,是一种强制性自我制约。比如在无人监督的情况下,能自觉遵守爱护树木花草,不损毁、破坏自然环境,能爱惜公共生活环境,不随地吐痰,乱丢烟头、纸屑,乱抛脏物等,要做到,必须自我强制,才能自觉,自觉才能在道德规范面前"从自己做起"。

自觉不容易,在内心有斗争,有较劲,胜利了,打赢了自己战胜自我的心里仗,心里就透亮了,轻松了,平静了,自己就同自己达成了和谐。

人的生活的主要部分,寓于公共生活之中,与生活达成和谐,是在融合进大众公共生活中的和谐,守则是遵守公共生活秩序。与人相处,必须尊重别人,你尊重了别人,别人也会尊重你。高调的生活姿态,傲慢的言行举止,讲错了话,做错了事,听不进批评,非要同批评者论长短不可,这等行为,必然损害和谐。

与生活达成和谐,是人性建设,性善才能事事处处体现出和谐的愿望和行为德行。2005 年,我在美国同我的外孙相处了一段时间,小外孙当年四岁,一次我们祖孙两人,在公园散步,途中,我见一种丝状植物,尖细的叶片,光滑向上生长,我出于好奇与喜爱,动手摸了摸,小外孙见我如此,很严肃地对我下禁令说,你不能摸它,我说我只是摸摸,摸它是喜欢它,并未损伤它,他仍严肃地说,那也不行,因为它不是你的,不是你的东西,就不能摸。小外孙的话,亮出了公私分明,与自然环境和谐的品德,顿时使我领悟到教育的重要。如果不是他接受了良好教育,一个四岁的孩子,能自觉将保护环境、爱护自然形成自己的观念,是不可思议的。

崇尚文明教育,才能在国民心中建设礼貌、和谐的气质,才能构建文明和谐社会,万世皆然。应成为社会共识。

有一种情况要正确理解,就是有些人在社会倡导从我做起面前,行动滞后,老是要看别人是否在做,看见别人做,自己才开始行动,目的是要拿别人做试探,探明动向,大家动起来了,不动不行了才动,这便是这类人的思想动机。不过,深想一下,这样的人,虽然行动滞后,却也是愿意进步的人、好人,是跟着别人做好人的好人,也是与生活达成和谐的表现。

2014 - 2 - 17

索然无味

吃东西索然无味,不吃就是了,找感觉有味的食品吃,实在找不到,就把肚子放空,饿了再吃,也许吃什么都有味。

可是,索然无味不仅指吃喝,铺开人的生活全幅,比吃东西复杂多了,大到国计民生,小到鸡毛蒜皮,常有索然无味的东西,到你的思想里报道。比如每天看新闻,看标题,觉得要读一下,可当眼光投进字里行间时,索然无味的感觉又出现了,很失望。

在索然无味中生活,憋屈,要想免于在憋屈中受委屈,就须改变自己。生活是可以改变的,生活本身,有味多于无味,在生活的路上,风光、风采都毫不吝啬地摊在每个人面前,感到索然无味,恰恰是一种启动,启动你的思维转换,走出生活沼泽,去触摸旷野的风情。去看蜿蜒溪涧中泛起的轻波,到绿水青山中,听鸟类歌唱,昆虫叫嚣,蝶舞绿茵。坐在青山上光洁的怪石上,仰望长空,观赏一字排开的群雁,从头顶的高空,轻轻地飞过,它们展翅飞翔,保持平衡,前进!飞向它们的栖息地。如此自然界的美景,只有改变了自己,才能获得。在既定的物事面前,只要思想不陷于无波的死水,就可于无光中见有光,于无缝中见有缝。你是生活的主人,索然无味的东西,死皮赖脸地缠住你,就抛开它,绕过它,把目光投向符合你觉得可取、可信、有用的地方就行了。现在电视节目中,抄袭的场面很多,女人骂男人:“你还是个男人吗?”“看你那没有出息的样子,就恶心。”“男人没有一个是好东西。”这几乎成了女人的公共语言,电视中刁蛮的女人成了家暴的主角,动不动就给男人一记耳光并且粗话连篇。电视中的这类女人成了现实中女人模仿的公共形象。这些似乎是上不了台面的事,是生活小事,但类似的小事进入千万家庭,就不是小事了。要谨防公共资源中的教唆行为,谨防文化骗子。好看的电视连续剧,也有你不喜欢看的内容,不是通篇都好,同样有互相抄袭的垃圾语言和形象,我对电视垃圾的对策,就是绕过它,我的诀窍是,可同时选择两至三个喜欢、觉得可看的节目,记住它们的台号,随时可以切换台号,绕过不喜欢的内容。

我觉得要改变索然无味的生活,最有效的方法,是读你喜欢读的书。我常把三本书放在眼前，轮换着读，有解倦的作用。有特长的朋友，让自己的特长淋漓尽致地发挥，必然会使生活过得有滋有味，不让索然无味扰乱你的神经。

2014 - 8 - 4

忆校友

校门一别，按照计划分配的定位，各走各的路，走向东、西、南、北、中。

整数五十二个春秋流逝，多数再也没有握别。

我时常想起大家，追寻校门一别前的课堂、操场、宿舍、饭桌和散步中的交谈，坦诚、透亮。

我时常想，那友好的一别，带走了那时的一切。虽能回放失去了的画面，看画面上的风华正茂，青丝乌发，生气勃发，然而有的已去了天国，健在的都无一不是两鬓霜花。

我也常回复到过去，记忆那些离校后，还能再见的同学，记忆再见时的情景、心情和快乐，想再复制，可是不能了。

我感觉，就大多数同学来讲，不是同学们的友谊在情感的驿站里被灰尘淹没，而是因为时光带走了记忆。五十二个春秋岁月，他们的姓名、模样都被时光带走了。有的还能忆起模样，却丢失了姓名，有的还能记住姓名，却丢失了模样。更何况他们现在何处，不知去向！信息化的年代，却久无信息，无人联络，无人传递天籁之音，此生不会有再见！

我感觉，这些丢失不是友谊的淡忘，而是因为主管记忆的脑神经细胞沉睡后，再也没有苏醒过来。

啊！岁月的风云，你虽然残忍，却也不能怪你，毕竟你让生命有过复数的春、夏、秋、冬！

2015 - 4 - 13

凄美的回忆

凄,有凄迷、凄凉、凄惨、凄楚;美,有美丽、美好、美满、美感、美梦。两者不同格,能搭配走在一块吗?能!任何人都能,因为任何人都有凄与美的过去,也有凄与美的现在。你天天想,天天回忆,凄美会天天陪伴着你。

回忆,让你的思维站到了过去,触摸时间里凄凉的深陷,似乎又在感受身陷生活沼泽的痛苦,又听到了哭声、叫声、呻吟声、抚慰声和激励声。深秋了,有了几分寒气。在秋风瑟瑟中,你踩着遍地的落叶,孤独地离开了家,背着行李,没有人相送,没有人话别,一个人走向审查你的地方。突然,天下起了小雨,行李渐渐地被细雨浸渍,背沉重了,越走越累,思想也越发沉重,不知等待的是什么样的处境……

回忆,让你看见了美的舞步,听到了美的序曲,你一个人,或者偕同你的相好,漫步在溪边,牵动柳枝,观赏柳枝在流水中荡漾,宛如青蛇在你眼前游过,游鱼在你眼前来回。你突然登上了青山,观赏大川中的白帆,听到脚穿草鞋、佝偻身躯的纤夫们的号子声……回忆带回如蜜的比较。

凄凉还在,但留住美的珍惜,是最幸福的陪伴。回忆带回了过去,带回了时间,在时间面前你是孩子,在时间面前,你又是老人,是老人中的爷爷、太爷爷辈,在回忆的画面里,同孙子、曾孙们见面时的欢笑,冲淡了一切。

可以天天生活在爷爷、太爷爷的年代里,也可天天生活在孙子、曾孙的年代里。手脚呆滞的现在,很觉凄凉发呆,然而蹦蹦跳跳的生命,又让你回到了从前,回到了美好,回到了童贞透亮的自己,在回忆中童叟缝合了。

任何人都做得到,任何人每时每刻,都能活在童叟的隔世年代。凄美的回忆!

羡慕童心童趣的孩子

他们不知什么是忧,什么是虑,也不担心家里缺什么,东西损伤了,也似乎与他们无关。学龄前的孩子,有的是时间玩,一条小巷的、一个小区的,一个院落里的,从学会走路开始,就成为玩伴。每天起床后,想到的就是玩。无须相约,多一个,少一个,只要不影响玩,就玩起来,有的是玩法,随时可更换,玩耍中,出现不协调,发生摩擦,也吵骂,激化了,也拳脚相向,但小拳头、小腿脚,纵然有伤,也无大碍,第二天,又玩在了一起,还照样是玩伴,是朋友,昨天哭的,今天又笑了,昨天笑的,今天又拥抱昨天哭的,在他们之间,不知什么是恨,只知道玩的快乐!

摆在他们面前的幸福天堂,是被爱,被关怀,在自己家里,祖辈、父辈、同胞,都把爱倾情在他们身上。在家外,他们受到邻里、路人的关怀,关怀他们的人,是百家姓,当他们离开了亲人,走在路上,过往的行人,不分姓氏、辈分都会把关注的目光,投向他们,发现不好的征兆,会出手帮教,把他们引领到安全地带,还不放心,就牵着他们,把他们送回家。

爱幼是一种社会责任,我想没有国界,也不会有姓什么"主义"的区别。人类社会有史以来,都是人往高处走,水往低处流。爱不分种族,只有不同文化背景下,爱的方式不同,分量不同。

无与伦比

清晨静悄悄的,依然给人送来温馨美好的感觉。抬眼望长空,海南的蓝色天空太美了,简直无与伦比!至少在自己的国家是这样。这片蓝天,是宇宙的一角,但它放射到了全世界。知道这一角蓝天的人,都想来这里看看蓝天下的大海,脚踩细软如棉的沙滩,岂止是看看、踩踩,还要用自己的身体拥抱,把自己埋进自掘的沙穴。孩子们更是疯狂得可爱,在沙滩上滚爬、摔打。一家人带着小孩子,父母陪伴滚爬,多家小孩子在一起,那玩起来,就"疯了"。

俄罗斯人是三亚海滨的常客,紧随其后是韩国人……海南本土人反而没有外国人、外地人那种情不自禁的兴致，因为他们在家里可望天，抬眼看到的，是从小到大一直头顶那个蓝天，他们生长在这片土地上，看习惯了，也享受习惯了。要看蓝天下的大海，观赏碧海波涛，对他们来说，也很容易，都在一个岛屿上，即便是生活在中部山区的人，一天也可玩个来回。

再说说这里的绿色，美丽的景色，整体上讲，虽不能说无与伦比，因为有些花卉不适合这里的生长条件，但就绿色的长年性、绿色的郁葱、绿色的覆盖率、绿色酿造出的新鲜空气，可说是无与伦比的。有比较的人，都会有同样的感受，要不然，海南怎么会是长寿之乡，怎么会是“候鸟”栖息的地方！

尽管如此，也还是有怨言，抱怨什么呢？抱怨这里太热。实在说，热的时间是长了些。春天一露头，就没了，被不是夏天的炎热吞噬了。赖着不走的夏天，接着又压抑秋天，使秋天还未伸出手脚，就不见了。冬天呢？也不像冬天，在这里感觉不到寒风刺骨的难受，反倒，有深秋的感受，但又很难见到露和霜。如此“夏”长彼短，该不该怨呢？四季不分明，怨也是有理的，但要谈到炎热，就应当同时想到海洋气候下的炎热，只要调理得当，也是健康的需要，尤其冬天不像冬天，更是患有呼吸系统疾病的老人的需要。这是解释海南长寿老人多的一条过硬的理由。

笑的今昔

现在人们可以开怀、爽朗地大笑,笑自己,笑人间万物中值得一笑的人和事。

在冬天的暖阳中漫步,在炎炎夏日的荫蔽处享受凉风,在秋高气爽中,观看云追月,在春风中欣赏杨柳戏流水,在池塘边听蛙声,在林中听蝉鸣、鸟唱歌,在花丛中看蝶舞、蜂飞,在……都会流露出种种表情不一的笑。

成功的创业者,想起自己走过的路,面对成功后的收获,常常用笑来祝贺自己的成功。同朋友交流创业成功的经验,常常祝酒言欢,抱团而笑。

在外打工的人,回到故乡,亲眼看见故乡的变化,重温故乡的山河美景,会产生发自内心的喜笑颜开。看到站在村口迎候自己回家的老父老母和邻里亲人,互相对笑,笑脸上暗含泪的喜悦,妈妈的笑,儿女的笑,编织出人伦天理的画面。

在家看电视节目,看动物世界里动物的生活,想象人类,会产生感慨一笑,被演员们的演艺和喜人的故事情节,逗得捧腹大笑。

听别人讲笑话,禁不住笑得前倾后仰;群乐中的哄堂大笑;亲朋好友出现喜事,凑热闹助乐、助笑;人逢喜事精神爽,高兴地笑;情侣们在一起,笑的空间更多,等等。只要不会乐极生悲,怎么笑都行,笑得齿牙春色才好。

笑有热笑,也有冷笑。热笑捧人,充满祝愿与期待,冷笑,是笑那些追欢卖笑、行为不端的人,妄自尊大的人,喜欢故弄玄虚、卖弄虚荣、抬高身价的人。这种笑,是笑者对被笑者的鄙视。但由于识人的标准不尽相同,对被笑人为人处世的行为细数了解不详,因而冷笑往往会伤人,只要笑者没有恶意,出现误笑,会自觉纠正的。

生活中的笑,都是生活的画面,我们常常从笑的漫画中看人间春色,从笑的漫画中学习生活,也从笑的漫画中识别好歹、忠奸。

笑能锁定一个人的性格,窥测一个人的爱好、情怀,从笑中看一个人的道德与良知,从笑中识人,从笑中寻爱,从笑中追逐生命的寄托。

笑是人性和生命功能的本能反应,也是一种自然生态,因此笑也是人权要素。可是笑也会被打上时代的烙印,在上世纪的某段时间里,笑被套上了属性,被排除在人权之外,笑被限制,扯进了阶级斗争的漩涡,强调笑的阶级性,没有无缘无故的爱,也没有无缘无故的笑。在斗争会上,参加者的脸谱都要刻画出对被批斗人的恨,不能笑,谁要是笑了,是阶级立场不稳,会被打棍子。在被圈定有历史问题的长辈面前笑,在"五类分子"面前笑,会被戴上划不清阶级界限的帽子。领导讲话,无论是正确不正确,都必须聚精会神地听,当场谈笑,是对领导的不尊重,会被叫去谈话,挨批评。看见女人痴迷一笑,是作风问题,会被划进落后分子一格。对演艺人的表演发笑,喜听、喜唱情调小曲,喜爱颜色鲜艳等,会被贴上小资产阶级情调的标签。所以就出现无论男女,穿一种颜色的衣,一样的鞋(解放鞋),背一样的挂包(军绿色布包),看一样的戏(样板戏),说一样的话的时代画面。那时的领导阶层,也从笑中识人,考察人。有的人就是因为笑之不当,折损了自己的前程。

可悲的时代,是愚昧、愚蠢造成的,喜笑颜开,是改革开放迎来的。国家领导人坚持改革开放的阵地不动摇,就是要避免回到那个愚昧的年代。

2015-2-20

我思考中的联谊会

政协老委员联谊会，是个自担责任的地方。聚集在联谊会的老人们，每当议国是，论社情，说民生，都会付出热情、知识、专长，积极建言献策，把提交意见的成文之作，交给党委、政府的相关部门。意见是否被吸纳，决定于相关部门的观念、作风和主事人的学识水平，建言者所求的是尽责任，牺牲颐养天年，也要尽的一种责任。这里的老人们，可说都是些有学识、有专长，曾经有过贡献的人，余热还未完全消退，仍然自愿把担当责任的心血，洒向改革开放、洒向治国安民、洒向社会和谐。闲不住的老人，忧国扰民的老人，心是清的、热的，了解他们吗？别人不了解，我们自己应当了解。

这里是人老心未老的地方，不是"学宫"、"学堂"、"学院"，却常年飘着创作的学风。每当我看到著书立说的老人向朋友赠书时的那一刻，就想到他们的著作，是从他们心灵的园地里，耕耘、采摘出来的。多么不易啊！

他们毕竟是老人了，是30年代、40年代、50年的青少年，再也回不去了，然而志向犹存。身体功能的退化，阻挡不住他们仍然倾心迈着老有所学、老有所创、老有所乐、老有所成的脚步。虽然这脚步有些沉重，但他们在自己创作心灵的园地里，还能流淌着思想的泉水，自由奔放，还能放射出思想的哲学灵光，透视生活。

这里是老人们打开心结的地方。老人们观察事物的思想走向，对待生活的感受，处理问题的方法和态度，共同点总会是多一些，交谈就自然而然透明些、融合些。在别的地方找不到开锁的钥匙，在这里能找到。我看到了在忧心事情面前，彼此谈体会、谈教训、出主意，帮助解困的真情。我曾经讲过，联谊会是我们的第二个家，因为我看到、听到老人们愿意在这个家里嘘寒问暖、祝愿、关切谈心。论亲情，这个家比自己的那个家，因流动着不同的血脉，无可比性，但要论视野，联谊会这个家，就开阔多了，能看到在自己的家里看不到、听不到的东西。

这里是老人们开心的地方。我看到了大家凑在一起，谈古论今，闲话家常，调侃逗乐，心怡互动的场面和交谈时皱纹满面的笑貌。有开怀大笑，有默默含笑。脸上的皱纹随着笑的张力，伸和缩，都通着友谊的脉络，似乎又回到了天真！似乎又回到了浪漫的岁月！

这里是结交新朋友的地方，岁月的流逝，每年都有一些政协委员，流向联谊会，不是来新老接替，是老迎新，新老相识交结，大家共热联谊会，共同兴旺联谊会！

老年人的情谊厚重而真切！联谊会的这棵"联谊树"老而常青，茂盛不衰！

2014-3-26

三则祝词三支歌

羊年迎春联欢会演出。

我也作了准备,拟出演的节目是"三则祝词三支歌"。未料出了点意外事故,被绳索绊了一跤,整个人扑面倒地,经医院诊断,膝盖骨内的韧带撕裂,断了半边。就不能参加联欢会了,但心要到,就写了这个节目梗概。

一则,祝老朋友们新春吉祥如意,踏着春的脚步,提升春的阳气,沐浴春风和煦。歌唱《牡丹之花》

二则,祝老朋友们在新的一年里,交流健康经,走长寿路。《西游记》中唐僧师徒,跋涉千山万水,历尽艰险,去西天取经,我们的西天在老年人联谊会,联谊会是《健康经》的藏经阁。歌唱《敢问路在何方》

三则,祝中华民族两岸同胞,在新的一年里,增进交流,展示明媚,共享春光。歌唱《高山青》

我自诩祝词与歌都是美的,我也是爱唱歌的人,年轻时唱歌,也博得过掌声,还写过一文,《生活里不能没有歌声》,但命运不让我上台,甚感遗憾。

汉 街

一条地球上新诞生的街，坐落在湖北省武汉市沙湖湖畔。

一幢幢巍巍矗立、新颖别致的大厦，脚踩新界，身穿新衣，以别具一格的面貌示人。

车水马龙的车辆，川流不息，都驶进了地下停车场。

每日都有万众的男女，仰慕至此，看新奇，观赏它的形象，来汉街的人，无有不赞美的，欣赏的角度不同，赞美的语言不同，将各种赞美声加在一起，可汇集成卷。少男少女们，亲密地逛荡，不时寻觅景点，捕捉镜头，将自己同景物胶黏在一起。人流、车流，同街景共同组成的繁荣景象，唱响了“汉街”的骄傲。

也许它还未绘入地图，据说已经晓喻中外，刺激着中国人的自豪感，尤其是谋划“汉街”诞生的领导者们，从这项政绩中，足可昂首的了。

乘坐游艇，从沙湖起航，途经水果湖，驶进波涛万顷的东湖，沿途可观赏汉街的侧身，从侧身看汉街，又是另一番景象，尽显它的华丽多姿，世界风情，外国的靓丽，被刻画在这侧身的画面上。

武汉在翻江倒海，也在腾云驾雾。每年回武汉一次，都能看到它的新貌。

中国在推进城镇化设计，岂止武汉如此！

酒中的三类人

一类，人生几何，对酒当歌。这类人酒色同缘，寻欢作乐。他们是霓虹灯下的常客，酒色招魂，花招常新，把生命溶进了酒色中。对不与为伍的人，他们藐视，对反对他们行为的人,他们仇视。他们问别人:"你抽不抽烟,喝不喝酒?"答曰:"不抽烟,不喝酒。"又问:"你跳不跳舞?"答曰:"不跳。"再问:"你玩不玩女人?"答曰:"不玩。""那你活着干什么?"问别人,其实回答了他们自己为酒醉、色染而活,就是这类人的人生哲学。无酒无色,他们不安分,喝醉了更不安分,惹是生非,在人类悲剧的花名册上,挂有他们的名号。

二类,饮酒养生,渐渐的酒量大了,每天必饮。"一壶浊酒喜相逢",希望有知己前来共语同饮,闲话生活,但朋友未来,也一人独饮自酌,无人闹酒,清静中,品味人生,他们是真正的酒文化的体验者。这类人,在各类人群中都有,以老者为多。我曾在武汉的早餐店里,见到一位早上饮酒的老人,一瓶"二锅头",一碗热干面,没有菜,也不用酒杯,拿起酒瓶,抿一口酒,吃一口面,面吃完了,酒还有,盖上瓶盖,将瓶子装进衣兜里,起身离店。我站起身来问道:"老人家一天饮几次酒?"他回答很爽快,说道:"我一天要喝三次,无酒不餐。""三次能喝多少?"他答:"一瓶'二锅头'喝一天。"这"二锅头"是扁瓶二两装,一天一瓶,每次不到一两,论次数,十足的酒麻醉,而量很小,以酒养生,符合饮酒限量的健康要求。饮酒限量,在我国几乎是老人的共识,他们是真正的酒文化的体验者、享受者。

三类,本不饮酒,但为了创业,开始了把酒当作创业的撬门砖,实乃迫于无奈,不得已而为之。这种情况逐渐成了创业人结交官员,结交商界朋友,结交打工阶层的惯性思维。创业离不开外部条件,资金、资源、人脉、技能、流通等,都是外部条件的组成要素,离开这些要素,就免谈创业。那么用什么获得这些要素呢?手段也是多元的,其中就有人选择在酒桌上碰杯,按照业内人士的话讲,就是找几个朋友聚一聚。

酒中兴业,造就了一批创业的成功人士,昔日的穷光蛋、泥腿子、学徒工、今日的财富大款,各行各业都有,他们从学而勤做起,逐渐成为学而熟、学而能的带班人、经营推手、老板。他们的成功,教会了越来越多的人,去仿效在酒桌上碰杯的技能,修养碰杯的耐心,不是一事一碰就有结果,那就一直碰下去,为了办成一件事,往往要没完没了的碰,也有泡汤的时候,即便如此,也心甘情愿。每次碰杯,请酒人必须主动,敬酒干杯,不能喝也要逞能,所谓舍命陪君子。就这样,不会喝酒的人,酒瘾也上来了,酒量也大了。健康受到损害的就是这些创业谋生存、创业图富贵、创业谋取地位的人。为什么当今社会老年病异化了、年轻化了呢?与酒桌碰杯,酒中兴业的关系十分密切。

在创业的过程中,有人不仅自己要学会喝酒、劝酒,还要找人陪酒,陪酒的人有同业、同门的朋友,有自己属下中酒量过人,又会来事的年轻男女。这也是投资,而且是重要的投资,“舍不得羊,套不住狼”,金钱、美女、感情,为了打通关节,搞定关键部位、关键人,哪种办法奏效,就使用哪种办法,决不迟疑。商品社会,生产流通环节很多,避开了一个环节,避不开所有的环节,就使用这种招数。一些饮酒碰杯的文化段子,也应运而生。

这是一个深层面的社会问题,当前社会生活中,要管、要治的许多事,都与此连着筋。什么时候断了这根筋,社会就相对清静了。但是,现实中无论是刚刚创业起步的人们,还是创业有成,正在兴旺发展中的人们,都不愿断开这根筋,因为在他们看来这根筋是其发财致富的轻车熟路。

做生活中的园丁

园丁在干什么?

在修枝整叶。

为何要修枝整叶?

为了剪除病枝,裁去只占有份额、分享营养,却不开花结果的败枝,保护果枝茁壮生长,开艳花,结硕果。

人的生命,何尝不是如此呢?生活是丰富的,但丰富中有杂乱,如同植株中有竖长、横叉、向下、分蘖、窜生的枝叶,有的益于发育、益于健康,益于增智,有的则相反,损害健康,粘上它,会造成大害,是祸至之源,是生活中的垃圾。可是生活中的垃圾,很会伪装,往往以五彩缤纷、丰富华彩的形态出现,霓虹灯下的光怪陆离,辉映四方,耀眼夺目,比健康有益的东西,具有更强的诱惑力,识别不到位,跟着它们走,就将失去生活中的鲜花,没有好果子吃。每天清醒地清理自身,存益除害,就如同园丁们做的事情一样,修理自己。

但要知道,园丁修枝,不完全是剪除病枝、裁废,也割爱。为了集中营养供应,保证果实的质与量,割爱也不能手软,剪除一些也能开花结果的枝条。就如同军事上,兵不在多,而在精一样,保证打一场硕果累累的漂亮仗。

人又何尝不是如此呢?兴趣爱好多的,尽管其爱好都是健康的,但为了生命能保持平衡支出,不得不牺牲某项爱好,以便有充分的精力去享受另一项爱好时,应果断这样去做,这才是幸福的决断。这也叫割爱。

有行为能力的人,做生活中的园丁,多想想那些创业能人,他们在创业有成以前,也许有过遍地开花的思谋,当他们认识到必须毕其功一役,才有成功把握时,果断收缩思想中的战线,剪除主攻以外的杂想、杂念,集中拳头之力,专攻所选目标。他们应称得上是技艺超群的园丁。

老人养生,更是要做园丁。老人养生,有很多版本,有出自专家的,有出自民间的。我的体会是,真正养有所乐、增进健康长寿的,只有一个版本,就是简单、随便。简单、随便,少了力不从心的追求,少了生活中的计较,克服矛盾心态,才能保持心境平和,才轻松,轻松自然快乐,快乐岂不增寿!生活中的这种信念逻辑,集中在一个版本里,就叫"做生活中的园丁"。总结一下自己的生平吧,是否对此有所验证?那就坚持吧。

在此,我想起了我在《随便才轻松,轻轻才快乐》一文中,写了两件事:在中国,请客吃饭,朋友相聚,必是要讲排场体面。没有名酒、名菜,就觉寒碜,闹酒更是风情景况,诗一般的酒令助兴,不想喝,不能喝,也要干杯见底,明明肝脏有病,也要舍命陪君子。在美国风气就不一样了,移民美国的中国人,入乡随俗,也一改往日的陋习。什么菜不菜,酒不酒的,大家在一起聚就有乐,有酒也喝,却不闹酒,没酒,谁也不说三道四,照样说说笑笑,热热闹闹。五个人相聚,四个人不喝酒,那喝酒的一个人并不因无人陪酒而觉扫兴。烦琐的客套没有了,要面子的开销剪除了,大家轻松来聚,轻松而散,清风般的友情,给不同文化背景下的中国人背书。

同酒最相近的是送情。在中国有"人情债"一说,令很多人头痛,家境不好的家庭,为了应酬,了结"人情债"而借钱送礼。有借有还,借了钱不按承诺偿还,又会闹出纠纷来,纠纷闹大了,又会闹出积怨来,积怨深了,就难说祸害凶吉有多大了。这就是说,送情讲的是钱与物,然而借钱花去的这份钱与物,只是附和一种社会风气,并不能在送情人与受情人之间,带来情的加深,反而会惹出麻烦,甚至招致人身安全或生命之不测,可见,"人情债"实属病患陋习。在美国不存在这种情况,朋友走动,讲的是友谊,人到了,心到了,情也就到了。手上拎点东西也可,但不讲分量与价值,不拎东西,主人照样迎进送出。要说文化,我看这样的文化,才是文明的,才是可崇尚的。多随便呀,随便就有轻松,轻松才快乐!

如果用园丁精神作评判,是否就可认为,那些入乡随俗的中国移民和美国人的生活习俗,可包容在园丁精神里面呢,我想是这样。

2014－12－5

生命的共济团队

有一个历史性的命题,就是生命的价值,一直未停止过讨论,尤其是从事意识形态工作的专职部门,为论述这个命题,写的文章不计其数,总想着他们的论述能被人接受,能统一所有人的认识。

但是,主流意识形态有自己的说法,政治学有政治学的说法,学问大家们有他们的说法,有个性的生命,有各自的说法。有个性的生命,不喜欢抽象,都很现实,把生命的价值观同思想预期捆在一起,不愿意统在别人设计的价值观中,所谓人各有志。

这里传递出一个观念,就是各有各的活法,不能简单理解为日常生活习性、爱好的个性选择。而应理解为是思想信仰归顺的选择,也就是有的人说的,他们属于有自己的信仰、为信仰而活的那种人。在开放的世界里,发出类似声音的人,其数量会逐渐增多,他们把自己的活法同信仰挂钩,是更高层次的个性选择。

思想预期中的个性价值观,受到人生处境、人生背景不同的导向,大致可分类为:一、有的人满足于现实,放弃了追求,一日三餐后,与朋友聊聊天,或玩玩爱好足矣。二、有的人不拘泥于现实,用比较思维看现实,形成自己的人生模式。他们的视线在现实中,也穿越时空在历史中,在自己的国土上,也放眼世界,从比较中评判是非,定向自己。三、有的人感觉生活在花境中,心如鲜花怒放,无拘无束,过一天快乐一天。四、有的人活得很拘谨,思想受到制约,想说话,又怕别人指责:你讲错了,你要小心等等。但尽管各不相同,都是思想的反映,是思想的走向,决定他们的生活定位。从尊重人性的角度讲,无论哪一类,都应当受到尊重。

我要明白的是,人毕竟不是孤立的,是社会群体中的一员,人要保障衣食住行的需要,要实现自己的志趣、志向需求,要心想事成,都离不开社会,并且随时都在接受社会的服务,即便是一个体魄十分强健的人,离开社会服务,他的生命就不会走得太远。然而社会服务是一种机制,有开放性,也有受限性、受制约性,是一个分门别类,组合成生命的共济团队,大家都从别人的劳动中,接收服务,也用自己的劳动参加组合,服务别人。

在这个共济团队中,有广大的普通劳动者,有百业中的知识智囊,有搞政治的,有经商的,有规劝人行善的宗教信徒等等。总之社会缺什么,就会补充什么。共济团队服务,无论是进还是出,都是有偿的。有偿服务,就是尊重个性,显示个性,就是尊重各有各的活法的价值观。社会成员共济在一起,自愿认同,把个性、共性统在一个整体中,这既是社会整体运转的价值法则,也是生命个体生存的价值法则。人无论如何折腾,人类无论如何争斗,谁上台,谁下台,都离不开商品社会这个共同的法则。国家的职能,就是通过发挥规划、实施、管理、协调、改善、维护、推动的功能作用,保持这种价值法则的平衡,不让其倾斜,如果强调某一面,而忽略另一方面,导致失控倾斜,这个共济团队,就将破坏其整体性,免不了要吵架、争斗,闹分裂。维护好这种价值法则的平衡,社会才有稳定和谐。

在这个共济团队里,起核心作用的是执政党,只要能够维护社会共济,保持价值法则的平衡,就是执政成功,这是最实在的,话无论怎么讲,讲得精彩还是平常,都要通过这"实在"的检验。这个团队中的任何一个成员,对执政党的各级、各个部门,都可发挥监督作用,自由地评价其工作的优劣,但评价的准绳,应当秉持宪法至上的法制原则。法制原则对监督和被监督双方,都一视同仁。现在执政党要求自己依法执政,是明智的决断,执政是一种权力,即执政之权,依法执政,就是党权要服从法权,要用法制思维领导这个国家,维护好共济团队、共济法则的平衡。现在执政党管党比任何时期都严格,这是依法执政的亮点,这个亮点给予人民群众的是比物质形态的东西更为重要的安全感。但依法执政到位与否,决定这个亮点视线的射程与宽度,为了在纵横两方面,都能克服执政党观察问题的有限性,必须发挥社会成员整体的监督作用。

2015-1-5

人生命脉云开雾散

生命出世后,在成长、成熟、进步的全过程中,因出身、门第、学业、职业、地位等等背景不同,信仰、兴趣爱好不同,带来人生命脉的不同。但是,都在同一个社会环境里生存的人,无论生存背景有多么大的差别,都是有知与无知,成功与失败,幸福与痛苦,健康与病变,坦途与厄运并存。

皇帝是至高无上的统治者,普天之下莫非王土,天下都是他的。他科举选才,他奖赏人、惩罚人、杀人,他要兴王宫,修陵园,开运河,辟疆土,征服异族,他选美,三宫六院,七十二妃,都是一句话的事,所谓一言九鼎。论做人的高处,一国之最,无人同他比高低,威风气派集于一身,出行时前呼后拥,列阵欢迎,他该幸福吧?但他也有孤独、痛苦的时候,也有惊恐、做噩梦的时候,也有颇费思索,难下决断,因而寝食不安的时候,也有将相不受用,为用人而烦恼的时候等等。为什么?因为权力占尽,统治万民,身上就肩负上了巩固祖宗基业的重任,能不能担当起这重任,关键在人心的背向,倘若把握不准人心的脉搏,一切就都在难料中,思考江山社稷,皇权的安危,心里也充满纠结,背上了丢不掉的包袱,如何能轻松享受清福。

皇帝如此,可见一斑。人的一生,尤其是成年以后,完成了学业,参加了工作,成了家,就背上了对社会、对家庭的责任。

在处理人际关系中,要交朋友,志同道合,也要同与自己有过结的人,甚至人不像人、鬼不像鬼的人保持工作上的关系。

在承担工作任务中,分配不公、不合理的事情,总是会有的,心里不平衡,也要接受。

在无民主与法制天平配套的权谋背景下,使用无能、无知,又缺乏人格修养的人,上蹿下跳,混上混下,也混成了高官、巨商,各地、各级都有,他们爬过了自己的头顶,成为自己的上级,也要接受下来。出了问题,轻则挨批评,重则受处分,会产生心结。

处理工作和家庭事务中的矛盾,不会都符合心愿,会有委屈,或受到伤害。

敢于担当,这话谁都会讲,也是场面上上级对下级常讲的一句话,层层给压力的一句话,是讲起来很轻松,可是做起来就难了,不是推卸责任,不敢担当,而是曲折的是非关系,使责任扭曲。有责任,才有担当,但现实中责任往往是分散的,该不该由自己负责,并不都是自己的辩解会被接受,也并不是作结论的人,都能明察秋毫,何况权力圈内的事又非常复杂,在权力与组织纪律面前,承担责任,往往是不讲因果关系的,也不得不认命。

小事情受委屈,大事情受冤屈,喊冤吗?这条路很漫长。

在清明的政治环境下,有冤喊冤,有喊出了清白,沉冤得雪的,成批的人被平反召雪,还能妥善处理善后。

推动政治清明的领导人,在封建社会被称为明君、贤相、忠臣,在近、现代,被人民称赞为英明的领导,受到人民的爱戴、称颂。但是,历史是曲折的,在历史的长河中,清明与混浊是交替出现的,因为无论何等清明的人,也会有讲错话、出谋失策的时候,错了不认错、不改错就由清明变成了混浊。在政治不清明的环境下,有冤无处喊,或不能喊,越喊越下沉,如是就有不少的人冤沉海底,等等。都是人生的命脉。任何人,在他的一生经历中,虽说命脉的品类各有不同,但都绕不过这条命脉的曲线。都得沿着这条命脉,走完自己的一生。

沿着这条命脉走,善操持的人,好运会多些,幸福、快乐、怡心过日子的境遇会多些,不善操持的人,见鬼的时候多,痛苦、郁闷、冰寒受辱、伤害健康的时候多。

那么怎样做才是会操持呢?其实就是四个字"云开雾散"。每当遇到不顺心、会招致不测的事情,调动智慧、运筹帷幄,眼看要成功,却突遇不良行为破坏,希望泡汤的事情,遭人暗算,灾祸挡在面前的事情发生的时候,不可心烦躁乱,要运用辩证思维,等待条件发生变化。任何事物的发生、发展,都是不确定的,都是以条件为转移,乌云压顶,雾幕障目,一旦条件发生变化,就会云开雾散,重新从厄运中走向光明。历史与现实,不乏这样的启示,一切成功的人士,都是这样成就自己的,他们的心在指挥他们,告诉他们,不要急,一切都会过去的!

这是多么的平静,多么的坦然!

这是朴素的心理学与哲学的结会。

一切以条件为转移,物质是运动的,运动中的变化,是条件变化的物理基础,是绝对的,相信变化,就相信属于自己的条件一定会到来,发明家、创业人,所有获得成功的人士,都自觉不自觉地在这朴素的心理学、哲学的园地里,嗅到了花草的芬芳,找到了抚慰人生命脉的良方。

善于运用这良方的人,都会从心灵的悲困、痛苦中走出来,这良方,能拯救人,帮助很多很多人战胜自己,让他们迎来云开雾散,为他们医治了历史的悲困、创伤,渡过了历史的厄运。

2015 - 3 - 202

追 随

传统式追随，多为追随人，或被人追随。追随人，在古代叫做“择主而士”是讲追随的人其才德过人，他们读书，为的是仕途腾飞，或渴望生财有道，致富有门。他们择主而士，或求知、求艺投于门下，是为了一展生平抱负。现代社会，追随人多为找后台。目的都是为了做一个能够实现理想的人。有追随，就有接纳追随的人，在历史上留下了许多伯乐、授业恩师的佳话。

人生的追随是多姿多彩的，有许多发光、精彩、奔放的画面。

追随，要处理好追随与感悟的关系，追随事物，要力戒肤浅，要研究被追随事物的起源与发展过程的规律，才能学而通达，做有成就，事半功倍。追随人，不能盲从，古代读书人，择主而士，择的或是治国安民、清正廉洁的清官，或是博学多才的恩师，或是技艺精湛的能人。追随人，重在观察，从感知、感悟中选择。现代社会，在商界，员工炒老板的鱿鱼，也可说是择主，在政界，就不行了，处理人事关系，讲究组织服从，不过，有良知的人，决不追随贪官与庸才。

2014-3-30

人生的碎片

回忆数十年的过去，又看到了许多已消逝的生活碎片，对比现实中的生活，有的很类似，犹如今昔接续。但毕竟生活环境发生了变化，即便是相类似的人生碎片，也会有碎片元素的变异。

我的人生碎片，现在还记忆犹新的在各个年龄段都有，但更多的是童年。童年幼稚、单纯，玩耍是主旋律，“碎片”就围绕主旋律发生。

我的祖母知道我爱狗，想自已养一条狗，就用两包火柴向邻居换了一只刚满月的黑毛狗。狗通人性，它很快就知道我是它真正的主人，同我朝夕不离，渐渐地当起了我的护卫，跟随我上学而出，放学而归。放学前，它在校门的一角，匍匐在地上，一直等到我放学。在放学回家的路上，见到它不熟悉的人同我打闹，不知缘故，就跑过来凶狠地嚎叫，我见状将它赶开，它见我与打闹的人说笑，知道我们不是打架，就摇起了狗尾巴，这是狗向人示好的一种动作。它渐渐地长大了，开始亲近母狗，尾随厮混。有一次它同母狗交配，忽然跑来两只比它高大的花毛狗，硬是把它从母狗背上撕咬下来。犬类异性交配，是自由的，但在强者为王的时候，自由是属于强者的。1942 年，我的故乡方高坪来了一支部队，他们要吃狗肉，不问是家养狗，还是无家的野狗，肆意开枪射杀，在被杀的两匹狗中，就有我的爱犬。我恨这些野蛮的兵痞，用咒骂来悼念被残杀的爱犬。

童年，有时也想成年人才应想的事情，做些应该是成年人才能做的事，思想多一点的时候，也不完全只是想自己，在别人身上发生的事情，也会引起些思考，看见小朋友受委屈，也会为其愤愤不平。

一位常同我一起玩耍“打碑”。（找一块平面石头，竖立在地上，在上面放上小面值的小铜钱，用大铜钱瞄准打击，小铜钱被击出石头落地，这枚小铜钱，就属“打碑”者所有。）有一次这个游戏的玩伴，因同街坊的长辈争吵，被他父亲责罚下跪，正巧我在场看见，我知道事情的起因是那位长辈厌恶我的那位玩伴，朝玩伴吐吐沫引起的。玩伴的父亲不问情由，以辈分论是非，就错了，责罚他儿子下跪，就是错上加错。我跑过去将玩伴拉起，对着他父亲说道，不是他的错。我还以为自己出此举动，会受到训斥，没想到玩伴的父亲不仅没有训斥我，事后还对我的父母讲这件事，说我小小年纪，如此讲义气，长大了一定结人缘。事后这位玩伴告诉我说，他父亲责罚他下跪，是为了给那位街坊长辈面子。这种事在过去的农村常有出现，明明知道对方犯我，还要责己，是一种避免纠纷扩大、息事宁人的民风。这样的民风，可免于在纠纷中受伤害，于社会也有益，客观上促进邻里和谐，相安无事，比争强好胜、好斗、得理不饶人好。这样的民风在现实中还能见多少？想一想身边的人和事就知道了，国民教育是个关乎民族形象的大问题，建设很难，破坏了，几代人都恢复不了。

我八岁那年春节，母亲要我去三伯家拜年，我想到拜年要下跪，就抗拒不从，母亲软硬兼施，未说动我，便拿一把菜刀吓唬我，我闭上眼睛，直挺挺地站着，意思是你砍我吧，害得我母亲大哭一场，她说道：“你为什么要这样犟！这样犟！”母亲痛心地哭，不再是为拜年的事，而是因我怨她拿菜刀逼我，感到心痛。

同年春季的一天，我一人在水塘边玩，看见塘边的水草中，有蝌蚪成群地出没，便弯下身去抓，因失去平衡，一头栽倒进水里，但水不深，我呛了一口水，迅速从水中站了起来,一点也不害怕,发现蝌蚪没有离开,就没有出水,仍然在水中玩抓蝌蚪的游戏。汪家湾的一个女孩,在不远处拔地菜,看见了我落水,但未看清我落水后的情况,便惊慌地喊叫:“有小孩掉进塘里了!快来人啦!”她连续的呼救声,招来了四周的人,当大家看见我在水中玩耍时,有的责怪那女孩,说她看都没看清楚,就大惊小怪地喊叫,但也有为她说好话的,说我毕竟是个孩子,掉进水里总是危险的,她能及时呼叫是对的,她是个懂事的孩子。我见此情况,便爬上塘岸,迅速站到那女孩的身边,默默地站着,也不说话,我的用意很清楚,是谢谢她。她见我全身水淋淋的,便说道:“你快回家换衣服吧,站着干什么?”大人们都笑了,都高兴地说:“没事就好,快回去吧。”我回家后,将这件事一五一十地告诉了母亲,母亲没有责备我,连忙给我换上了干衣服,然后带着我去汪家湾,她打听到为我呼救的那位女孩,向她的父母感谢。

我的出生地名叫方高坪,离团风镇只有九公里,团风镇是原湖北省黄冈县的重镇,是长江中流有名的客、货运输码头。寒暑季节放假期间,我与小学同学,相约步行去团风河街江边看江上的行船,听机动轮船的汽笛声,看木制船上拉起的白帆,看宽阔的长江对岸,看江水在起风时,翻滚的白浪,无风时平静的江水向东流,看沿着江岸跋涉的纤夫,纤夫们躬下身子,艰难行走的姿态,使我很感动,我听他们为减轻劳累喊出的号子歌声,感觉很好听,我成人后,每当看到纤夫造型的油画,就感叹劳动者存在的价值。

童年憧憬的心,看什么都觉新鲜。纤夫那样的辛劳,我竟然想自己长大了,也要像纤夫,沿着江岸,陪伴江流游走。想入非非要跟着帆船下汉口,坐上轮船到武汉,越想越有味,这大概就是童年时期的激情!长大以后,听唱“一江春水向东流”的歌声,便想起自己江边的童年,特别的重情,特别的怀念。

我九岁那年,我祖母问我,能不能去团风买菜,我答:“能。”“一次能买回三十斤吗?”“我能。”祖母见我回答得很坚决,便给了我买菜的钱。我的祖母很疼爱我,她要我去团风买菜,是信任我。我心想这下可帮祖母干事情了,很高兴。我挑起箩筐,生平第一次去团风贩菜。九公里,对我来说,不算太远,边走边玩。在路上,遇到不少往返团风的方高坪人,大人向我笑笑就过去了,小孩路遇,就是个伴,在兴趣中走路,感到轻松,很快就到了。可是到了团风后,产生出秽气,因为我和祖母都没想到,菜市是早集,下午菜市收摊了。我挑起空筐,没精打采地往河街走去,见了我熟悉的河街,情绪又好了,坐在江边观赏我追逐的目标。我看到了海鸥,一群海鸥绕船尾上下飞翔,它们干什么呢?当时不知道,后来才听到了美好的海鸥的故事:一只白色的海鸥,以为自己长大了,想要离家远行,终于有一天它离开了家,飞往远方。飞呀飞呀!越飞越远,经历艰辛、疲累的海鸥,好想找一个地方歇息片刻,但茫茫的大海,哪有歇息的地方啊!

忽然在海面上驶来一艘大船,海鸥飞到大船的附近,落在了船的桅杆上歇息,它环顾四周,细看这艘大船,船中间的"建筑"尤为明亮而高大。它开始喜欢上这地方了,决定留下不再飞翔远行了,"建筑"里的人很多,都在看它,观赏它,向它做出手势动作来逗它,想引发它的精灵本性,果然这只可爱的白海鸥,又起飞了,但不是飞走,而是围绕"建筑"和船尾上下飞来飞去,盘旋迂回。它试图进入"建筑"的里面,但失望了,门窗都是紧闭的,根本无法进入,盘旋迂回良久的海鸥,又回到了桅杆上,凝视良久,突然振翅飞起。就在振翅飞起的那一刹那,一滴泪落在了桅杆上,海鸥伤心地飞走了。原来这里并不是它想要的家,也不是它可栖息的地方。窗里的人见海鸥飞走了,打开了窗户呼唤这只白色的海鸥,但海鸥飞远了,已经听不见了。后来,这只白色的海鸥,引来了同伴,跟在行船的后面,追尾飞行。人们看惯了它们的飞行,却淡忘了它们的辛苦,欣赏它们的美丽,却不给它们抛食,它们给了人类自然的美景,却并不因为人的吝啬,而弃船远飞。……

我还在观看江景,沉思在想象中。

"小孩子的菜卖完了吗?"这突然的问话,把我唤回到买菜的事情上来。看那人很老了,不知称呼他什么才恰当,可是由不得多想,我就有礼貌地称呼他老伯,告诉他,我不是卖菜,是要买菜,但菜市已收,准备回家。我回答完了老伯的问话,要起身离去,万万没有想到,这老伯竟然是位菜农。他问我:"要买什么菜?"我答:"要买芹菜、萝卜和卷心菜。"他说:"你能跟我走吗?""去哪里?"我问。"你要的菜我都有,但要去地里摘,价钱比集市略便宜些。"我高兴地说:"我跟你去你的菜地。"我按照祖母的交代,买好了菜回到了家里,祖母高兴地把我抱在怀里,当她听说这菜的来历时,她连声说道:"我的孙儿遇到了贵人,遇到了贵人,不然为什么这样巧呢!"

当时农村九岁的孩子干这种事,并不个别,现在九岁的孩子,都泡在爱心的蜜罐里,是不会干这类事情的。但也有另外,现代生活中,童年担当家务、扛起家庭负担的事,时有新闻报道,都是发生在极其贫困的家庭,是穷人的孩子早当家的现代版。

想到这些个人生活往事的碎片,就对穷有放不下的思考。政府为了帮助贫困地区的百姓脱贫,做了许多事情,状况有很大的改变,这是人民生活变化中的一大变化。

2915 - 2 - 10

个性谱写人间春色

个性与一个人的聪明才智、独立人格、生存选择,互为表里。人都有个性,尊重个性,也是尊重人性,维护个性,也是维护人权。在专制的社会里,压抑个性去附和某种需要,社会贫困,民不聊生。在民主与法治的社会里,引导个性创业,富民强国,引导广开言路,参与社会管理,促进民生和谐,乐业安康。

人们都欢呼改革开放的年代,要知道改革开放的"始作俑者",就是个性,是由从暗处走向明处的个性孵化出来的,政治家们的作用,是发现并且看准了个性孵化出来的新事物的发展趋势,推而广之。

在当今营造"创客"的年代,需要的就是个性,有个性才有万众创新,才有信息化、智能化,化到千家万户,化进百业,谱写人间春色。

尽情吧!让个性洒脱、畅怀地发挥!

人类不会有雷同的个性,个性在发育健康的人身上会发光,在发育有缺陷的人身上,同样会发光。我见到一位患有自闭症的小男孩,在他的生活里几乎没有外部世界,与那些互相交流玩耍的同辈相比,他的生活异常单调,但他有自己特殊的个性,他每天放学回家,无一例外地捧着他的彩色粉笔盆,在空置地带绘画他想象中的图画,我每天散步,走进他的地带,就能看到新生在地面的彩色斑斓的图案,我问他画的是什么,他不搭理我,专心更换手中的彩笔,或横,或竖,或折地描画他设计的图案。我对他的父母说,你们不要干预他,不干预他的这种行为方式,不干预他行为中的构思。他的父母说,我们正是这样呵护他的生活。多好!我想,他会在没有干预、自由自在的天地里,成长发育他的个性天赋,延伸自己的人生路。在他成年后,也许由于他这种个性的发挥,成就一代名画家。

个性是有属性的，上面讲的是自然属性中的个性，个性进入政治属性，就没有那么自由了，比如公务员，就不能不节制个性的张扬，必须认准自己的位置，站自己的岗，做自己的事。一代又一代身份高低不同的人物，在工作舞台上扮演角色的时候，都必须遵循服从思维，就是个性的政治属性。政治属性中的个性，不是绝对不可发挥，但要服从统一号令下的共性。这种发挥称之为能动的反应论，善于领会上级号令的意图，工作效力高、贡献大。

这种政治属性中的个性，是有受制期限的。行为人随着岁月的流逝，走下了舞台，进了夕阳境界，换了装束，走进了社区，换了生面，思维方式开始转换。不过，道还是那条道，只是走路的方式不同而已。由自己支配自己的两条腿，用自己的眼睛看社会万事万物，用自己的脑子想问题，用自己的思维方式去辨别是非真伪，用人性的行为准则，做一回不“不惑”的主人。

在这个群体的身上，还较多留有生活在过去年代的影子。对那个时代叱咤风云、脸谱不同的人物，对那个时代频繁发生的关乎国家命运的事件，人民生活的往事，总也挥之不去。随着时间的变化，历史的进步，产生出新的感悟。有崇敬、缅怀，也有义愤，阐发出个性的思考与评说。

在这个群体中，朋友们相见，茶余饭后闲聊，散步林中，差不多都抛出思考，互相交流。对某些事物的认识，也会有仁者见仁，智者见智，却是友善的，不会伤害朋友的和气。遇到争议，不求统一，一笑了之。交流中会出一些过线的思考，说些不让说的话，不过没有危害，恰恰是出于理智、良知，是对日后事物变化发展的展望、推测、预言而已。有些推测、预言写成了建言献策的议案，送到了政府手里，被不被吸纳，就要看水平了。有些推测、预言以后也许会成为新闻语言，某种过线的思考，也许会成为日后营造新路的奠基石，不是吗？倒转乾坤看看，昔日的某种毒草，而今不是被作为香花移植了吗？在历史的连续中，今天发生的许多事情，今天提倡人们去仿效的事情，政府资助推广的事情，回眸到20世纪80年代以前，都是不允许的，是犯忌的。有些当年的主事人，就是因为犯忌，走进了牢狱。此一时彼一时也。

2015－10－3

善于妥协的人是智者是学问家

妥协用于谈判,适用于国家和社会层面,利益冲突双方以让步的方式缓解冲突,避免冲突激化,避免双方继续造成伤害。

在双边或多边贸易谈判中,各自妥协,降低利益筹码,达成协议,获得共赢。决不妥协,谈判会达不成任何协议。妥协的第一步是双方愿意坐在谈判桌上,第二步各自作让步,达成协议。

当今社会,无论是国际的,还是国内的,用妥协解决矛盾,是一种趋势,成为自由社会中不可缺少的必要程序。我国实施和平外交,我认为其中也有妥协的成分。推出和平外交,增强国际间的互惠互信,赢得和平共处,也就能赢得国际贸易的更大空间,因为妥协会更清楚地了解彼此的利益需求,了解到彼此的共同利益,知己知彼才能攻克头脑闭塞带来的麻烦。

妥协是解决社会矛盾的一种普遍适用的方法。在民间,处理人际关系、劳动纠纷、邻里纠纷、家庭纠纷,采用妥协的方式可说是一剂良方。不妥协,争来斗去,耍霸气、玩花招,爱面子,贪婪,似乎很有骨气,其实是愚蠢。不肯让步,只能会激化矛盾,伤害了对方,自己或许会受到更大的伤害,财产受损还是次要的,心灵上因争斗造成受伤,则危及生命。聪明的人说:别闹下去了,得饶人处且饶人,不要得理不饶人,同别人闹,实则也是同自己闹,同自己过不去,心烦不痛快,伤心伤身,多不值得。这说明妥协中有心理学,把自己摆进伤痛中体验,方知妥协的重要。矛盾中的双方,都在动脑筋,为解决矛盾调动心灵的智慧,运动自己的思想,退一步海阔天空,云开雾散。这是什么学问?是妥协中的哲学思维。利益纠纷,更多是因贪欲,想在利益中多占份额,坚持不让步的结果,耗费时间,耗费开销,感到这样耗下去,得不偿失,算了,多得不如现得,签字了结。这又说明什么?说明妥协中有数学。在解决纷争中,常用搁置争议的办法,也是一种妥协,不同意别人的观点,但也暂不坚持自己的观点,这种办法适用于政治、外交谈判。

如此说来,妥协不是输,不是无能,丢面子,不是受胯下辱,不是我若作了妥协,岂不矮人半截等等,都不是。相反,善于并且勇于妥协的人,是真正的赢家,是高不是矮,他们通过妥协,得到的不仅是物质的东西,更重要的是得到了精神的平静,赢得了生命。深一层讲,善于妥协的人,是智者,是学问家,善于妥协,也就是善于运用学科知识,分析和解决矛盾。

我曾在多篇文章中,讲到妥协在人的成长中的意义,写了人在处理人际关系中,要善于妥协。人的一生,要过很多的沟堑坎坎,妥协是过沟过坎的跳板,帮助人避免摔跤或陷入泥沼。

妥协用于人处世立足,也用于人自身平安祈福。妥协用于自身,就是人在生活和兴趣的压力面前,要自己同自己妥协,同自己和谐,否则祸之将至。生活中这样的经验教训,相当的多。有的老人,因贪玩麻将,诱发冠心病加剧而猝死;有的老人饮酒过量而死亡。年轻人贪玩,迷恋在网络游戏里,因上了瘾不能自拔,而自残、自灭的事件,也不少见。《健康时报》在 2015 年 11 期上,刊载《网瘾之惑》一文,讲江苏的一名高三学生,为断掉网瘾的压力,付出了“壮士断腕”的沉痛代价,用菜刀自截左手。他这也算是兴趣上的妥协,但代价太高,太沉痛。讲人性,人的欲望无穷,不去掉伤身有害的欲望,会给自己带来无穷的困扰,影响自己,也波及家庭成员。整天闹得鸡飞蛋打,以散伙为结局的家庭,可不是少数,一个重要的原因,就是一方或双方存在令对方难以共处的坏毛病,这毛病或者与金钱有关,或者与异性有关,或者与癖性有关,改不了,就导致家庭破败、破裂。这种事情,靠局外人劝导来解决,效果不好,动用社会力量解决,往往火上添柴,最有效的办法,就是主人公觉悟,在自己身上,不坚持痼疾,放弃不好的东西,向生活中的美好、良善妥协。

2015 - 2 - 10

物伤其类中的哲学

"兔死狐悲,物伤其类。"见到同类死亡,感到自己的下场不妙,故而悲伤。

我试着将这个成语的语意,移植到商界,类比商界沉浮一角。在商界,龙头企业倒霉,关联企业紧张,怕跟着遭殃。但关联企业中的精英商人,不愧是精英,他们首先注重的,不是害怕物伤其类造成损失,而是要搞清楚龙头企业倒霉的原因,是外因还是内因,如果是外因,又是不可抗拒的外因,那么波及同类,是难免的,消极躲避不仅无用,还会雪上加霜,接下来要做的事情,就是采取措施止损。如果是内因,那正好给大家上了一堂课,择路绕行,不走导致老大倒霉的路线。这样就主动了,用不着触感而悲,变物伤其类为"物伤教我",从老大的倒霉中,学到了聪明。

这样看来,在生命身上引起的物伤其类,在商界里反其道而用之,就变消极为积极了,也可拓宽"兔死狐悲,物伤其类"这句成语的应用范围,而拓宽的意义,又在于给这句成语涂上了哲学的色彩。精于谋划的人,变别人的教训,为自己的营养。把坏事变为好事,就是得益于辩证思维。

2014 – 11 – 1

人心教化

古人、今人凡论及人心教化，都离不开“善”，善心、善举、行善、善待生命等等，做的文章很多，其中最具概括性、经典性、形象性的，我以为应首数老子的“上善若水”，水滋润万物，保护生命，是永恒的，可是，水又从不与万物争高下，做人要有像水一般的品格，称之为大善。

许多人也讲善心，却是有条件的。在与人相处中，给了别人一颗善心，不是白给，想立马得到回报，从别人那里，回收施出的那颗心，理由是接收者应当知恩图报。这想法是一种设计、一种计较，一旦落空，便与平日里原本很要好的人，开始生疏起来，与原本走得很近的人，拉远了脚步。现实中这样的人有没有？多不多？经历不同的人，会有不同的回答。

人与人相处，以回报为出发点而作为的人，是拿自己的心当商品，形同出卖自己。

相反，为友谊、仁爱、仁义、乐于助人而启动的心，虽不为图报，却能得到最美好的图报，这图报不是心外之物，而是自身心灵的安乐、清静。

有个小故事，一天，一位感觉心烦的人，去看医生。花掉了500元。药吃了，不见有效，心还是烦，他想要么是医生诊断有误，要么是用药不当，决定换一家医院去看医生，在路上，他遇见一位瞎老太婆，动了恻隐之心，老太婆说要去医院，他说我也去医院，我带您去，老太婆到医院后，才想起忘记带钱，又拄着拐棍往外走，这位先生问明情况后，就说，我身上有点钱，给您看病，拿出了500元，要老人拿着，老人不肯收，说道：“好人啊！你带我来医院，我很感谢，怎能还要你的钱？”正说着，护士过来了，问明情况后，一双深情的眼睛，看着这位先生，说道：“我替婆婆收下你的钱，就当是借，请你留下电话，先生有事可先走，我替你招呼婆婆看病。”这位先生此时不知说什么好,他道了谢,笑眯眯地告辞了护士,告辞了老太婆,离开了医院。在回家的路上,他反复想他今天为那位老人做的好事,心里泛起了助人为乐的滋味,很高兴,心也不烦了。500 元钱,用途不同,产生的效果不同,发仁爱、仁义之心,做好事、善事,助人生乐,滋润心灵。这就是佛家倡导的修行。

社会生活极其复杂多变,其复杂多变性,都是人编织导演而生的,社会生活中的人,存在俗话所说的人上一百、种种色色的多胚性。公益心与见利忘义;正人君子与伪君子;诚实善良与阴险狡诈;宽厚与得理不饶人;厚重与浮躁、轻薄等等。共处在一个社会、一个区域、一个单位,总是会有友善,也会有摩擦,有朋友,也会有冤家。在路上冤家路窄,遇见了不喜欢的人,心里马上产生不快的情绪。面对这种尴尬的局面,不妨试验一下,当再次出现这种情况的时候,你主动改变故有的态度,向你讨厌的人表现某种友好的姿态,而对方也同样如此,心头的不快是否会马上消失,将要燃烧的怒火,是否顿时熄灭,眼前的一切是否都变得明亮起来。如果是,那就是修行在起作用。你的心身就会增进几分健康。

人的心,对事物随时都在产生感应,比如对人,不喜欢那些举止轻浮的人,喜欢静而端庄的人,不喜欢娇泼,喜欢沉思稳重,这就是感应。人心的感应,好比是听诊器,假如你心里善恶不分,是非颠倒,做人欺善怕恶,学那伪君子,你的那颗心肯定生病了,医生是看不好的,不要去医院,自医为好,如何自医?改变信仰、价值观、人生观,不妨也学那位仁义助人的先生,做些乐善好施的事,试试看,会给你传递灵验信号的。只要有决心,会有收获的,这收获就是祛除心灵中的病症,增进心灵的健康。那位仁义先生,跑医院,钱花了,病未除,路遇盲人老太,将再次跑医院看病的 500 元,在恻隐之心的动态下,义无反顾地资助了盲人老太,心里的病不药而治,便是很有说服力的证明。

人们说起乐善好施,离不开钱与物。用钱和物资去帮贫扶困,救人于危难之中,当然是乐善好施行为,但无钱无物是否就不能乐善好施?不是,乐善好施是做人的品行特征,是美善心灵的释放,大到不做伤天害理的事,不坑蒙拐骗,取不义之财,不损人利己,小到关心别人于细微处。一群孩子玩耍的地方,有破碎玻璃,你看见了,告诉孩子们,并帮助他们清除掉这些会对身体带来危害的破玻璃,你开着车,看见行人要通过你行进的地方,主动停下车,让行人安全通过,你在行走中,主动扶老携幼,等等,都是出自良善,将一颗美好的心灵施于别人。

2015 - 12

《结局》中的故事

《结局》是篇小说,收录于《追逐》这本著作中。为拉开这篇小说故事的序幕,我写了一段导语,就是本文。没有读到《结局》的读者,尤其是女性读者,读读本文,能不能改变一下处事思维呢?我希望如此,所以,我才将稍许修改过的原文,移植在这里。

受过高等教育,雍容富态的水三秀,对丈夫婚外恋独出心裁的处理,可说真正站到了人生的高处,领略到人性本质的精髓。

在另一种观念里,她的行为也许是背叛,但她认为背叛不都是贬义。历史的前进,人类文明的创新,有时是通过背叛完成的。对不对呢?除弊革新,是否就是对曾经存在于社会,并且对社会产生过深刻影响的事物的背叛呢?人不在其位了,通过写回忆录、给下辈人讲故事、同朋友交谈等形式,讲过去不能讲的话,揭过去不让公开的秘史,是不是背叛呢?如果认为是,那么水三秀的认识就是对的。

爱不存在排他性,只有爱的选择。有的人一辈子只爱一个人,所谓忠贞不贰,白头偕老,这也是一种选择。爱的本质源于人性,是人性精神本原的体现。是人都有爱的需要,都有爱的权力,权利赋予人爱的自由,形成爱的普遍性。依附于人性的爱,是天然的,与生俱来,是一种生理的构成。

千千万万的家庭发生暴力,千千万万的家庭因拒绝婚外恋,斗得妻离子散、家破人亡,千千万万的男人和女人被情海淹没。一切悲剧都不是必然的,都是可以避免的。水三秀的家庭不是避免了吗?就看那些存在隐患的家庭,借鉴不借鉴。也许这个故事描写的场面,不是借鉴的问题,而是应该批判的问题,那就仁者见仁,智者见智吧!

人们总喜欢研究有争议的事物,那就研究研究这个故事中的人物及其心态吧。褒贬都会是有的,此一时,彼一时而已,不是吗?倒转乾坤看历史,昔日被判定为毒草的事物,而今不是被作为香花移植了吗?

水三秀行为的本意,是想通过人性爱的哲理,宽容人性的爱,万万没有想到的是,她的宽容得到了"宽容"的回报,被她宽容的人,仍然站在人性爱的高度,谢绝了她的宽容,把从她那里夺走的东西,又奉还原处。她又回到了原位,居然想念起了被她宽容的人。两个女人,在宽容的花环里,都得到了人性爱的解脱。

2014-1-17

《牧羊老人的志同道合》导言

一个是执教数十年,如今桃李满天下的乡村老教师,一个是从政数十年,为了度好夕阳红的人生晚景,回到了故土的老干部。他们不曾相识,人生经历也绝然不同,竟然在夕阳红的人生旅途中,志同道合,走在了一起。

他们都有值得书写的人生过去,但他们都不留恋过去,把过去抛在了流逝的岁月里。

他们都有养老金,应该在悠闲中享受清福,然而他们的体验是相反的,呆滞而消极的清福,变成了难受。他们的感受是,坐着享清福,品不出生活的味道,情绪也变得古怪,如同无常的天气一样,刚才好好的,有说有笑,忽然间,心里不乐,不言不语。

夕阳人生对他们来说,是生命的又一驿站。对于夕阳人生给他们带来的心理上、情绪上、健康上的不协调,不和谐,他们不困惑,不悲观,面对一切,正视一切,从头开始。就这样,夕阳红的霞光,映红了他们的心身,老教师在前,老干部在后,走进了大自然的怀抱。青山、旷野满目翠绿,鸟语花香,蝶舞绿茵的大自然,改造他们的视觉、听觉、嗅觉,从大自然的恩赐中,吸取调节生命、医治不协调所需要的营养。他们成功了。

他们的故事传开了,给离退休老年群体送去了喜讯。老年朋友们相互走访谈论,加深了受启发的深度、热度。有人毅然倡议,向故事中的创始人学习,当倡议书传出后,得到广泛的响应,并开始行动。行动的方式是自愿组合,行动的路线是回到自己的故土,昔日在城里遛马路的脚步,移向了农村、田野、山丘。当地政府因势利导,安排照料好这些老人们的生活,按照这些老人的意愿,帮助他们干起了老有所为、老有所乐的事情。老人们开始了人的自然属性的回归。生活方式的转变,激活了他们的思想,激活了他们离开工作舞台后逐渐沉睡的东西,激活了生命的活力。他们不再是传统观念里的休闲人,而是生命归属中的追逐者,共同书写着生命文化。(注:本文是作者为其著作《追逐》中《牧羊老人的志同道合》一文所写的导语收于本书时略加改动。)

2014-1-20

归　属

人的生命,从生到死的整个过程,都是归属的过程。在这个过程中,有生命的成长,自我完善、成熟的期间;在这个过程中,要学习,追求知识,认识社会,追寻真理,成就自我;在这个过程中,要经历很多事情,会幸遇坦途与幸福,也会有坎坷,遭遇不幸,带来痛苦以至磨难;在这个过程中,要从业谋生,竞争求发展,要处理许多问题,完成事业上的攻关。有了成功,对社会做出了贡献,同时也是贡献自我,让自己从成功前的困境中,解脱出来,享受成功的喜悦。不过困难还会不断在生命中出现,还会有失败。意志坚强的人,把一次次的失败当作成功之母,接受失败的考验和磨炼,练出坚定,毅力与智慧。在这个过程中,要认识很多人,结交志同道合的朋友;在这个过程中,会出现机会与缘分,机会升华人生,缘分给人喜悦,萍水相逢,相识为友,互道平安,这样的缘分一辈子不会多得;在这个过程中,有时会回到从前,与昔日的玩伴、朋友、亲爱的人牵手,重温过去,抚慰现在,也可在回忆中寻找解决今昔类似困惑的钥匙;在这个过程中,会产生很多人生的感悟,包括自悟。自悟即自省,反省自己是痛苦的,但唯有反省才能自我认识,重新塑造自己的人生,勇于自省,回到光明,才能在归属期的尽头,无怨无悔;在这个过程中,进入一了百了,便到达归属的彼岸。

2013 - 12 - 6

医患矛盾

一位护士推着病人，去外科大楼，病人问护士："什么时候拆线?"护士答："要听医生的。"病人有点焦躁，说道："我现在是在问你。"护士说："我确实不知道，我也不可能知道，这只有医生才能回答你。"病人来气了："不知道，不知道，你知不知道你姓什么?"

这是一句不讲理的粗暴语言。护士听了肯定不舒服，但她忍住了。她的"忍"我想是出于理解。

由此，我想到医患矛盾。世界万物都是在矛盾中生长与进步，有医患矛盾很正常，说到产生医患矛盾的原因，自然会有医院方面的原因，但我想，更多是因为病人的病态心情引起的。病人的心态是很不稳定的，有时是难以控制的。他们在正常情况下不可能讲的话，在病态情况下，就讲了出来，以发泄心里的郁闷。当发生这样的情形时，卫生部门和医院，最要注重的是冷静。在处理方法上，要综合运用心理学、社会学、医学。

我的这个观点，可能不会被卫生官员接受，更不会被医院的院长们和医护人员接收，为什么这样讲呢？因为我曾在住院期间，向我的管床医生讲过类似的话，结果被人家否定了。否定的观点是，治病讲的是医学，诊断、用药发生错误，要负责任，而不用心理学疏导病人不为过。至于社会学应不应同医学结合运用，就更不用考虑了。就现实医疗卫生制度讲，医护人员视社会学为与己无关，无可指责，但就优化医疗卫生制度讲，在医学实践中运用心理学、社会学，恰恰是医疗卫生制度要改革的重点，医疗卫生制度改革上的新探索。要注重务实，要融进由此及彼诊察病因；要注重心理上的疏导；要防治结合；要重视保健康复等这些积极医疗要素。培养一名有处方权的医生，是医学院校的任务，做一名操守仁心的好医生，则是教学与实践的共同任务。医院的院长和科主任级的医生,医术都是相对精湛的,是恃强而傲,还是谦逊地发挥自己的长处,做好医生的表率,这在每位患者面前,都是考验。我见过一位美国的普通病人,他做直肠镜,发现有息肉,医生将息肉剪除了。六个月后,他接到医院的电话,要他去免费复查,结果是未发现问题。医生便告诉他说,你放心,五年内不会有事,五年后再复查。美国医生的作为,是否运用了心理学和社会学?我想是的。按照社会和谐的要求,医患之间,应共同走一条朋友相交之路,在这条路上,如果只有医学,永远都只是医患关系,而不会产生朋友相交。可是有多少医护人员走这条路呢?我想就现实状况看,不走的人在多数。不是多数人不愿走这条路,而是我国的教育制度,还未对此启蒙,因此,当上了院长的医生不走,是因为到了院长这个岗位,就忘记了自己也同时还是医生。应有的正面认识,被当了院长的医生误读了,在他们的观念里,被套上行政级别的医官,比医生荣耀。这种观念,严重地束缚了他们的人格。至于有些医护人员不走这条路,也是一种职业认识的误差,认为走这条路,抬高不了自己的身价。根子在官本位制度发酵,流毒医疗制度造成的现实。身价这个东西,为什么在中国无处不在?我想是因为身价是高人一等的砝码。

今天我高兴地看到,上述那位护士,对待缺乏理智的病人,所持的态度。不管她有没有认识到,客观上讲,她走的可说就是这条路,她是这条路上的一位很好的实践者。她的实践简单讲,就是病人心烦,她不烦,在病人失去理智的语言面前,“忍”字当先,才避免了不应发生的医患矛盾。我想这样的医生和护士,绝不是个别的,但谁去主动发现她们呢?这要从平时工作中去观察。对领导者来说,这是一门艺术。

更重要的,不仅要发现走这条路的优秀人员,还要总结他们走这条路必然会产生的心理动向,将这种总结,由具体到抽象,提炼进教科书,融进制度层面,使制度改革体现从实践中来,再到实践中去的理论与实践的结合。

2014-4-30

有钱就赚

卖报人向我推销小报,我问他:“一天能卖多少份?”她答:“一百份左右。”

“数量不少,需要多长时间才能卖这么多?”

“五个小时左右。”

“卖完一百份,收入是多少?”

“二十元。”

“平均每卖一份报纸,可收两角钱。”

“是这样。”

“这收入比干别的事情低。”

“是的,但别的事找不到,只有干这,不干一分钱也没有。”

她的回答是说,谁不想多赚钱,找不到赚钱多的,就干赚钱少的,闲着的人,只要有钱就赚,多少由不得自己。

在那个特殊的年代,谁要讲赚钱,必被批判,因为赚钱是私心膨胀,要斗私一闪念。现在要奖励有钱就赚的人,有钱就赚,也是一种精神,可这种精神在就业人口中,占有多大比例?我想不会太高。正是因为如此,政府背负的解决就业难的包袱就重,年年有结转,成为社会的不安定因素之一。为了解决就业,减轻负担,也显示为官有能耐、有政绩,一些地方官,不顾忌社会环境、社会秩序好坏优劣,滥开就业门路,到处可见五花八门的这“中心”,那“中心”。带来不少社会负面影响。

有钱就赚,对有的人来说,自认为是一种耻辱。他(她)们总认为自己不只值这么多钱,而应该是值多少钱;他(她)们总认为,某种岗位掉价,而自己应该是个“体面”岗位上的人,是某个岗位中的某种职位上的人。这些人的天平是自己做的,轻重不准,又缺乏勤奋自勉的德行,浪费了自己,耽误了自己,也苦了自己,"啃老族"还附带苦了自己的爹娘。这里面也有国民教育的不科学性因素。

卖报人也许只能干这种简单劳动,但她不挑剔,用肘弯子托着报纸,走在风雨中,站着营生。有钱就赚,可算得是一种精神,对比之下,她比自设"天平"的人,似乎更会受到社会的欢迎,值得媒体的重视。

2014 - 4 - 30

勤俭美德的功臣不知去向

中国女人,是社会消费的主力军,“富婆”式的生活方式,在民间造出了景色,增添了新话:“赚女人的钱,发女人的财。”为此,商品生产形态变化、更新得很快,以满足女人的消费胃口。

可是,社会不能忘记中国女人的历史:中国世世代代的女人都是家庭主妇,中华民族数千年传承下来的勤俭美德,第一功臣便是这些家庭主妇。现在这些功臣们去哪里了？被消费旺族的新女性取代了,新潮中的新女性,正在淘汰传统女性的美德。她们崇拜名牌,崇拜新款,自然也就崇拜金钱、财富,她们仍然还重复“旧的不去,新的不来”的俗话,但她们观念中的旧,是不久前才从超市购买回家的“新”,产销奢侈品的商人,像猎人跟踪猎物一样,想方设法跟着女人辐射奢侈消费。她们颠倒传统中的新旧概念,将奢侈浪费引进到她们主持的新生活中。

当然也不能一概而论,勤俭美德还是后继有人的,她们仍然不忘祖宗,是继承勤俭美德传宗接代的新族。她们也爱美、爱新,但她们懂得什么是新,什么是旧,尤其在孩子面前,她们懂得如何勤俭传家,抚育后代。

2014－3－20

傻得可爱

人们在解释这句形容词时,常常把男人和女人捆绑在一起,褒贬都有。某男人宠自己的女人,把女人搂在怀里,来一句:你真傻得可爱。这动作和语气显属褒义。同样一句话,在另一个男人嘴里,就变味了。“你真傻得可爱,把自己卖了,还要帮别人数钱。”这语气中吐着愤慨,是其对女人的贬义。

其实傻得可爱的人,在社会各行各业中都有。在公务员队伍里,有的人不计较个人得失,别人不干的事他们干,别人干不好的事,他们试着干,别人怕危险的事,他们排险而上,别人干事懒散,他们敬业勤奋,别人不愿说的话,或不敢说的话,他们不怕得罪人,不说心里不痛快,别人干了当应由自己干的事,不忘表功,唯恐领导不知,处处流露,变着法儿争功、寻赏,而他们则用沉默应对自己的尽职尽责。

就是这样的一帮人,用自己的智慧与勤劳,守卫、清扫公务员这座大厦,守住这大厦的灯光不灭。

就是这样的一帮人,常被别人贬斥:“傻瓜蛋。”

就是这样的一帮人,多有不被赏识,他们的灯,为别人点亮,还被受益者奚落为“没智慧,蠢材”。

就是这样的一帮人,在领导面前,直着腰走路,因而被领导“不屑一顾”。尽管他们中有顶级之才的人,却终生守着干才的本分。他们中的布衣寒士,自守清平,从“傻”字里淘金:安平乐道!

在这样的一帮人中,常有被谗言污渍了自己,甚至有被冤屈,受打击,被诬告,受牢狱之灾的。

当然,在政治清明,贤者主政的环境下,情况会有改变,伯乐出道,从这帮人中选任良才,委以重任的,也不泛其例。伯乐！这类贤达,历代都有,他们不仅有识,胆气也过人,他们的识是善识良才,他们的胆,是不畏惧“山大王”的权威,据理力争。他们是人才的希望,是路的开拓者。

可见“傻得可爱”这同样一句话,在不同的环境、不同的语言气氛、不同的人格心里,会产生褒贬两重天。

2015-9-30

警惕打着文化旗号的教唆犯

在一些电视剧和广告视频中,经常可见年轻女性挤眉弄眼,动作轻佻,语言轻狂、放荡,势如霸气的镜头。现实生活中,轻浮、霸气女子不少见,但镜头中的这些形象,被大众化了,被艺术加工妖魔化了,口气很大。

"你敢这样对我讲话!"

"你去哪里,你给我站住!"

"你还是个男人吗?"

"你这个窝囊废。"等等鄙视、辱骂、训斥,把自己的男人抛进垃圾箱的语言,成了常用语。她们在如此辱骂自己的男人时,丝毫不感到自己也在垃圾箱里。既然自己的男人如此不堪,如此不值钱,为何还要同被抛进垃圾箱的男人,继续窝在一起呢?如是就有从垃圾箱里爬出来的女人,自持高贵地拿起了刀,快刀斩乱麻,"拜拜"。丢下从自己身上掉下来的"肉",找新欢去了。

电视里的这类镜头,看了很雷同,文化人互相抄袭,也不觉丢人现眼。

电视剧里的这些女人,举手投足,要将男人制服,恶语伤人还不够,还要动不动扇男人一个耳光,要做女尊男卑的神圣。可是她们在别的男人面前,撒泼中见轻佻,放肆中挤眉弄眼。

电视剧里的这些女人,没有了女性,淹没了贤德善良、温馨持家的女人文化。

作品的编导们,为了塑造他们的这些女人偶像,还让她们当语言的"二道贩子",搜罗听到的新词妙语,到处复制张扬。

文学艺术,描写张扬这样的女性,对社会起着不良教唆的负面影响。观众看电视时不是欣赏艺术,而是骂编导们浅薄无知,指责社会为何容忍不健康的东西泛滥,质疑文化大发展、大繁荣的方向,呼唤中华民族文化中的贤德女性。

好在现实生活中的女人,多数未被教唆俘虏,还能保持传承中华文化的美德,否则中华民族人种优良的一面,定会被恶魔女人断送。

社会应当警惕打着文化旗号的教唆犯。

2013-12-28

路

修桥铺路,无路辟路,是历史进化的规律,后退是死亡,只有开路前进,才能生存,才能发展,才能改变现实,实现理想中的未来。

下决心剑斩荆棘,脚踏草丛,踏也要踏出一条路来。无路就变成有路了。大到人类的进化发展,小到个人的奋斗、创业,无不是循着无路即有路的规律。在这个规律中,人人都是救世主,不存在理念中谁行谁不行的问题,实践检验成功,才是证明。天宽地阔,道路越开越多、越宽,可是走路人如果走进了死胡同,又不善于走出胡同,就有路又无路了。

在邓小平的理论里,开路是众人的事,所以他尊重人民群众的首创精神,坚持搞改革开放,要人们在改革开放的大潮中,解放思想,敢闯、敢干。为了避免盲目,他又指出,要摸着石头过河。

发展才是硬道理,邓小平把人类发展的普遍规律用到了中国,用活了,开创了有中国特色的社会主义道路。邓小平是真正的伟人。

当今社会,是国际"大串联"的社会,谁要是能引路进入国际社会,参加世界文明大合唱,把别人有,而自己不曾有过的文明之路,借鉴过来,谁就是开路的天才。

2014-3-25

才

什么是才,谁有才,谁无才,有看得见的,有看不见的。所以常有人不识某人之才，贸然评说某人无才。并非评说者的眼镜上了色，或者他们的感知不敏感，而是因为怀才者不露。在众多人一起谈论中，露才的人，唯恐别人发现不了他们的才气，总是抢先露镜头，抢先讲话，话很多。唯有怀才者不言不语，他并不是故作仪态，而是觉得有些场面、环境，不宜发表自己的见解，这本身就是一种智慧。从形式和内容上，坚守低处、低调，宁可被人误其愚钝，也默然与众相陪，但是，到了必须展露其才时，他们将不遗余力，表现出能动的反应，被误认为无才的人，此时像变了一个人似的，向世人露出了大才大志的峥嵘。这才是胸有大志，腹有良才，出众竞业的一种成功之道。

在历史长河中的大人物们，有没有才，平头百姓、士卒，有没有才，不能笼统地回答，要通过具体剖析才知。凭钻营的本事，登上高位的高层人士，他们善用钻营的本事，可说有才，但这样的才，对社会的文明进步来讲，有害无益，是腐败，是垃圾。现实中的情形是，这些人在正能量面前，差不多都无真才实学，干事情是草包，又没有不耻下问的品格，还装腔作势，无知装有知。是他们手下的人，为他们干事，替他们撑住了门面。手下的人甘愿这样做，是出于服从，屈辱于权力。至于他们手下的人才有多高，不好说，有用武之地，才能显示其能量，不给他们显示，只好埋没！历史上也许因此埋没了不少贤臣良将，现实中也许因此埋没了部长级的干才，乃至更高显才之位。在人类社会的任何一个朝代，都有这样的悲哀，也是那些反对钻营的人的悲哀。

才不分男女，谁天资聪慧，勤勉自励，才气就跟着谁，在古代崇尚女子无才便是德，重贤德贞操，不重读书成才。但任何时代都有越位惊世之人，冲破封建礼教束缚的阻隔，勤奋读书，在琴棋书画上博得成就的才女，不乏其人，宋朝的苏小妹和李清照是她们中最具代表性的人物。

2014-3-25

雍容富态

走在路上，见到的雍容富态的人士，多了起来。尤其是女性中的少妇，白胖匀称的仪表，画着亮妆，既富态，又华贵。她们走路的姿势，好像也经过了雍容富态的训练。

是应祝福他(她)们呢？还是应为他(她)担忧呢？都需要。

祝福，是因为他们的雍容富态，是国强民富的符号，外国人看了他们，不得不认定中国人有钱。担忧，是因为这雍容富态的仪表，并不是腑脏平安、康健的象征。

“啤酒肚”也是雍容富态像，可啤酒是肝脏的敌人，瘾君子一日不饮，周身不自在，肝脏势必抗议，福兮祸兮！

“将军肚”据说是吃出来的，为“将军肚”服务的高档酒店，接踵而生。吃出来的白胖，也是雍容富态像，可是“将军肚”的雍容富态群体，大都是年轻的后生们，虽然他们不自觉，也不情愿，却在抢夺老年病的地盘。

养尊处优，好逸恶劳，怕太阳，怕风霜，不运动健身，无车不上街而雍容富态的人，得意中自夸：有福气！可是弱不禁风，稍遇风寒就感冒，不要说大灾大病，仅此就够呛。

还有一种不好，雍容富态者中，有些人很傲慢，脾气暴躁，动不动向别人发火，谁怕谁呀！你发火，难道他是一把湿柴？他也会点燃的，就这样，本来无事，惹出了事端。

评判：这几种雍容富态，都与钱和权攀亲，钱财多而富，处置不当，害人害己；权力有而耀，处置不当，害人害己。钱是个好东西，但钱发起疯来也会害人，是把双刃剑。权也是好东西，没有权力的管理，不会有像样的国家，那么为什么说处置不当，害人害己呢？因为权也会当私人保镖，发起狂来，目空一切，也是双刃剑。

2012-5-15

漂　亮

男人女人都爱漂亮，尤其是青春年少的小伙子、少女。

生活很美好，漂亮是美好的标签。

这标签是找朋友的招牌，也是骗人或被骗的闪光。

在这标签下，有的童男被富婆掳掠了，富婆搂住他说，乖乖！就跟着我吃软饭吧，我有的是钱供你花。有许多少女因为有这标签而自宠，百里挑俊，总觉不合心愿，成了“剩女”。也有的因为这标签而失足，不少求婚的青年小伙子，只看见这标签在一闪一闪的发光，却看不见藏匿在闪光后面的真面目，被掏空了腰包，才惊叹“被骗了”。

我认识的一位年轻人对我说，他交了一个漂亮的女孩，三个月中，花光了他好不容易积攒的积蓄。这女孩意识到他再也不能为她掏腰包了，一句拜拜，就把他敲定了。他看着她从他身旁走过，看她拜拜时的笑脸和眼神，他明白了，她也是他曾经听说过的那类女性！他没有感到苦涩，反而谢谢她，是她挽救了他今后的积蓄，也挽救他的情感。他为自己高兴，吃一堑长一智。

另一位男生，对我也讲了类似的故事，他曾相好过一个女孩，这女孩很大气，吃饭她要买单，不让还不行，他觉得很幸运，生平交上了这样的红颜。庆幸之余，他想这样不是自己掉价了吗？面子何在！他心想事不过三，再要让她掏钱，让我白吃，我还是男人吗？就决定要对她做出点“贡献”，见她没有名牌手机，给她买了，见她脖子上光光的，选了一条高档的项链，送给了她。他说两件“贡献”花了他三个月的工资。她自然越发“温顺”了。一次，她第一次问他每月工资多少，他告诉她 2300 元。从此以后，再也联系不上她了。

我问：她不是一直对你很好吗，为何突然“失踪”？他说，我分析的结果是，她知道了我的月收入，便知道了我的“贡献”掏尽了库存，她那高明的手段，是专门用来套肥羊的，发现我是头没有资本吃肥的瘦羊坯子，所以就不愿在我身上浪费时间。她是掏库存的老手群体中的一员。

也好，交朋友也是上学，交了学费，看懂了人，看懂了社会，也值！他的这话，是表明他花学费，买了聪明，对他来讲，确实是一次有意义的经历，是一次人生成长中的思想成熟，比他的月工资高出多了。他并未吃亏。

哈哈！你从被骗中买了教训，成熟起来了，好！我思考了他话中涵盖的意义后，表扬了他。他说，爷爷！别笑我，我讲的是心里话。

讲心里话的人，才有心灵美，我没有笑你，是夸你吃一堑，长一智。

2014－5－9

美的评估

一个女人站在那里，有一位说她很美，有一位说她一般般，有一位说她优点突出，缺点也突出。第一人的评估是肯定的，第二人的评估，不确定。一般般是民间俗语，某人长相“凑合”、“还凑合”、“还可以吧”、“还过得去吧”等，都可归类在一般般中，都不是赞美，都带有一种勉强的味道，但又都不作否定。第三人的评估是否定。他说这个女人有优点，而且突出，但缺点也突出，两个五十相加为一百，除二等于五十，不及格。

能评判这三人的评说谁对谁错吗？不能，因为三人各自站的角度不同，个人的好恶不同。男女相互评判，如同做工程，是有资质的，品人的资质，就是好恶的区别，决定了他们的审美观不同。商场的衣服为什么有许多款式呢？就是为了满足不同审美观的需要。据说中国人看不上小眼睛女人，男人选择女人，要挑眼珠大的女人，美国男人择偶，恰恰相反，喜欢小眼睛的女人。是中国人正确，还是美国人正确？应该说都正确，因为喜欢就正确。

2014－5－9

公园里的争吵

公园环境优美，是供人们休闲、健身、娱乐的地方。

好朋友结伴到这里唱歌、跳舞、练功、谈心慢步、舞文弄墨，游戏人生。

怨家不会结伴而来，大家看到的都是欢笑，那么，公园里会有争吵吗？有，争吵的主体有在游玩人之间的，也有在游客同公园管理人员之间的，这类争吵一般涉及公园的管理规定。管理规定不合理，或规定中的文字表述不清，会引起爱管闲事的游客“挑刺”，他们好心提意见，提批评，管理人员不接受，发生矛盾，就争吵。管理规定自相矛盾，游客按自己的理解行事，也会引起矛盾相争、各执一词的结果，又会转进来一些评理的人说是非。

我常去的一个公园，景点布局很好，绿色地带中，突出杨柳成荫，还有湖泊。这湖泊的面积大约占公园总面积的四成，而在湖泊周围游玩的人，占到六成以上，足见人们喜欢湖泊胜过其他景物。在公园的入口处，竖立着一块醒目的公园管理规定告示牌，十二条规定中，有两条是针对湖泊养殖做出的规定。其中一条是这样写的：“严禁捕鱼，不提倡钓鱼”。

湖泊水质管理尚好，水草青秀，湖边镶有怪石、装有条凳，可满足人们近距离观赏湖景的需要。绕湖立有多处禁钓牌:"严禁钓鱼。"

我每天都要步行二十分钟,去公园散步,看中老年人用自制的海绵笔在地上切磋书艺。公园成了我健身、休闲的最佳选择场所。

有一天,我听到了争吵声,是保安执行禁钓管理,同钓鱼人争吵,双方各执一词。

保安的语气很硬:"你没有看见禁钓的告示牌吗? 快收起你的钓竿。"

钓鱼人朝保安瞅了一眼,又将目光移向红色的鱼漂。

"喂! 你没听见吗? 我叫你收竿,你怎么不收。"

事不过三,过了就触及底线,保安开始动手了,他强行拿起了钓鱼人的鱼竿,出现互相争夺鱼竿的场面。

"怎么了,你还有理吗?"保安说。

"你有你的理,我有我的理!"钓鱼人强辩说。

声音越吵越高。

那就说说你的理由,如果你能讲出道理,我就不管了。保安把主动权交给了钓鱼人。

钓鱼人亮出了他的理由:"你们这里并未禁止钓鱼。"

保安说:"插在水中的禁钓牌,不是禁钓吗? 你有什么根据说未禁钓?"

"你的根据在水中,我的根据在公园的入园处,请你自己去看,看明白了,再来管我。"

一位游客,笑眯眯地介入了,他劝解说:"你们不要吵了,你们各执一词,都有根据。这位保安执行管理秩序,不让在湖里垂钓,是根据在水中竖立的禁钓牌,他没错。这位朋友应当接受管理,收取钓竿。可是,在公园入口处竖立的公园管理规定中,对垂钓一项的规定,确实模糊,甚至可解释为可以钓鱼。那项规定说,严禁捕鱼,不提倡钓鱼,据此,这位朋友,也可说没有违禁,因为'不提倡'是句礼义词,它虽然带有倾向性,但毕竟不同于硬性的禁钓令,国家制定法律、法规,或规范性的文件,是不用这个词的,因为它不具有强制执行效力。"

保安听到此说,傻眼了,他丢下了垂钓者的竿子,转身向公园入口处走去,大约十五分钟,他又回来了,对钓鱼人说:"是我们的管理规定有矛盾,我对负责人讲了我们的争执,负责人表示抱歉,但他说,湖泊禁钓,是维护公共秩序,我们的规定出现差错,请您谅解。"

面对管理方道歉,钓鱼人说:“那好,既然你们的负责人认错,我收竿,明天我还来,如果你们还未纠正告示牌上自相矛盾的规定,我还要钓。”

“行,谢谢你的谅解。”保安友好地说。

我高兴地看到了争吵在理智中结束,同时我也悟出了一个道理:社会公共管理秩序,人人都要遵守,但纠正管理秩序规定中的错误,也人人有责。这位钓鱼人的行为,也许他压根就不是为了满足爱好来此钓鱼,而是发现矛盾的管理规定,激发出他的公益心,有意实施监督,通过这种方式,帮助管理方补漏。他说如若不纠正错误,我还要来钓,这明显反映出他对社会管理的监督精神,他是可敬的。我们的社会需要提倡的正是这种精神。

2014－5－13

陌生人

书房的电话铃在呼叫。

听筒还未完全贴紧耳朵，就听到那边的声音："老兄，你好吗?"

"你好！请问，你是哪位?"

"哎呀！你连我的声音都听不出来吗？忘了！人说贵人多忘事，老兄是贵人多忘友。"

"对不起，实在辨别不出你的声音，请问你是哪位朋友？尊姓大名?"

"考考你！再要想不起，我罚你三杯。"

"我不喝酒。"

"罚你吃饭该行吧。"

他越讲越亲热！

"我就是想不起你是哪位好朋友。听口音，带点粤语腔。"

"是呀！想想，你在广州有哪些朋友。呵呵！"

"我在广州的朋友，有十来位，多年没联系了，大家都老了，还是辨别不出你是哪位，请原谅!"

"你辨不出我，可我一听，就知道是你，看来我比你重友情，不否认吧，再想想。"

此人不露姓名，那就试试："你知道我吗？那我姓甚名谁，该可讲吧!"

"不行！我当然知你姓什名谁，还知道你的家庭，你的夫人。但在你想起我之前，我不讲。"

"好了，我不同你磨蹭了，昨天你是否给我的手机打过电话?"这一问，是又一个试探。

“打了,可是你手机拨通后,你没了接听。”

彻底露馅了,我对他说:“朋友,我昨天没开机。”

咔！电话挂断了。

2015 - 3 - 25

03

生命与健康

生命是人类的曙光

在人类的文明史上,写满了创业与发展的篇章,但始终也不会写完,始终存在未被认识的万事万物,期待相继而出的新生命去探索、去研究认识。从这个意义上讲,生命是人类的曙光、人类不灭的灯塔。维护生命,尊重人,是维护人类社会生存进化的共同目标。当今社会提倡以人为本,其核心意义,也在此。

人们常常感叹生命的短暂,那么人应当怎样在短暂的生命里,更多地发光、发热,赢得生命能量的最大释放呢? 有些人却反向思维:人生几何,对酒当歌! 何以不吃、喝、玩、乐。在他们看来,什么都是假的,灯红酒绿,对酒当歌才是真的、现实的。"吃喝玩乐"四字,写在了中华民族的历史中,也写在现实中,热衷于这四字的人,有做官的,有经商的,也有恶霸、地痞、光棍。这些人又在四字中结成同盟,以不同的方式,危害社会。不过,在人间正道上品位人生的人还是多数。在品味中升华自己的心性,调整自己的人生观。

人类研究健康的科学,在开放中发展进步,善于品味人生的人,跟随健康科学的脚步,捕捉健康要素,增强健康素质。人类的寿命为什么会普遍提高,既得益于健康科学的发达,也得益于人利用科学悟性的苏醒。

高龄老人,长寿老人,随时都会从自己的身边走过。越过高龄! 去同寿星们牵手!

2014 - 1 - 17

生命的光速连接山花与夕阳

生命的时间序列是秒、分、时、天。按这个时间序列计算百岁生命,是一条堪称遥远的长河,在这条长河的刻度上,每年生日这一天,为一岁的终点,又是新一岁的起点,往复年年,都是按时间的序列走过来的。依秒计算,多么的漫长啊! 在艰难岁月中撑起家庭的父母,愁白了头,愁什么呢? 愁日月的时轮转动得太慢,日子难熬,希望孩子们快快长大,快点成年,可是当他们自己在这条长河中走到八九十岁的时候,就产生了一种感觉:日月的时轮不是转动得太慢,而是转动得太快,一年三百六十五天眨眼就过去了,十年三千六百五十天也转瞬即逝,数十年当它走完以后,回首一想,这漫长的岁月不长,这生命的长河流淌得太快。幼稚的童年、顽皮的少年、而立之年、不惑之年、知天命之年,成了记中的往事。孩提时期的自己被眼前孩提的曾孙辈取代了,思想起来,果真是光阴似箭,日月如梭! 生命的流逝如同光的速度,把人变成了童话! 翻看影集留下的相片,儿童时期的自己,怎么一下子就变成现在这个样子呢? 走路不利索,讲话失灵性,思维迟钝,记忆东西张冠李戴,挺拔的腰,弓形了,肌肉松弛得几乎风都能吹动,体重减轻了,身躯却变得笨重了,时常从坐式转换成立式都感到困难。

这一切都概括在"怎么一下子"里面,这感觉中的"一下子"就是生命来去如光速的过程。一秒秒、一分分、一时时、一天天实际发生的过程,被光的速度取代了。在光速中,时世的变迁,生命曾经有过的成功与挫折,荣耀与受辱,走过的阳光大道与蹉跎岁月,都随风飘逝,只有思想还站在生命的高处。

还留在生命中的思想,随时想起被光速带走的过去,让自己的过去年华,回到生命的现实中来,回放自己的遥远。在回放中,看童年的欢笑,听童年的欢歌。在回放中,连接山花与夕阳,与自己的从前互相观望:夕阳问,山花你就是我的从前吗？山花答，夕阳爷爷，是的，我就是你的从前。感叹中嘻笑自己有过的英俊，笑眼前的老态；在回放中，眼前发生的事情，悄悄地溜走了，新东西悄悄地出现在生活中，一起玩耍的童年玩伴，一起走进书本求知的青少年朋友，悄悄地四散了。在新的人生界面中，喜欢与什么样的人交往，同谁相处最快乐，喜欢唱什么歌，喜欢去什么地方游玩等等，都会自觉或不自觉地反复出现在思想的回放中。人也是资源，但不是再生资源，人老了，无法再回到过去，但人的思想，可以在思考中复制，时间可以在思想中倒流，让自己的现在看自己的从前，重逢从前的友好，重温曾经演绎过的故事。

这是思想在人生来兮归去中放射出的灵性。人为什么不忘对过去的留念？因为值得留恋的东西，都曾经在人生旅途中取代过悲哀与种种不幸，怀念过去安抚现在，也是老年人生的一种寄托。

还留在生命中的思想，也跟着光速的脚步，感悟眼前的事物，书写感悟文章，留下文字的记载。生命最后能做的事情，也就是这些。

希望思想不要在生命之前逝去，不要像植物人，除了心脏还在跳动，其他一切都断了接续，断了跟踪，人生就变得毫无意义了。

希望思想在感悟的运动中，为生命多留下点文字的记载，尤其是包括道德人伦、信仰、人格尊严这类精神文化更为重要，因为这类精神文化，更能反映出人的生命价值观。任何有意义的人生，都是行走在这条路上的成功者，他们不因老而退势，继续推动思想，保持旺盛的心态，显示出生命的强力，放射出激情的光芒。

思想能让人生活在多姿多彩的生活画面里。希望思想还能给生命回放快乐！

生命的光速告诉我们，生命按秒计，是一条看不到尽头的河，而生命在想象中，它就是一束光。生命的价值，就在这光速长短之间。抓不住这光速，一晃就过去了，紧紧抓住，才能显现生命还活着的意义。人是生命的主体，人不应该无聊自己，荒漠自己，不浪费自己的生命。无论生活在事业成功的高层次里，还是生活在平凡的世界里，都应当如此，让生命活得有价值，这就是意义的本源。

2015－1－1

随遇而安

在人民医院的南门,我见到了一位久别的朋友,寒暄数语,朋友突然问我:“为何身穿病号服在外散步?”他这一问,引出了我们的一番议论。我回答他说:“生病住院,穿病号服装,人就内外一致了。如同做官的人退休后就成为普通百姓,走在大路上,就是市民,手拿钓竿就是渔翁一样,这叫随遇而安。”朋友听了,赞成说:“也对,既来之则安之,人生的整个征程,就是过去、现在、未来,在不同的时期,有不同的生活格调,在变化中往前走的人,变成什么样子,就是什么样子。因此,随遇而安,实则随变而安,无论客观环境发生什么变化,都保持心安理得。如此生活的人,心中没有绊脚绳,走路也稳,睡觉也安,醒来轻松自在。”朋友的话,精到至极。

随遇而安,是一种动态的情感,一种生命自我管理的独立意识,一种安详的处世哲学和思维方式。人一生难料会遇到什么,会接触到什么人,会有多少良机拥抱,要走多少泥泞坎坷。有顺利中的成功,有逆境中的挫折,有福有祸,无论出现哪种情况,都要自爱,管理好自己,不因成功而狂放,而高调高步出现在人前,不因挫败而消沉沮丧,不因受环境的打压、折磨而一蹶不振。落魄了又如何,在落魄中寻求生活的立足点,立足了,重新起步,谋生图发展,也是人生一景。人不怕由富变穷,怕的是因穷而意志消沉。有位富人,财大气粗,目中无人,鄙视穷人,见了穷人要讲几句风凉话才觉舒服,出口就是“你是穷开心穷快乐”。穷人听了,情绪上未表示反感,道理上却问住了富人。穷人回答说:“对!你讲的很对,我们过的就是穷快乐的日子,所以就穷快乐,但你知道什么是穷快乐,为什么穷还快乐吗?我告诉你吧,这是因为穷快乐比富快乐安全自在,你懂得安全自在何意吗?”富人瞪了一下穷人,拂袖而去。富人远去了,穷人还站在原地,在想他刚才对富人讲的话好像不妥,同脱贫致富的国家政策好像有点矛盾。穷人发呆的表情,被一位过路的教书先生发现了,先生出于关心,问穷人何故思虑重重。穷人把刚才的事情讲了,先生高兴地说:“你讲的话不仅没什么不妥,还讲得好,讲出了当今社会正需要讲的话。脱贫侧重于物资生活,你讲的是精神生活,是讲人对环境的适应,是人自身的思想建设,人能适应任何环境,才能随遇而安。”穷人听了先生的一番道理,受到了鼓励,心中云开雾散,他握着先生的手激动地说:“谢谢先生的指教。”

随遇而安,为什么是思想建设呢?因为随遇而安是生命内在的自我调动、自我修复。生活中出现痛苦时,多想一切都会过去的,经受打击时,想事物是会在流变中发生转换的。正常生活发生变故,产生思想困惑的时候,多接触外部环境,去亲近自然生物,转移困惑,会有成功的。

有一位高龄老人,给自己定了个长寿目标,要活到满“白寿”。他说,我也想长命百年,但还是留点余地,活到九十九岁就可以了。可是一年前他老伴去世,八十一岁的老人,经受丧妻的打击,终日寂寞不安,感到这样下去不行,若不改变,不要说“白寿”,恐怕活不到“米寿”就完了。那么该怎么办呢?他想出了一种赶走寂寞的方法:“坐公交。”他买了公交车票,每天早、中、晚各安排一小时的时间,到公交车上,如同上班一样。至于乘坐哪路车,车行方向,他都不选择,每次到了车站,哪路车先来,他就乘坐哪路车。许多司机都对他熟悉了。一天,他刚落座,司机问他,“大爷,你到哪个站下车?”“哪个站都可下,下了再上。”“我这车要进终点站了,你下不下车?”“不下,你不是还要回头开吗?我跟车回头。”司机不问了,知道这位大爷坐车没有固定的目的地。司机笑了,说道:“好!欢迎您坐我的返程车。”老人在公交车上,思想没有闲着,他默望陌生的乘友,在年龄、貌相、服饰、谈吐各异中,找寻自己心中默许的偶像。每天都有不同,每天都有他默许的偶像出现。坚持了半年,硬是将寂寞逼出了心中,他安静了下来,宁静重又回到了他的心中。他适应了公交车上的生活,人变化了,健康改善了,但他怕寂寞反弹,仍然过着公交车上的生活。记者听到这则新闻,采访他,才揭开他这段生活的秘密。记者以“一位智慧的老人”为题,作了报道。

有一位七十八岁的退休老人,因罹患癌症,三年五次开刀,见到他的人,都说他没病似的,安然无恙的神态,谈笑自在,走路稳健。是什么支撑了他呢?用他自己的话说,是“死猪不怕开水烫”。他这话对我也讲过,听起来粗俗,像是没文化的人讲的,可他是个专家型的人物,我觉得他如此调侃自己,蕴涵着一种从怕死到不怕死(豁出去了)的精神,正是这种精神,操盘他人生的随遇而安。死都不怕,还怕什么?一颗病体的心,自然就落地了,安下了。我从他的精神里,悟出了一个道理:尤其是老年人,要修养唤醒生命的毅力,用这种修养处理发生在自己身上的风雨波折。

随遇而安,还可看成是对生命今后不测的思想投资,现在是幸福的,但当失去幸福的事情出现了呢?现在大家对自己都好,殷殷切切,情况发生变化呢?现在身体还好,肤体基本无恙,能睡,食欲好,能动,想做的事情还能从心,但出现了相反的情况呢?天有不测风云,人有旦夕祸福,尤其是老人,突然事变,随时可能在身边发生,要随时有所虑、有思想准备,就是准备随遇而安,所以说随遇而安,是防范不测的思想投资,你来吧!我等着呢。这就是思想投资。善于投资生命未来的人,是生命的强者。

敬业也是健康的朋友

1958 年 6 月,我被抽调到武汉桥口区审干办公室工作。这时我因胸膜炎未愈,还发着低烧,到审干办公室报到时,接待我的人见我脸色不好,问我能不能出差,去搞外调工作,我说我年轻,可以边治病,边工作。后因外调任务重,工作量大,我被派往湖南和华东地区开展调查工作。50 年代的人视工作如生命,视玩要为耻辱,一心想着的是完成任务,几乎没有杂念,更是没有旅游的观念。一次我去杭州西湖,调查对象是位护士,向她了解她父亲 1948 年的一段经历,她按照我的要求写好了材料,在向我交材料时,她要求我向她父亲传几句话。我问传什么话,她说:“我很想念我的父亲,要他不要担心我。他是建国前的知识分子,叫他凡事要想开点,一切都听政府的。保养好自己的身体。”这位护士的话,传导了她们父女情深的感情和她对父亲的忧心。按常理,我可以答应她,但她父亲是审查对象,从工作纪律讲,我不能接受她的要求。如是我对她说,我的工作性质,你应当是清楚的,从你写的材料看,你父亲是清白的,但清不清白,有待组织做结论,在此之前,让我在你们之间传话,不太方便。她听了抱歉说:“对不起,找你麻烦了,请你原谅!”“你现在就要走了吗?”她问我。“是的,我要去上海。”我答。“你从前来过杭州,游过西湖吗?”“没有。”我答。“那为什么急着要离开呢? 借出差的机会,看看人间天堂的杭州,游游西湖的美景,不是应该的吗?”她说道。“不了,机会还会有的,等有空闲时间再来。”我回答。“那好! 我们再见了,希望能再见到你。只要你记住我的名字,任何时候来到我们医院,都能找到我。”说完她同我握手道别。在往后的岁月里,我多次去杭州,都觉得不便因这件旧事去找她。再往后,她的名字从我的记忆中丢失了。人的一生丢失的东西不少,有该丢失的,有不该丢失的,人生充满遗憾!

审干工作预期十个月。我圆满完成了任务。审干办公室主任是桥口区法院的白院长,在同我聊天时,笑着对我说:“你很坚强,办公室的同志们都夸你忘我工作的精神。”接着他拍打我的肩膀打趣地说:“当初我看你面黄肌瘦,现在我看你体健如牛,你的病全好了吧,你是双丰收哟!”“确实如此,我的病不治而愈。”我说。“我看不是不治,只是未用药治,而是你一心一意地扑在工作上治好了你的病,同时也是跑路运动治好了你的病。”白院长说。“是这样,我感谢组织上和白院长给我提供的这次工作机会。”我同白院长的这次对话,被后来的一种观念完全证实了,就是“生命在于运动”。我的亲身经历雄辩地启示我:运动能治病,运动能防老。同时我还认为,在运动防老保健康之外,人思想的悟道、精神的支撑更重要。杂念多的人,心绪必乱,是健康的大敌,反之,竞业的人,执一业,专一心,心态相对恒定,少有杂念忧扰,自然就是健康的朋友。它寓于人的心中,是人的良医,也是陪伴人终了一生。

传说中的稻草老妇

传说古代有一位乞讨的老妇,衣衫单薄褴褛,秋天应付过去了,冬天来了,渐渐地她敌不过北风的侵袭,跑到破庙里御寒。哪知这破庙要是能够御寒,就不叫破庙了,不是她无知,也不是她找错地方,是她迫于无奈啊!她拜菩萨,求菩萨保佑她度过严冬。但她越发地冷得难受了,又跑出了破庙,去哪里呢?哪里都寒风刺骨啊!她想到她的末日到了,就在这个冬天,无家可归,必死于路途。

寒风逼得她瑟缩着身子,不住地打哆嗦,她喃喃发出"哎哟"的自语,这声音在颤抖,仿佛是单符的音响。

命悬一线的她,是放弃忍受而倒下呢,还是在寒风中不倒,全在意志的支撑。倘若坚持不住倒下,顷刻就会成为僵尸。

可怜的人啊!在走近死亡的边沿,还念着要渡过这个残酷的寒冬。她的意志也许是在乞讨中铸成的,她奔跑了起来,这是她想到的取暖的唯一办法,可是接下来的感受更糟糕了,加重了她的饥寒交迫。无助的她,四处张望,寻找救命的希望。

她发现在不远处有稻草垛子,她想到救命稻草这句话,她跑近前,拉下了一捆稻草,把自己裹进里面,不一会身上的寒气果然退了,接着就进入梦境。正当她享受梦中的温暖时,天有不测风云,刚刚得救的她,被雨水浸醒了,感觉冰冷在向她咆哮无情,这时她仍然还是把希望寄予救命稻草,她想稻草能取温,就不能用稻草遮雨吗?稻草成了拯救她唯一有效的资源。

于是,她开始在雨中,编织草衣,也就是将稻草一层一层地串联在一起。她将这种草衣披挂在肩上,虽然无法避雨,却可以挡住些寒风。感觉好受了,她一时高兴,又在风雨中跑步了。正面一位男子路过,见她身穿草衣在风雨中乱转乱跑,由于他从未见过身穿草衣的人,不免感觉奇怪,也有点紧张,心想莫不是野人吧,或者是疯子。他正在疑惑间,不想这老妇人主动靠拢他,用湿漉漉的草衣碰他。这男子见状急忙躲闪,边闪身,边说,见鬼,怕鬼,鬼真的来了。老妇人向他伸出了手,说道:"先生行行好。"男子这才明白,这怪怪的稻草人,在风雨中乞讨。男子刚刚回过神来,老妇人又说话了,这回不是称他先生,改称老爷了:"老爷行行好,给我点钱吧。""走开!你这疯婆子。"

"我不是疯子,老爷行行好。"

男子听她讲话,不像疯话,就停了下来,问道:"你不是疯子,怎么在雨中乱跑?"

"老爷!我是高兴,因为我有了草织的雨衣。"男子又看了看草衣,问道:"你这草做的雨衣哪里来的?"

"我织的。"男子有些不信,说道:"是你织的吗?你再织一件我看看。"老妇说:"这不难,那老爷能等候吗?"

"能,你织吧。"老妇人,抓起稻草编织起来,男人见所未见,对她动了恻隐之心,彻底消除了对她的疑误,将撑起的雨伞靠近她,为她遮雨。老妇人感觉到这男子的好意,编织的速度加快了,成了,她把这新织成的草衣递给男子,说道:"老爷我没骗你吧。"

男子看了很高兴,心想,这草衣也可卖钱。便对老妇说:"你再给我织两件,我给你钱。"老妇人又编织了两件稻草雨衣。男子说:"我给你二十吊钱买你这三件草衣,你看行不?"在交易无价码的时代,饥寒交迫的人,有钱就行,哪里论钱多钱少。"老爷,救命菩萨,谢谢你给我钱。"妇人接过钱,感激涕零。

传说这妇人首创草衣,就是后来蓑衣的蓝本。这位男子将草衣同农夫交换,获得了稻谷,他又去找老妇人,同老妇人交换了六件草衣,赚了一倍。从此他们结成了交易双方,老妇人从此摆脱了乞讨生活,不再风雨飘摇了。这个故事说明,人可穷则思变,改变命运,天寒地冻,刺骨的北风,摧残老妇人的躯体,可是恶劣的天气,又调动了老妇人的思想灵光,这变化就在一瞬间,也许带有点偶然性,然而偶然中有必然,老妇人如若没有瞬间的偶然引智,哪来的稻草救命。人世间有说不尽的奇迹都是这样产生的。走厄运的时候,只要能够调动思想的灵光,创造条件走出厄运,自然界的狂风暴雨算不了什么,人间的暴戾横祸,也会过去的。

2014-12-9

落幕后的人生舞台

在社会上打工的人,都会有落幕的时候,时间到了,走人,退出原先工作过的舞台。仍然留念那个舞台的,退出后的日子过在阴沉中,没有生气,拖着病体送走余生。忘记那个舞台的,日子过在阳光下,为继续生活积极做出新的选择。退下来的人常讲的一句话,是"发挥余热",其实那是一句官话,现在一般不再讲了,现在出现了新词:"各显其能"、"各享其趣"。落幕后的人生舞台在这两句新词里做文章,很现实,许多好看的戏,就在这新词中。

在室内各显其能、各享其趣的,大都还是像从前一样拿笔杆子,不过不再是受制于一定套路的公务的需要,现时笔杆下的内容,是书写人生的感悟,有琴棋书画爱好的,作为写作生活的补充。

在户外各显其能,各享其趣的,其场面形形色色:

看那欢度夕阳的广场,舞中相伴的老人们老而娇。跳着舞,唱起歌,步履如穿梭,轻松的场面,动情的欢乐,把健身交给广场,把快乐交给同伴。当今社会,广场舞风靡城市和乡村,也成了中华民族文化大发展、大繁荣的角色。哪里跳起了广场舞,哪里就生气勃勃,开满了生活的百合花。

看那放筝人,有老有少有男有女,也来广场捧场,凑热闹。哪里飘着风筝,哪里的天空就添彩,龙飞凤配,蜓、蝶、雀跃。

大家认准了,广场是悬壶济世的地方,一些老年病在这里不医而治。

在安乐的黄昏中,踏着歌声听音乐。不问此时春秋年、月、日,乐在此时此刻。有朋友相伴的,亲人相陪的,爹爹牵婆婆的,孙儿挎奶奶的。休闲漫步,闲话家常,谈古论今,都和着伴奏声、笑声、呼唤声。

喜爱书法的老年朋友,在公园里相会,他们各自手拿一支自制的海绵沾水笔,在公园的空地上挥舞,细看他们的书艺,各种书体都有,在他们当中,或许有进了“家”门的书法家,未进“家”门的是“草根”书法家。在他们当中,居然有一手拄着拐杖,一手挥动海绵笔的,问他们高寿,答曰米寿。可贵的寿星精神,令人敬慕。

这支拿海绵笔的队伍,走遍长江、黄河、五岳!到处都留下了他们可贵的精神!

群体见面笑。你早!你好!朋友来自东西南北中,话语南腔北调,天南地北地聊,昨天的话题,今天继续聊,聊出思想的灵光,聊出人生百态,聊出人生的取长补短,这是一所传经送宝的大学校,真正的教学相长。他们中有相识的男女老少,也有不相识的新来初到。看老年朋友们乐在其中的欢笑,听他们不俗的谈论,年轻人也动了心潮,有站着旁听的,有走进了队伍,参与其中的,多么融洽、多么和谐的社会一角!

落幕后的人生舞台,也会与时俱进,迎接老年社会的不断更新。

有智慧的掌权人,看重这个落幕后的舞台,到这个舞台中去淘宝,是不花成本的理政要道。

“景”字上的三句话

“景”字，可拼凑多个单词：景色、美景、风景、光景、景上添彩等等。老年人生，需要亲近“景”字，同“景”字做朋友，在“景”字上做文章，编织出的晚景，才是锦绣的老年人生画面。

有三句话，与此密切相关。

第一句话是夕阳红，这是一个比喻，是说人老了，生活在夕阳红的画面里，独具风采。“夕阳无限好，只是尽黄昏。”这当然是客观规律，但注重修养心性的老年人过日子，抛开黄昏的念头想无限好，看晚霞，品晚霞，形容晚霞最美，霞光照余晖。问一位老人：“您今年高寿？”老人答：“忘记了，也许同大家差不多吧！”可是在场的“大家”都是中年人。可见在他的回答里就没有黄昏，只有生活，倒过来看自己。从社会学的角度讲，倒过来看自己，就是合群，人老了同中、青、少年都能打成一片，不分彼此。

电视剧《宰相刘罗锅》中的刘庸，是典型的倒置自己的人物，他是乾隆十六年的进士，官至吏部尚书、体仁阁大学士，宰相，学富五车，博通经史，这样一位人物，退位后不挂念宰相的身份，同孩子们在一起戏耍。

第二句话是人老了，迎来第二个春天，这是现实社会鼓励老人自慰、自乐的一句造词，但也并非是空穴来风，是掷地有声的，人们常说长命百岁，就以百岁为限吧，老年人的年龄跨度，有四十年。现在六七十岁的老人干大事的，在政界、商界和社会其他领域中，大有人在。退了休的老年人，仍可老有所为，老有所乐。用“第二个春天”比喻老年人，也可说是有的放矢。当然不能把“第二个春天”理解为春风杨柳，百花绽放，而应理解为祝福，祝愿老人们超越年龄的跨度、生活在春天里，同中、青年人一道沐浴春风，享受春光明媚的美景，自抚自慰。我们常见在老年朋友间调侃逗趣,那么这“第二个春天”正好就是超越年龄跨度,调侃逗趣的好题材。

第三句话是发挥余热,对有专长的离退休老人来讲,很贴切靠谱。离退休了,时间都是自己的,满满的光阴,只要有需要,会比离退以前,干得更舒心快乐。

把三句话加在一切,可形容老年人生是快乐人生。有这样的理念,就有好心情,就能积极地打发生活,提高生活质量,过得舒坦,保持身心健康,长寿百年。

2014 - 1 - 7

培育心灵的净土

净土不是物质形态的存在,而是思想净化在人心灵中的反应,看不见,摸不着,唯有心才能感受到它的存在。净土是可求的,但没有心外灵丹妙药,永远也没有!只有心灵的净化,求一片净土在心中。

有极乐世界的神话传说,那是在天上,在统治三界的玉皇大帝那里。在神话世界里的凡夫俗子,去不了神话中的极乐世界。僧人吃斋念佛,生活在对佛祖无限信仰的心境中,他们养深积厚,虔诚修行,为的就是求心中的一片净土,修成正果,圆寂后升天去极乐世界。神话世界里的凡夫俗子去不了玉皇大帝统治的极乐世界,人间的凡夫俗子也不能像僧人那样,一日三餐素食,打坐念诵经文,自然也无望死后升天。但是,凡夫俗子可学习僧人,潜沉修心、养性,修得自心清静,能够终日心平气顺,静中安乐,做到了,心灵中就能获得净土。

人在行为中怎样才能验证修心、养性的收获呢?就是“超脱”。超脱能证明人的心里活动所释放的状态,人对待社会事务,处理人际关系,安排自己的生活,都会反映出自己的个性,心态超脱的人,认识社会,总会多些共容,与别人相处,会秉持仁爱、宽厚,少些计较,提得起,放得下,避免摩擦、碰撞、争斗。平安的人生,心灵没有污染,或者能自觉清除心灵产生的污染,没有烦恼,至少能排解烦恼,保持快乐常态,就会幸福多于忧伤,健康多于疾病。

超脱,人们都会讲,但不是人人都会做,都愿意做,都能坚持做下去。因为超脱意味着需要牺牲个人利益时,就应舍得牺牲,需要做出让步时,就要割舍让步,需要抛弃以往时,就得抛弃,需要删繁就简,从前呼后拥、锦衣玉食中,走向平民地带,过简朴的生活,就不会感到失落。有些人讲超脱,讲得头头是道,碰上纠结的事,也难摆脱心灵的郁闷。有的人奉劝别人,常用的一句话就是,哎呀!何必要这样,超脱一点嘛!莫要那么认真。可是同样的事情落到自己身上,一点也不马虎,认真得很。可见,超脱是一种心性修养的艰难过程,它给出的验证记录中,写满人心有恒与变化无常,写满心灵进入净土,又退出的循环往复。

修心养性,修出超脱意识,就会产生对环境的选择,将心寄托于社会和自然环境,对环境产生深深的依赖。有些有条件的老人退休后,毅然将在城里遛马路的脚步,移向农村、田野、山丘,为什么?就是对环境的依赖与选择,把夕阳人生交给大自然。超脱对环境的选择,在顺境中有,在逆境中也有。有许多人,受迫害,受打击压抑,被逼无奈时,横下一条心,与逆境共处,改变心态,抛弃一切幻想,抛弃人生正常的欲望,反而踏实了,心里更安了,“这横下一条心”,就是逆境中的选择。有些人在无法摆脱厄运,遇到艰难险阻时,就说“我们只好认命了”,其实这“认命”也是一种选择,在这种选择中,追求新生活的人,更值得赞美,超脱重新塑造了他们,成就了他们强者的生命。超脱的人,不拘泥自己,什么环境都会主动去适应,什么人都可相识,在相识中,认识别人,学习平常人的处事心态,学习道德崇高的人的胸怀气度,也从混蛋身上学习防人之术。超脱的人,从生活中找乐趣,找健康,找颐养天年的净土。

人生能够“超脱”做人,是潜沉修心、养性的结果,赢得这个结果,便是赢得心灵中的净土,这心灵的净土,是通过艰难曲折、修身养性培育出来的。人得到这心灵的净土,也就进入了自我沉浮的极乐世界!佛经里说,人人都可立地成佛,我信这话,不过这里讲的“佛”,不是佛教里令信徒们敬奉的佛,而是血肉身躯,心中却藏净土的人,也可说这“佛”是最高境界的超脱。他们超脱的行为举止,被人们用高规格的比喻评价:“哎呀!你们看他简直是活菩萨!”这高规格的比喻,不就是佛经里说的“人人都可立地成佛”吗?他们不是佛,却也成为存在别人心中的一种超脱形象。

2015 - 3 - 17

记忆力衰退的救助

昨天晚饭前,我在写《松鼠甩秋千》一文时,突然被宠物的"宠"字卡了壳,怎么也想不起来。放下笔做了一会保健动作,也不起作用。我在退休后的写作生活中,逐渐形成了一个习惯,每当写东西出现短路,思维被堵塞了,水流到此处,关闸了,就干脆放下笔不写,离开电脑,到室外去放松自己,让大脑腾空。昨天不属这种情况,写作思路未断,只是提笔忘记字,本可用错别字,暂时顶替,正确的字想起来了再更正,但我就没有这样做,而是用思维短路时常用的办法来应对。

这办法就是查词组。宠物的宠字,同受宠、得宠是同一个字,我查"得"字,出来了"得宠"这个词组,问题解决了。

人老了,忘性大,记不起事情,很正常,是大脑功能退化的必然反应,不做事无所谓,要做事就要动脑,为解决记忆困难,寻找救助办法,人脑中的路很多,此路堵了,绕道走别的路。思想的灵光如同灯,此灯熄了,点燃另一盏灯。

2015-3-20

雾霾

我在武汉半个月的时间里,天天生活在雾霾中。

白天不见蓝天白云,夜间不见繁星伴月,昼夜飘浮在大气中的尘埃,夺走了人们的视线,夺走了人们畅怀呼吸的自由,夺走了人们的正常神经。本就郁闷的人,更加郁闷,也就夺走了人们的快乐,改写了人们心灵中的幸福画面。

我在公园散步,不时听见同为散步人的议论,这些人都是当地人,比我这个暂住人口,感受更深。他们说到环境,对大气被污染,怨气尤甚。他们诅咒雾霾,分析产生雾霾天气的原因,批评政府利用权力,在冠冕堂皇言论的掩饰下,推动蛮干。他们对比历史的过去,盼望重见蓝天白云,盼望残阳晚霞下的云朵变幻。这样的心情,胜过人们对物欲的追求。他们的议论,流露出对时政的不满。

百姓淡漠执政尊严,是要维护生命的尊严,渴求生活欣慰,渴求大政作为下能有效地治理公害,而不是纸上谈兵的妙语连珠。各级党政要员应明白老百姓心中的诉求,明白百姓需要的政府官员,不是表演家、语言学家,不要耍嘴皮的秀才,而是讲实话、干实事的能人。

百姓中的一些不上台面的自由议论,很值得政府思考,可是政府官员能听见百姓的自由议论吗?基层的官员也许能听到,高位一点的官员,如市级四套班子中成员,即便他们愿意听,也难听见,百姓们在电视中,常看到他们,有他们在场,百姓的思维会换位,议论会是另一种说法。无论上层官员还是基层官员,总喜听拥戴的话,色染政绩的话,讨厌忠言逆耳的话,百姓们在同官员们的长期磨合中,对官员们的口味摸得清楚,学会了投其所好,当着官员的面,尽量压抑情绪,捡官员们喜欢听的话讲。这是当前我国政治中灰暗的一面,也是容易造成社会事端的一面。

清除霉菌

“屋里闻到了霉气的味道。”我对婆婆说。

“哪里呀？找找。”婆婆开始了行动。

物体发霉的气味，用眼是找不到的，要用嗅觉进行探测，如是我同婆婆发挥了鼻子的嗅觉功能，围着霉味藏匿的地方，嗅了一圈，找到了，它们躲藏在我陈放宣纸和字画的柜子里。可恶的东西，这就来收拾你们！

婆婆在向阳的阳台上，铺开了干净的废挂历，将发霉的纸和字画，统统展放在太阳的强光下。海南的太阳，是出了名的厉害，紫外线很强，对可恶的霉菌，无情“打杀”，仅一个小时的工夫，我们的嗅觉清新了。

我在感谢太阳为我们除害的同时，想到连续几天的阴雨。受霉菌感染的家庭，不在少数，也许大家都在请求太阳发慈悲，出手杀掉可恨的霉毒，让霉味消失。要向太阳感恩。啊！太阳，你是宇宙万物的保护神！人的寿命同你的保护，息息相关。人类利用你的光和热，在开发领域，不断拓展，而你，无论人类怎样利用，都默默无语，你是真正无私，不求回报的。在这里我想与“上善若水”并列一词：上善太阳。水、太阳都是宇宙生命的源泉。

2013－5－5

话说出家人

我在《追逐》中有篇小说，题为“一位僧人的故事”，讲僧人是个很特殊的群体。他们生活在对佛祖虔诚信仰的心境中，他们养深积厚沉潜修行，个性特殊，具有凡夫俗子难以具有的恒心和毅力。本文讲出家人，侧重于他们遁入空门的原因。

世界万物，无因不果，出家人为什么要出家，总的讲是受信仰的驱使，然而就个性讲，难以一言以蔽之。也就是说，他们选择这一信仰所持的心态，又是受什么驱使的呢？简单化，用一般概括性的回答，解释不清万象。人们在文学作品中，看到的情况是，男人去庙里当“和尚”多为受政治迫害或被迫背上命案，跑到庙里用“和尚”的变身，作为亡命天涯的避难所，比如《水浒传》中的鲁智深等人。女人去庙里当“尼姑”或信仰“道教”去庵堂，多为婚姻所迫或因权奸索身，无路可走，执意断绝尘缘，保守贞节。但青少年选择佛学院，修业佛学，就不适用上述原因了。上述原因中，都有外力加害、胁迫的因素，而佛学院里的年轻生员，选择佛学专业，主要是内在的原因，藏在他（她）们的思想深处。有一点可以肯定，无论是什么原因，都会有时代的背景。我写的《一位僧人的故事》中的僧人，同他妻子毅然走出家门，遁入空门的原因，按他本人的话说，就是“不愿在人间做人”。他们的逻辑是：好人，心地善良，老老实实做人的人，面对迫害、欺辱，并非无力反抗，而是善良的本性，使他们忍让、妥协，用“忍”求平安，然而“忍”换来的不是平安，而是亡命天涯。人生应当是幸福的，却时时处处做人难，既然在人间做人难，不如离开人间。不是去自绝生命，而是摆脱尘世的束缚，到佛、道的世界里，专心修行，进德修业，弘法利生。这里有三个词组可连接起来：“不愿在人间做人”原因是“人生应当是幸福的，却时时处处做人难”。做人难，难在用“忍”求平安，换来的不是平安，而是亡命天涯。说明什么？说明在他们生活的那个年代，是个人性灾难的年代，这就是那个年代的历史背景。

僧人所处的时代背景，又可借以考察这个时代在人类历史上产生的影响和作用。从这个角度讲，我们如果仅仅探寻僧人遁入空门的原因，去了解僧人，意义不大，还应把他们放在特定的历史背景下，去了解，去研究。那么我们的脚步，就要从庙堂、庵堂出来，走进历史学、哲学、政治学中去研究，这样，僧人们出家，不单纯是个宗教的问题，而应同物质世界、精神世界具有普遍联系性，一事物作用于他事物的哲学原理联系起来，探讨人类生存与发展的大道。

2014－3－15

浅论安宁死

2015年5月28日,《健康对报》载文《安宁死的现实与困境》,文中讲到的现实是,生命垂危到无药可治,病人在痛苦中求安乐死去并非个案。文中讲到的困境是,无论医护人员还是患者亲属,赞成给治无可治的患者,通过采取"安宁死"的办法,解除患者痛苦的人,不在少数,但找不到明确的根据。社会神经又极其敏感,一有风吹草动,网络传文满天飞。没有根据的事,不做为妙。

首先是法律根据,国家没有制定"安宁死"的法律或法规,立法上的空白,不支持患者发自内心的结束其生命的请求。

其次是难过道德关,讲到死,谁也不忍心,或者承担不起人伦的谴责。

再其次就是"孝"。子女们眼睁睁地看到父亲或母亲,在死亡的挣扎中痛不欲生,也要设法抢救,虽然知道抢救是无效的,也必须这样。

国家立法上的空白,是否就堵死了解除困境的路呢?我提个建议,去问问宪法,我国宪法明确规定尊重和保护人权,研究一下这条规定,也许无路变有路。患者在痛不欲生的时候,要求安宁死,是患者处置自己生命权的主张。生命权归属于人权范畴,生命是他的,他就有权决定生命的去路。宪法尊重人权的规定,适用于患者请求安乐死的要求,这是否算作是法律根据?我认为是的。

讲到道德人伦,我觉得也不成障碍,人伦的核心是什么?是仁爱。而爱的核心,是尊重被爱者的意愿。患者向医生和他的亲属发出求安宁死的意愿,对患者的意愿逆向而行,才是有悖人伦的。

至于孝道,也有一个理解问题,我理解的孝道,有小孝,有大孝。小孝,是满足物资上的需求,大孝,是真正了解父母的心,对父母尽可能地进行心灵上的安抚。一个“抚”字,在物质与精神的天平上,更重精神,患者求安宁死,是抛弃包括自己的身躯在内的所有的东西,而求解除病患造成的心灵的苦痛。在他痛苦挣扎的时候,接受他的要求,对他是最大的抚慰。最大的孝顺,莫过如此。

04

人与自然

我的羊肠小道

我们住宅楼的后院,有块绿色地带,长度大约百米,按我的散步跨度,直走 128 步,弯曲走 180 步。在地带的中间,有条被踩踏的痕迹。三年前,我开始沿着这条踩踏过的痕迹散步,渐渐地走出了一条羊肠小道,小道被阳光切割,分出阴阳段面。

十多年前,我写了两首户外闲情的小诗:

人与自然共一家,郁郁葱葱遍天涯。
老腿老步与日迈,多情洒向树草花。

院内来回走,健步一万过。
蝶舞绿茵上,我与它同乐。

自从"修筑"了这条羊肠小道,我就在这两首小诗的意境中,日行万步。"老腿老步与日迈"基本上迈在这条小道上。"多情洒向树草花",边走边欣赏它们。每天我走进这羊肠小道,都要向周边的景物道声你们好,走出时,都要向它们说声再见。有时我弯下腰去摸摸它们,同它们说话,尤其是生长在青草丛中的小花开成一片片的时候,欣赏的劲头如同观赏艺术品。有一次我竟然坐在石上,一直看着那片荷花色的小花。保安走近了我,见我如此,问我是不是走累了,我告诉他说:"你看这荷花色的小花,多么好看!我在看它们呢!"保安没有附和我讲的感受,却说道:"难怪你身体这么好。"他话中的意思很明显,是说我心态好。

在这条小道的周围,树木花草常年青绿,也有蝴蝶飞舞,而且是清一色的白色蝴蝶。偶尔见有蝴蝶在地上抖动,我想要么是它们生病飞不动了,要么是遭遇到天敌,被其伤害,我便信手拾片树叶,将它托起,送到灌木稍上。我自幼就喜欢蝴蝶、蜻蜓类能飞的小昆虫,看见它们就高兴。享受“蝶舞绿茵上,我与它同乐”的闲情。

我们的住宅院,叫公寓,有两栋五层楼房,在两栋楼中间,是一块比后院大一倍的空间,中间栽了一排小叶榕,形成林带。一些羽毛美丽的小鸟,在林中栖息。它们从不到后院,相隔大约三十米,为何如隔山隔水一般呢?要讲鸟类栖身的环境,后院也有树,而且树木花草的品种、数量均胜过前面。我观察思考得出的结论是,它们爱恋榕树,后院虽树木花草胜过前面,但没有小叶榕,只有富贵树、芒果树、三角梅等。如果我的推论是对的,就说明任何生物对生存环境,都有自己的选择,自然界如此,人类更是看重环境对生存的重要。物竞天择,适者生存,是生物界的共同规律,也是人类社会发生争斗、发生战争的重要原因。

在这条小道周围的树上,常见有松鼠出没,它们不像小鸟,前后院任其窜进窜出。小小的松鼠,像老鼠,但老鼠令人厌恶,而松鼠可爱。可爱处在它们的机灵,它们行走的速度相当迅速,在树枝、树干上纵横,没有可以阻其行进的。它们没有翅膀,可是在一米多的空间里,跳跃如鸟飞。在美国,公园里的人们把它们当宠物,用花生逗它们玩耍。用花生逗猴子有风险,逗松鼠,享受乐处。

在春雷春雨的天气里,每有积水,小道的周围,便能听到群蛙叫春。它们不是青蛙,是两栖蛙类,离水也能生存,我想它们大概就是俗称的癞蛤蟆。夜深了,它们的叫声,可起到催眠的作用,听着听着,就睡着了。

在春雨后的天气里,常见蛇出没,但不是毒蛇,它怕人,见了人就滑溜进草丛深处藏匿。每见到蛇,我就会想起我小时的故事。我八岁那年,左手心长了一个脓疱,有小鸡蛋那么大,在当时缺医少药的农村,我母亲只好求助于道士了。距离我们方高坪镇两公里的地方,有个村落叫黎湾,黎湾有座道观,传说道观里的道士能捉妖除魔,母亲便去那里请进一位道士。道士点燃香、烛,做完了他的套路后,要我站在他面前,问我是不是打死了一条蛇,我答:“是。”“你是不是把那条蛇砍成八段?”“是,我用瓦片将它切了八块。”

他问完了,转向对我母亲说,叫他以后不要杀蛇。对我手上的脓疱,他说:“不怕,现在快要穿孔了,你找根未生锈的钉子,烧红后将脓疱刺穿,挤出脓,再用一根油捻子,插进刺破的疱眼中,不要见水,两三天就会好的。”道士的方法果然生效。令我一直纳闷的是,这道士怎么知道我与蛇的事情,我没有告诉过任何人,他从哪里得知?这是后话。经过这事后,我似乎受了很深刻的教育,不再杀生。

1986年的一个星期天的早晨,我独自去北京香山看红叶,游走中,见几个八九岁的孩子在玩蛇,有三四条,都是水蛇,其中的一条,被他们剖腹取出快要出生的卵,我看不下去,想制止他们,但又想,这些孩子讲的是地道的北京话,他们的家肯定离此不远,如果制止无效,岂不救不了这几条蛇,若不马上放生,就会死掉。如是我就问他们说:"小朋友!你们把这些蛇卖给我好吗?"其中主刀剖开蛇肚的那个小孩,朝我看一眼,站起身来说道:"可以,五元钱。"我同意了,买下了这些蛇。小孩子们将蛇装进一条塑料袋里,交给我。我找到一处离开人行道远一些的丛林,将蛇放生。当年我五十岁,八岁那年我将蛇切割成八块,五十岁救蛇,前后相隔四十二年的两件事,要说有关系,那就是"不杀生"这一佛教理念在我思想里种下了人与自然和谐的种子。

2013-3-18

海岛之恋

踏着海岛的土地,

吹着海岛的清风,

在空气新鲜的海岛上散步,常有激发灵感的感受,浮想联翩。走在晨曦中看日出,一轮红日出山了,赐福万物！看日出是人与自然的合拍,人类离开了一轮红日,就没有了人类。

踏着海岛的土地,

吹着海岛的清风,

站在室外的任一角落,都可观看林中小鸟在飞跃、蹦跳、歌唱。岛上的人们,四季都能欣赏绽放的鲜花,鲜花频频向过往的行人迎风招手、点头。绿地的小草,你要是亲近它们,把它们当朋友,就越觉得它们可爱,去抚摸它们,分享它们散发的芬芳。海南岛上的小草,不是逢春才发生,常年都可见到它们的存在,健康快乐地生活!

踏着海岛的土地,

吹着海岛的清风,

烈日中天的大树下,是乘凉的地方,坐在方石上,开放唱机,听:大海啊,大海！五指山、万泉河！高青山！从悠扬动听的歌声中,品味海峡两岸美丽的海岛风情。

踏着海岛的土地,

吹着海岛的清风,

走在夕阳中,品味晚霞的姿色,老人们一边品味,一边又想自己,产生出自己也在夕阳的晚霞中的感受,与晚霞同在。啊！晚霞好美！心里的感叹,带来心情的奔放,开怀含笑,何惧暮年！落日的晚霞,每天按时而来,按时而归,人间的晚霞,来去自由,没有定律,只有想象与希望。

踏着海岛的土地,

吹着海岛的清风,

暮色苍茫中,八旬老人的脚步,继续昨天,连接明天,坚持着,越过高龄,同长寿的少数派并肩。

踏着海岛的土地,

吹着海岛的清风,

移居海岛的人们,在岁岁年年中,常常情不自禁,遥望故乡！也知道,脚下的这片热土,也是故乡！遥望的那个故乡,留下了童年、少年,或者青壮年的足迹！脚下的这个故乡,托载垂老人的身影。遥望的那个故乡,是生命的摇篮,成长的乐土！脚下的这个故乡,将是生命的归属！

2014－11－3

云雾山中茶青锦绣

绿茶中有一品牌,叫云雾茶,种茶人,把它们种植在云雾缭绕的青山中,每到收茶季节,采茶姑娘们唱着歌上山,双双灵巧的手,伴着歌声,嫩绿的茶尖,便离开了它们的母体,被制作成商品茶叶。云雾茶的香气中带有点清新的气味,谓之清香。

上山采茶的姑娘们,劳动中的附加值,是观赏山川锦绣,对她们来说,这是比劳动收入,更具价值的成分,她们在山川锦绣中,吸取新鲜的空气,滋养她们的身体,她们边劳动边品味锦绣,调动她们的情趣,使她们更具女性的静韵,所以生长在深山,以种茶、采茶为业的女孩子,不用化妆,个个都姿色艳丽,比都市化妆的美女更美。

2014－5－13

风中起舞

风中起舞，是我的手机铃声，每次接听电话，听到这铃声，就想象风中的物事，想风中的羽毛、风中的落叶、风中的垃圾飘物，它们随风升降起落，任凭风力的方向转移，在空中舞动。

舞动的羽毛，升起时，像飘摇的帆船，下坠时，立状颤抖。

舞动的落叶，上下奔腾，要经数次的来回翻滚，才落到地面，还未站稳，又被风刮起，直到被刮到避风的角落里，才在地面安顿下来。这种情形，勾起了我的童年回忆，想起女孩子的头发，大都编织一条独辫，或是羊角辫。她们在风中走动，独辫被风拉起，很美。不扎辫子的女人，凡在后脑勺扎个发髻的，称为“纠巴头”，凡披发的，大都是少女，在风中走动的少女，满头青丝，被风舞动，连同她们的身体，构成一幅美丽的美人儿画面。成年男人的头发，大都理成“西装头”，少年们大都剪成娃娃头，他们走在风中，头发随风摇摆，像黑色的小草，也给人一种美感。

风中起舞，勾起人的想象，回放人生的画面，一些藏匿于岁月中的往事，也被“舞”了出来。在某地某时，在奉命做某件事情，是否也有像风中的羽毛、落叶，随风沉浮漂泊呢？不仅有，而且不在少数。那也许是不幸，但有谁一生都不经受风雨，没有漂泊的记录，没有漂泊的挫折、磨炼呢？何况有作为、成就事业的人生，恰恰离不开风雨漂泊。

风中起舞，也是一种艺术，它的舞台，不须人去建造，整个地球都是风中起舞的舞台。画家、摄影家、浪漫诗人，是这种艺术的粉丝，又是这种艺术的传承人，他们从这种艺术中，吸取灵感，搜集创作素材，助长他们的灵性，在他们成“家”的家史中，都能找到追随风中起舞的往事。

2014－11－5

井冈山评说

早就听说在井冈山上,杜鹃花满山遍野,盛开季节,其美其乐,任人想象。这样好的地方不去,还去哪里?一定要上一次井冈山!就这样,井冈山进入了我的行程之列。离开武夷山后,我先到了南昌,于4月9日,从南昌出发,乘火车前往。

火车开车的时间,是6点58分,我想,红色旅游,仰慕的人一定很多,担心人流拥挤,便提前离开了宾馆,于6点15分到了进站剪票口,没有想到先我到达的却只有两人。井冈山是国内开辟的红色旅游的重点景区,游人应该是不少的,为何快到剪票的时间了,剪票口却是空空荡荡的?我想知道是什么原因,就问剪票的服务员:"请问,去井冈山的游客怎么这么少?""只有你们这些老革命、老干部才去那里,要不就不是自费了。"这是服务员的回答。她的组词和语调,明显是在调侃,听到这句调侃,我的思想很快进入到灰色地带。中国快14亿人口了,老革命、老干部才几分之几?更何况不是所有老字号的人物,都愿意到此一游的。"要不就不是自费了。"按服务员的这层意思,似可得出这样的结论:去井冈山红色旅游区旅游的,极少是自费的,那么少数之外去的人,就是公款游了。再想象一下,井冈山如此,其他挂红色招牌的旅游景区,恐怕不会例外。什么党员团、妇联团、工会团、纪检团等等。红色旅游,这名称很好听,也符合革命传统,但要说去这些地方旅游,是为了接受革命传统教育,就虚了,借此用公款壮门面,吃公款饱口福,玩公款饱眼福,游山玩水,才是货真价实的。

由此我想到旅游的名称问题,还是实在点好,不要再用形式主义的东西来抹粉贴金了,该是刹车的时候了。山就是山,水就是水,井冈山是个绿色的宝地,生态环境很美,不要再在它上面贴红色标签了。多向世人展现此山美的特色,自费去玩的人,会多起来的。我这次去井冈山,可说是不虚此行。我写了三首七言近

体诗,可表明我对此山的观感:

山峦深邃路逶迤,
脚踏景区听流泉。
眼前四壁青山翠,
又看云雾绕峰间。

井冈山上有龙潭,
瀑布飞溅级级欢。
碧绿青山迎来客,
处处流泉伴杜鹃。

白浪碧波两分明,
涛声响起笑游人。
趣来感来动动笔,
留住不虚此山行。

2009-4-15

生命之果

养它十五年了，它同身旁的树木、花草为伴，自由地呼吸，夜以继日，足足站立了十五个春秋。

在十五个春秋里，昆虫经常爬行到它的枝叶上，有的借它的身躯栖息，有的则是侵蚀它身上的营养，鸟儿也常光顾它，或站在它身上歇脚，或做有益于它的事，帮它清除天敌。

在十五个春秋里，每遇天旱，它忍受着饥渴，每遇台风，它遭受着无助的打击。我看见它在台风中，出现全身佝偻，或成 90 度地前后仰卧，或又成 90 度地左右快速摇曳，但每一次都未曾伤到筋骨，它经受住了考验。海南没有严寒，夏季是它的生命最旺盛的季节。我常在冬天里，时而去到它的身边，亲近它，陪伴它。

在十五个春秋里，我一直未见它笑过。养它的主人自然常带着情绪想它、看它。想它生命的初度，看它还是无笑的现在。一脸的无奈！

今年它迎来了十六岁的春光，本想是要告诉它，你已经十六岁了，万万没有想到，它竟然迎着二八少女般的春风，笑了！它的这第一次的露笑，意味着它要绽放自己，回报它的主人了。主人环绕它的周身，仔细察看，更高兴了，它全身都在笑，每一个枝头，都露出了笑的青春，笑的喜悦。主人叫来了见证它成长的人，看它的变化，分享它的笑容！

再仔细看去，在它笑的“深处”，能见到绿豆大的“绿豆”。很多很多这样的“绿豆”！还不到露脸的时候，要很注意看，才能看清楚它们群居在一起，互相拥挤着。

高兴的主人，每天都要下楼看它，亲候它，观察有无鸟儿侵扰它。

一天，两天……“绿豆”凸出了。

渐渐地,“绿豆”变形了。

渐渐地,“绿豆”不见了,变形加快了,形状有圆有扁。

渐渐地,圆和扁的形状,在它自己的和谐中,统一了,统一于形状椭圆,露出了原形——柠檬色的芒果。

渐渐地,生命强的,把自己垂吊在枝头,生命弱的掉在了地上。几个月过去了,祝贺它成年的人们,手捧着它,在将它装进腹内的瞬间,享受它的醇香!吸收它身上比杏子、橘子、草莓要高出一倍的维生素 A、C 和钙、磷、铁等营养成分。

这就是它的主人,于十六年前从培育果核开始,栽种的芒果。想当年,果核从花盆的土壤中,伸出了嫩绿的小脑袋,它的主人高兴得出声叫喊:试验成功了!试验成功了!一个月后,它长成为一株小苗,它的主人小心地,让它“搬家”,从花盆中搬到楼下的一块空地里。因为它还小,怕它被人踩踏,主人捡来了些碎砖块,将它围在一个小小的碎石圈里。到它五岁时,它枝繁叶茂,长成了一株成年果树。主人家的儿媳,请来了园艺师,给它“洗礼”嫁接,从此在它身上接通了同类的血脉,也成功了,据说三年后,它会开花结果的,这颗盼望的心,整整落空了八年。终于迎来了它的“头胎”。主人用自己的体会,想到果园种植园丁们的辛勤劳碌!

它的另一名字叫“望果”,即希望之果,这名字多好啊!它让主人实现了希望!

2014 - 5 - 18

葬菠萝

用三元钱，买回了一个蓬头绿叶的菠萝。

它身披铠甲，叶吐芒刺，是造物主为它们设计的防身武器，防备“天敌”的入侵。

我拿起了修皮刀，准备削去它的铠甲，将它吃掉，让它尽水果之责。

忽然间，它散发出一阵清香，填满了我的嗅觉，它似乎在示意我：是要闻香，还是要吃肉？在香与吃的比较中，我选择了香。我放下了手中的刀，心想留住菠萝香，比吃菠萝肉更能发挥菠萝的利用价值，尽管它散发的香气短暂，也值！好一个菠萝！清香拯救了它自己，也给了我享受。

我从家中好看的花盆中，选择了一个“梅开富贵，竹报平安”的花盆，特地更换了盆中陈土，把清香的它，栽进了土里，放在了外书房的阳台上。

它好像很有服务精神，每当我在阳台内侧晨练时，它释放出的清香，也传进了纱窗内侧，我在享用它清醇的香气时，奖励了自己：不吃它，留住清香是对的，真是开明之举。

三天过去了，它还鲜艳地活着！

一个星期过去了，它仍保持原样。

三十天过去了，它似乎消瘦了一点，但它头上的绿叶，还是坚挺地蓬在头上，叶上的芒刺，仍然锋芒毕露，仍然具有抵挡“天敌”进攻的能量。

我真希望它身下长“脚”伸进土壤里，永久地活着。也许这也是梦，即便梦不成真，也是好的，因为这梦做在清醇的香里。

梦毕竟是梦，它终于在一百天的时候，站立不稳了，身子开始了倾斜，虽然绿叶还蓬松地竖在头上，还是那样的坚韧，但它的瘦得失去了平衡的上身，告诉我它已经坚持到了极限了。

我没有丢弃，不忍心丢弃！我将它移植到了楼下的空地，挖坑将它埋葬了。

2014－5－19

台风是大自然追逐平衡的需要

从菲律宾东部生成的超强台风“威马逊”要来海南了，报纸从本月15日起，天天报道，说这“威马逊”是上世纪90年代早期以来，风力最大、时速最快、最威猛、破坏性能量最大的重量级超强台风，提醒人们提高警觉，加强防范。

但多数人没有比较，他们或者上世纪90年代不在海南，或者还没有长大，或者因时间流逝，忘却了记忆，警觉之心不强。在政府这头，相关部门懒惰、麻木，未按照风力最大、时速最快、最威猛的警示信号，采取各项应急防范措施，到事发后，才产生惊心动魄之感，才加剧了灾情造成的创伤、悲痛和居民生活的局部瘫痪。事后做了许多文章，调动民心士气救灾，搞好灾后重建，固然是必要的，但防患未然的工作没有做好，是否应问责相关部门或相关人员的责任？许多人会这样想，但向谁说去？也就不说了。

听听这些声音：

哎哟！爸妈快来！阳台上的玻璃被风击碎了，当爸妈来到时，疯狂的风雨，穿堂而入，地板上见水了，墙壁被淋浴了，爸妈被箭雨射透，顿时淋了个透彻。一时间，这样的惊呼，千万家！

哎哟！快来！阳台上的防雨铁皮被揭了，像揭膏药一样，整块被风刮落地面，雨箭！无情地向室内射入。门口的防盗铁门，随着风的撞击力度，发出咣啷咣啷的响声，惊骇着年幼的孩子们。一时间，非人力可以阻挡的这种“无情”也是千万家的遭遇！

哎呀！我的车被掀顶了，玻璃窗破碎了，刚买的新车啊！惨了！哎呀！我的车被连根拔倒的大树压在了底下，怎么办，要用吊车才能将车起出，起出来的车，恐怕也成了废车，这下损失可大了。如此而报废的自驾车，是多少？等待看官方的信息吧。

哎呀！街上积水齐腰，没有公交车，没有出租车，这么深的水怎么回家呀！小孩子哭了，大人们的心忐忑不安。“淌水回家！只能如此！”众多的人不得不如此壮胆！“风这么大，水这么深，遇有地洼、旋涡很危险，我们牵着手，风雨同路，相互照应着，不要紧张，走！”有胆有识的人，在此时此刻，是大家的支柱，成了抗风灾的领袖。聚集在街头的人们，就这样牵起手，相互激励。路近一些的，大伙把他们送回家，没有到家的，继续往前涉水、过街。疾风知劲草，危险中见真情。狂风暴雨中的结伴，有的互不相识，也无须通报姓名，把心系在安全上，共克时艰，谱写危难之中的众志成城。

谁家没有被击碎的门窗玻璃？谁家没有被狂风席卷而飞的物件？谁家未被箭雨穿堂而受浸渍？谁个没有心惊害怕的那一刻？全然没有吗？谁也不会相信，试想抗十二级台风，已非寻常，而抗十七级台风乃地球罕见，在17级台风肆虐的覆巢之下，能有完卵吗？只能是严重程度的差别而已！

天亮了，平时睡懒觉的人，也早早起来，还未洗漱，就往外查看风后惨景，最醒目的，是到处可见树木的狼藉景象。数十年坚挺的大树，被削掉了脑袋，砍断了枝干；根系浅一些大树，招风惹祸，被连根拔起，横七竖八地躺卧在路面；病树被整体斩断；年龄短些的树群，无一幸免地被剃了光头、被摧毁成癞痢头，残枝败叶，披挂全身，一幅奄奄一息的可怜相。但是，还是有例外，在同等条件下，也有高高挺立、独领风骚的坚强者，它们是谁？是椰树！无论是在椰树林，还是独株一处的椰树，未见被连根拔倒的整株，也未见被摧残的残体。椰树的抗风力为何如此强大，要请植物学家解说了。

风走了，雨停了，路干了，停在路中间的车辆，何故还未开走？肯定是电瓶无电了，或发动机出了故障，等待拖车来清理它们。这等事，车的主人无法，交通警察有法，清除路障，疏通道路，交警们显了身手。

本文讲的只是海口市区的一角，海边、旧城区的老宅、从市区到城郊，到农村一路，遭受的破坏，无疑会更大，无疑会听到惨痛的哭声。

本文讲的是市民的生活，至于工、农、商各业生产，经营遭受的破坏，造成的损失，是另一种计算，数额肯定是惊人的。

台风给民生造成损失，在台风中，全市停电、停水，大热天的，市民苦了一时，可是也应看到另一面，就是有失也有得，用形容词讲，有人哭，也会有人笑。谁笑了？宾馆、酒店笑了，餐饮业哭了，面包店、快餐业笑了，建材业、装修业笑了，街头农民工笑了，笑的人很多，他们的笑，说明他们的生意好了，他们有钱赚了。但也要看到，他们是赚钱者，也是灾情中缓解人心的一分力量，很多人从笑者那里获得了方便。这也是平衡的需要，当然也会有不法商人，乘机黑心宰人，乘机兜售假冒伪劣商品的情况。

台风给社会造成了破坏，带来了灾难，但同时台风也造福社会，改善了气候，补充了地球上的蓄水存量，撕开了城市建设中，豆腐渣工程的嘴脸，掀开了制造豆腐渣工程的秘密，暴露了躲藏很深的腐败行为的蛛丝马迹。

台风的生存，是宇宙间的自我调节、自我修复，平衡阴阳的需要。失去平衡的宇宙，就是要通过类似的吐纳、调节，求得平衡。每当新的平衡，因为不正常现象的冲击而失衡，就又会出现新的吐纳、调节，来求得新的平衡。任何物体的生存变化，都是循着这样的运动规律。宇宙间出现不平衡的因素很多，有它自身的因素，也有人类不遵循自然规律，放肆而为出现的因素，不懂科学，不守规律，野蛮开发，破坏生态平衡，是人为因素中的祸首。

党的十八大三中全会推出全面改革开放的宏伟蓝图，四中全会后，依法治国收到的效果，充分证明，把“路”寓于法治中，就抓住了社会发展的平衡点，不仅有效调动了社会的智慧，为建设美丽中国，众筹、众创，也因运用法治思维规划、引导、保障改革，至少可减少对资源的破坏，这就是平衡发展。眼前发生的这场台风，也揭示出平衡的重大意义，不要只看台风破坏的一面，要从台风造成破坏的教训中，学得聪明一些，各级政府要做与自然和谐的政府，人要做一个与自然和谐的人。

2014－7－19

松鼠甩秋千

一根藤蔓爬上了二楼我书房的防护网上，不知它叫什么名，看它的叶片，比芝麻叶大一倍，头尖屁股大。我要是轻轻一拉，它就会折断。我没有理睬它，看它每天能爬多高，几天后，它的脑袋不见了，在楼下看，它快爬上三楼了。我抱着观景的心态，希望它登上五楼顶峰。

我的书房窗台上,常有松鼠光顾,在花钵里觅食,兜圈子式地东西走一圈,有食,吃完就走,无食,瞬间不见踪影,那速度、灵变远远超过普通的土老鼠。昨天中午,我发现一个松鼠攀在藤蔓上,头向上,顿时,它同藤蔓一起都晃荡了起来,我丢下笔,专注看着它,不料藤蔓乘载不了它的重量,像一根解了扣的绳子,从高处直泄而下,把松鼠抛向离开墙壁的空中,机灵的松鼠,一个急速的跳跃,便落在了一尺外的树枝上,它没有马上离开,也许它也同我一样,在看这场惊险,藤蔓落地了,这只松鼠三蹦两跳地,到了另一株树上。

我想起了美国的松鼠,早晨在公园散步的美国人,喜好玩逗松鼠的游戏。他们抓一把带壳的花生,在松鼠出没的树下,蹬在地上,松鼠见了花生,就跑到跟前,前爪抓花生,就地剥食,吃完了再抓,就好像与人同桌吃饭一样。这是一种什么场面?是人与动物和谐共处的场面。

我与芦荟

十八年前,我听说芦荟能治便秘,专程到海南热作两院,向专家请教真实。我找到一位教授(当时未记下他的姓名,至今还觉遗憾),说我慕名求教,教授相当认真地对我说,芦荟是海南八大南药之一,它的最大药用价值,是能增强人体的免疫力,能消炎、杀菌、解毒、抑制或破坏异常细胞的生长,自然也就有治便秘的功效。他还告诉我,芦荟的种类多达三百多种,其中药效最佳的是美国芦荟。

从那时开始,我认准芦荟强身,用它泡水喝。后来我自组配方,加进了枸杞子(补肾、养肝明目、补血安神),再后来又加进了干山楂片(助消化、散瘀解毒、化痰醒脑),菊花(清热去肝火、明目、解毒)。四位一体,喝起来,四味都能尝到。我每天喝水的杯子是两个:一是以芦荟为首的四位汤(自创),另一个是绿茶。

至于作用,我说不清,因为我一直是洪绍光教授"四大基石"理论的实践者,在治疗方面,我坚持药疗、食疗、运动保健,三位一体。尤其在健身方面,我是"生命在于运动"的忠实信奉者。我二十一岁的时候,身患胸膜炎,体温长期在 38 摄氏度下方不退,医生诊断不明,只好当感冒医治。1958 年冬,我因工作需要,接受了审干任务,长年累月在外搞外调,在一年时间的工作跑路中,症状逐渐消失,发热逐渐恢复了正常。亲身的经历,切身的感受,是最可贵的。所以,要说芦荟在身上产生的作用有多好,我只能说,作用是综合性的。目前我的身体状况是,二十七年前戴帽的冠心病,稳住了,三十年前出现过的弥漫性胃充血水肿、胃出血,逐渐好转,目前胃里虽还诊断有"慢性浅表性胃炎伴糜烂",但不再见出血点了。虽有老年性记忆退化,但思维正常。退休后,整理论文,出了《经济审判的理论与实践研究》专辑,写《人生的交代》、《人生的感悟》百余万字。现在血压、血脂正常,虽血糖不太稳定,但头不晕、目不眩,仍能在心灵的园地里,耕耘写作。还要读书,还要满足书法爱好,还要进行健身活动坚持走路,日行万步,整天忙碌,也不太累。目前饮食、睡眠都基本正常。

八十岁的人生,有这样的身体状况,很不错了,芦荟的作用,"四位汤"和绿茶的作用,都起了作用,没有必要计算它们各自所起作用份额的百分比。我不离开芦荟,也是从那时开始,我开始自己种芦荟,我的芦荟花盆、花钵有七十多个,摆在一起,形成了一个芦荟钵园。可用的芦荟储备,逐年增多,而且都是热作两院教授讲的美国芦荟,有人找我要,我从不吝啬,无偿奉献。

2015 - 5 - 20

风与树的生命链

近几天,天气闷热,空气中湿气重,感觉难受。

天空,不时响起沉雷,轰鸣声不是爆炸性的,而是闷沉沉的,好像是盖在被褥里的轰鸣。云层忽聚忽散,离开的又聚集,好像整个天都在动。显然是暴风雨到来之前的蓄势。

午后,乌云布满天际。白昼提前退休了。一阵闪光划破天际,哇!大势来临了。

随后响雷大作,被风卷起的灰尘,进入到了人的嗅觉、视网膜中。我快速地关闭了窗户。

瞬间,豆大的雨点密集倾泻,地面一下子在水中!积水在疏散不畅的通道,排队等候,迅速淹没了排水口。

大雨伴狂风,向树枝撒野,所有的老干新枝,都勾下了头,弯下了腰,又随风仰卧,频频地在风中摇滚翻荡。风声、雨声的大合唱,把大地推向沸腾!

我站在室内,欣赏这狂风中的一景,想发现最先折断腰骨的新枝,不是幸灾乐祸,是为它们担忧。其实无必要担忧,风是厉害了点,无情地打击着树上的那些老干、新枝,但风还有另一面,如果把狂风比做教场,那么风的狂劲,就是训练、考验那些老干、新枝的教练了,经得住考验的,继续受训,经受不住,被风折断,退出受训,岂不是优胜劣汰吗?疾风知劲草,风是功臣!

一直到风渐渐地息了下来,雨渐渐地收敛了,地面上未见它们的肢体,只见落叶。真是好样的,经受住了考验。

每年台风季节,都有连根拔起的大树,能够在台风中立足的树木,多有缺胳膊少腿的,何况刚刚获得生命的嫩枝!

扛不住，这很正常，什么事情都有极限，不能强求。

风止了，雨收了，大地恢复了平静，可是又出现闷热的感觉，沉雷又在不时地响起，是否又是迅雷不及掩耳的前奏？给人以希望的新枝生命们！可要再接再厉，继续扛住，不要退出教场，不要在打击面前折腰！

优胜的是新枝，劣汰的是老干，守住这条规律。

2014 - 5 - 16

鹅毛舞北国

我在清理一捆字轴时，发现有尚未写字的空白纸轴，有的被虫蛀蚀得像纱窗，只好当垃圾丢掉。有一幅虽也被虫蛀伤，但中间部位基本完好，还能写字，就用上了，写了十个字："鹅毛舞北国，隆春歌江南。"落款是对十个字的解释："飘飘洒洒，漫天遍野。鸟语花香，激情水乡。"在落款处盖上章，挂在客厅的物柜上，决定将其收进字帖待选的字幅。

这十个字反差很大，但都是说景，是颂扬北方和南方的季节特性。这南北景色的特性，又是当地人引以为骄傲的美景。鹅毛舞北国，虽是严冬寒冷的征兆，但东北塑造的冰雕，都是鹅毛大雪的造化。冰雕艺术展示的，是对地面造物的复制，没有见过北国风光的南方人，去东北看飞雪，看冰雕，年年有增，为东北人营造旅游商机，因此，鹅毛大雪，也是东北人的衣食父母。

鹅毛大雪，并非东北才有，长江以北的少数省份，虽然不是年年都可见大雪纷飞，却也能饱尝美丽的雪景。我生长在湖北，生平见过的漫天大雪，见过挂满冰棍的屋檐，见过的被严寒塑造的冰天雪地，见过的满目银枝，不下十次之多。不同的是，在北方男女老少都会玩雪，利用积雪、冰冻为自己服务，把积雪当商品致富，南方人不懂这些，除小孩子们堆雪做雪人玩耍外，成年人大都把积雪当成妨碍交通的坏东西。寒冬过后，莺歌燕舞之时，南方人的脖子不再裹在围巾里，都又变长了，捋起衣服，手上的皮肤拉平了，手脚也精干了，春暖人间，生机盎然，是南方人大显身手的时候。水乡激情，是万物苏醒的激情，也是在人们心中荡漾的激情，尤其是年轻人心中的情波，像花儿一样放肆地开放。

太阳和月亮酿造的江南春色，是南方人们的现实，又是他们的美梦！

2014－2－22

05

长话短说

只有百字文，没有千字文。不是不可以拉长，而是能点到即可的，就点到为止，文字奢靡，是一种恶习。文明、进步排斥这种恶习，不改恶习而言文明、进步的人，是伪君子。

文虽然短小，只要精炼，摆明了道理，讲清了事情，就是好文，应当是值得提倡的文风。

长话短说，不排斥大手笔下的长篇大论、高谈阔论，高山流水，畅想、畅论。题材、体裁不同，各取所需，可短则短，需长则长。

长话短说，是对故意泼墨，杜撰玄虚，牵强附会，拉篇幅、凑份额、绑票房的坏文风说不，必须排斥与拒绝。

长话短说，不涉及文学描写，不涉及自然科学领域的引述论证，研究探讨。

历史的两扇窗户

一为记述历史事件,二为明白历史事件的举事动因。前者是对事件知其然,任何史记就是知其然,把历史中发生的事情,客观地记述在案,后人从记述中查阅历史事件,了解在某段历史中曾经发生过什么事情,主事人是谁,结果如何,对当时的社会生活,产生过什么影响。让事实说话,就是“史记”说话。但是,不是所有的史记都能交代出主事人为什么要发动事件,历史上有不少事件的主事人很诡秘,不可告人的目的,被光明磊落的旗帜掩盖起来,这样,“史记”中是查不出根据的,事件虽被记录在案,但没有源头,仅凭露出水面的事件经过论是非,做结论,靠不住。缺乏客观公正的政治结论,不能完全等同于事实,这是因为政治结论有个政治取向问题。结论虽然有了,但或者缺乏对主事人的灵魂深处的探寻,或者因为某种缘故,对事件的分析不能完全按事实说话,而必须服从政治的需要,服从统治术的需要,因而留下了历史的争论。为什么现代人还要翻箱倒柜,搬出数百上千年的历史来说事呢?就因为曾经盖棺定论的东西,掩埋了重要的历史事实,或对事实的分析受统治者的影响,有倾向性。

知其然又能知其所以然,才能对事件的原貌做出正确的结论。知其然只能就事论事,是朴素唯物主义,知其所以然是论事寻根,是辩证唯物主义,只有把两扇窗户都打开,才是完整的历史唯物主义。

民族文化瑰宝中的家风民风

人生真正有意义的是生前的为人,给后人留下思想,留下人格的怀念与哀思。这思想与人格,对一个家庭来讲,就是家风、家教。千千万万良好的家风、家教,是形成一定历史时期淳朴民风的基础。淳朴的民风,是民族文化的瑰宝,是道义、公正、诚信赖以产生的土壤。

淳朴的民风,以爱祖国、爱人民、爱家乡为轴心,对社会的稳定,对秩序的维护,发挥着重要作用。它产生的社会价值,往往不被执政者重视,不被纳入社会治理方略,然而,它根基于善良人性,是用善良、憨厚、朴实,勇敢顽强,不畏强暴的人性精神,培植生存的。它也随着社会的发展变化而变化,但人性根基不变。比起管理社会的某些政治主张、决策,某些政治人物的所谓谋略,具有它特定的稳定优势和更强的生命力。

文化借鉴与利用要处理好三方面的关系

一切好的文化形式与内容，都是人类创造的文明成果的组成部分，是人类历史赖以延续、源远流长的血脉，都应当在人类生存的范围内，加以借鉴利用。至于它们是产生在西方，还是东方，产生在发达国家，还是落后部族，发根于何种社会形态，何种历史背景，都只能作为历史考证、研究的根据，而不是作为评判它们优劣的根据。借鉴是为了应用，否则就不会借鉴。但是，借鉴要处理好借鉴与应用的关系，借鉴与发展的关系，借鉴与配套的关系。因为借鉴是移植，处理不好上述三方面的关系，就容易产生盲目借鉴，生搬硬套，不仅不能有效发挥其作用，还有可能给移植地造成负面影响。

文化遗产中的“糟粕”也应受到保护

任何形态的精神文化，都是人创建的，不存在绝对纯的东西。那么就必然有精华，也难免产生“糟粕”。中华民族的古代文化、近代文化、现代文化，同样有精华也有“糟粕”。作为文化遗产中“糟粕”的部分，同样应受到保护，因为它们也是反映特定历史阶段过程的产物。抛弃它们，就是抛弃历史唯物主义，便说不清某段历史是怎样走过来的。对历史文化中的“糟粕”加以保护，是为了让其留存于后世。尤其应该认识清楚的是，对历史文化遗产的评判，也要经受历史的检验，在不同的历史进程中，政治取向的不同，会对同一历史遗产事实，做出不同评判的结论，对历史人物功过的评判，尤其如此。因此，对待任何历史遗产，都不应无视它的历史过程，滥贴阶级标签，而应遵循唯物史观的立场。既应歌颂推动历史前进的文明文化，也应录下、回顾为野蛮行为服务的那些思想、理论、行为和文字，没有反面，就看不到正面，或者不能正确地认识正面。让反面的东西去激励人们热爱文明，有助于更加勇敢地追求文明。

推动官民关系良性互动

官民关系,是个历史的概念。地球上自从有了国家,就产生官民之间的关系互动。关系处理得好,国泰民安,处理不好,就出现关系不协调、对立,到力量的较量对抗,直至引起战争,发生巨变,改朝换代。我国历代王朝的兴衰史就是这样走过来的。它充分说明,人类历史的演变,尤其是巨变,往往是由于官民关系演变成官民矛盾对抗、激化推动的。当代中国的政治精英们,对由于官民矛盾突出,社会生活中潜在的不稳定因素,反应相当敏感,不断派出中央要员,巡视各地,加强监控,防止官民矛盾激化,演变成中、大规模的官民对抗突发事件的发生。党的十八届四中全会作出依法治国的决定,落实宪法,推动政改,加强法治,比单纯用防与堵的办法解决社会矛盾,要高明持久。

建设公平竞争的官场

幸亏有一些虽也有名利思想,但在履行职责面前,其心不会倒置的人。他们会干事,愿干事,干国家和老百姓迫切需要干的事。他们干出了成绩,干出了体会,拓出了新的视野,修炼出了提高办事效力的思维方式。要是没有这批人撑着政权的柱子,办理老百姓的诉求,就要大打折扣。可是,这批人在仕途上,往往输给了不愿干事,不会干事,但论跑官夺爵,其才、其能都不缺的官迷们。这可说是政治上的分配不公。这不公平的竞争,伤了一批干事的勤快人,养了一批满脑子在官格中动心思的懒人、庸人,姑息了一批设局讨好、谄媚贿赂他人的奸佞,滋生了一批贪官污吏。

领导制度与组织制度

邓小平同志早在 1980 年 8 月 18 日所作的《党和国家领导制度的改革》的重要讲话,一针见血地指出:“更严重更根本的原因还在于我们在领导制度、组织制度方面存在的严重缺陷。”小平同志讲的这两种制度,交叉运行,又交织在一起。领导制度维护组织制度,组织制度为领导制度服务,为各级领导行使权力提供组织保证。在过去的数十年中,为什么常出现各个层级中领导人滥用权力未被追究的情况呢? 就是因为有组织制度庇护。

党的十八大以后,这方面的问题在逐渐消化,党内的水质有了明显的改善,进一步的好转也会随之出现,相信习近平同志有魄力继续冲洗淤积在党内的泥沙。

平淡中有深意

前不久,我听到习近平同志在一次视察活动中讲了一句要正确对待权力的话,这句话似乎平淡,其实很有深意,对各级官员们来说,正确对待权力,就是要深刻认识权力不等于权威,而是一种责任,就是要知道自己手中的权力,是从哪里来的,又要用到哪里去,怎样用才对得起"权力"。这对老百姓来讲,是给百姓壮胆,不要怕权力,权力是用来保护百姓,为百姓造福的。官员们若是忘记了权力的来源,权力用错了方向,可以同他们讲理。他们要是在这个"理"字面前,横眉冷对,放泼、耍横,就拿起依法治党的武器,同他们抗争。

法律与政治的运用

法律是治国的武器，不等于治国无政治，当国家发生包括自然灾害在内的突发事件，需要动员举国之力，来处理灾害，医治灾害带来的创伤时，常常对全党、对国民进行政治动员。但这时的政治，其属性或角度起了变化，对党内动员，依然是强调政治纪律，而对国民动员，则是宣传国民对国家应尽的义务，对同胞应尽的人情道义。这时的政治概念，同文化道德，人伦信义，站在了一起。

政治是治党的武器，不等于治党不用国法，惩治党内的腐败官员，离开国家的法律武器，就如同自缚手脚。离开法律，公安不能抓人，检察机关批捕无据，法院判决无准绳。受到法律制裁的官员，已经无党内的身份，是一个触犯了国法的犯罪分子。

人对环境的需求

人毕竟是有感情、有思维、有灵性的动物，对环境适应的要求，比动植物要复杂得多。比如衣、食、住、行，是人生存所要求的环境；掌握生存的技能，是人受教育所要求的环境；敬仰、礼教，宽容包涵，休闲欢乐，健身健美等，是人生存所要求的文化环境；信仰自由，是人生存所要求的思想环境；公平正义，权利不受侵犯，维权受法律保护，是人生存所要求的法治环境。而法治所要求的是政治环境，政治清明，民主，有制度保障，法治才不会被人治取代，历史的教训正是这样提示人们的。

人类在追逐中进化

人类社会就是一个奔腾追逐的社会。按照进化论的观点，猿进化到人，是追逐中的进化。初始状态的人类，进化到信息化、智能化快速发展的现代，是追逐科学发展进步的进化。从自然人讲，人无论是追逐事业成功的光环，物质生活的幸福美好，还是追逐包括道德人伦、信仰、人格尊严这类精神文化，都反映出人在追逐进步中更新生命的价值观。任何有意义的人生，都必是行走在独立思考追逐的路上。追逐心旺盛的人，显示出勃然奋励的生命强力，放射出激情的光芒，生活在多姿多彩的生活画面里。

追逐是一种精神力量，对多数人来讲，跌倒了恰恰是追逐成功的新起点。因此，人类才有前赴后继地追逐先驱，才爆发了生物的革命，把猿带到了人类，把低能的人，带到了信息化、智能化快速发展的现代。追逐不是空泛的，是不断摸索、探寻、研究、实践，肩负责任、担当的过程。要立起一座丰碑“伟大的追逐”！

追逐没有时间的止境，没有年龄的限制，“老骥扶枥，志在千里”，是褒奖老年人追求晚年幸福的箴言。

伤痕

信息化的新跨越，丰富了人们的精神层面，但人的追求也因此向物欲、情欲奋进。婚姻商化，男女结合变成了敛财的手段，婚姻危机频出，离婚如同儿戏。家庭破裂，在儿童或少年的心灵中种下的伤痕，变成了对社会的憎恨。人心中的伤痕，也会转化成社会矛盾，导致社会不和谐因素的增多。

人类进入信息化时代，利用其为人类的生存发展服务，同时也要勒紧信息化运动的缰绳，降低其负面影响，这是精神文明建设中的一项重要任务，也是对信息化管理者们的重大考验。

多余的话

多余的话,在人们的交谈中有,在写文章中有,在演说中有,不奇怪,也难免,谁能说他从未讲过废话。问题不在于有没有讲过多余的废话,而在于讲了多余的废话,毫无自知之明,还认为那些无的放矢的废话,很出彩,欣赏自己的文才、口才,那就糟糕了。

讲废话不改的人,文风飘浮,干事情的作风,也不会扎实,组织部门考察选用干部,要谨防靠耍嘴皮子出彩的人入选。尤其要防这类人跑官、混官、骗官。历史上搞浮夸升官的人,都是这种人。

生命之梦

蹦蹦跳跳的童年,天真烂漫的少年,追逐浪漫爱情的青年,创业煎熬的壮年,都曾经是自己啊!可是,少壮努力,终归已是美妇暮年,英雄白发。生命实际就在无情流逝的梦中,梦醒才觉年过古稀了。许多人成了半个瞎子、半个聋子、半个跛子,有的坐上了轮椅。再回首想想过去,留下了什么?童年的天真?少年的烂漫?青春的热恋?还是奋斗得来的不同归类的不易?什么都不是,什么也没有留下,什么都被时间的流逝带走了,都印证了"人生如梦"。当然,也留下了一些酸甜苦辣破碎的记忆。这些记忆是美好的,但破碎不能还原!当然,生命还在,那么盈缩之期还有多久?是二十年,三十年,还是四五十年?乐观一点,就算是四五十年吧,比起已过的七八十年,也还是倒数。

在"人生如梦"的时光流程里,是否应抓住还属于自己的时间,作一些自我抢救的事呢?我想是人人都应该的。一为这是人之本性,二为满足后人的心愿,三为看世界的发展变化。我从上世纪末就开始做这件事了,把过去留下来的一些破碎的记忆,变为文字记录,编辑在书中。其实这样做不单纯是用文字留下"人生如梦"的足迹,也是养生保健的需要,争取生命的盈缩之期,靠近乐观的预期!

不要讥笑鼠目寸光

有不少的人,常常抛开今天谈未来,八字还没有一撇,就凭着空想,绘制未来的蓝图,就开始走明天的路,结果走进了虚幻的梦境。一次次地搬起石头砸自己的脚,害己害人。

真正的智者,千里之行始于足下,让今天看明天,试探明天,步步都踏在实际上,踏出了成功,踏出了美好的未来。当今许多个人创业者的历史,就是这样写的。其中有些创业者,论知识,他们不过是个小学生、初中生,但他们有智慧。最朴实的智慧就是从实际出发,从今天开始,将一个一个今天的积累集中起来,投向未来,创造未来。

有的人把重视今天,讥讽为鼠目寸光。我也讥笑一句:没有鼠目寸光的人,他们的千里目,只能是望花筒。

人应当有远大的理想、有鹏程万里的志向,没有理想与志向,哪来的创业?哪来的各行各业的精英?但是一切都不能脱离脚下,脱离实际,脱离今天的试探。所以,人有的时候恰恰需要从寸光的地方看开去!

思想的嫁接

人的思想也能嫁接。战国末期思想家荀子,既有儒家的血统,其学说又为法家奠定了理论基础。儒家论人,说人性善,荀子则认为人性恶,他说人生而好利,好利必争夺,争夺必疾恶。主张治国必首先治人的恶性,商鞅是法家的代表人物,实行严刑峻法,就是根源于荀子的“性恶”说。

人如此,那么国家呢? 这可用邓小平理论来回答。香港回归故土,实行一国两制,保留下了资本主义制度。在中国大陆,由共产党执政,而香港实行港人治港。这就好比是在社会主义的土壤里,生长着资本主义的苗。有的人对这句话不赞成,想不通“社会主义怎么能生长资本主义的苗呢?”且听邓小平同志是怎么说的,邓小平在“南行讲话”中告诫人们,不要争论姓资姓社,资本主义有计划经济,社会主义也有市场经济。邓小平要人们大胆借鉴人类创造的一切文明成果,这更是国家层面思想的嫁接。

研究人性科学引导

建设现代文化,要防止偏向物欲引导,造成社会追求失去平衡。试想,当前社会生活中许多纠结人心的矛盾,不就是社会追求失去平衡引发的吗?胡锦涛同志倡导科学发展观,这里面的科学就很深,只依靠政治,而不学习研究社会学、心理学,不了解人性的多面性的领导人,进入不了科学发展观的深水区。治国平天下,出策在治,更要出策在建,长治久安地建,有建才有治,深谋远虑。政治有个软肋,就是急功近利,图暂时的太平,因此,常常不择手段,滥用权力,破坏法制,其结果是,越是如此,越不太平。科学发展观最反对的,就是急功近利。很遗憾,有些官员对科学发展观,谈得头头是道,可是他们最吃不透的,恰恰就是这个政治软肋。

文化高于权力

人类的文明史证明,文化高于权力、滋养权力、反映权力、书写权力。在古代,文化歌颂贤达的明君将相,在现代,凡能牢记权为民所赋,权对民负责,权为民所用,见实招,显实效的掌权人,会得到文化的褒奖,得到人民群众的真心拥护。什么是群众路线?无须长篇阔论,很简单,老百姓的真心拥护,就是群众路线。老百姓心不服,看着不顺眼,不拥护,什么路线都没用,讲得再好听,再理论化,也无用。对这个问题,越是理论化、教条化、长官化,越跑题,越没有路线。

人与意识形态

意识形态，是观念形态的总和。人与意识形态，本质上讲是一体的。人要立足于社会，要生存发展，必然以生存环境为依托，产生某种思想观念。思想观念因人而异，因事、因环境的变化而异。对法律、哲学、文化艺术、宗教等感兴趣的人，处理社会事务、人际关系，其行为方式，往往体现出较强的个性、倾向性。

任何一种观念上的倾向，也即是意识形态在人思想中的形成或选择。单纯从人的自然属性讲，人可能就只是想着如何活下去，但要活下去，必然要走进社会，发生人的社会关系，要学习，要奋斗，要往高处走，向往、追求自己想要实现的理想目标，想要得到的正在追求的某种生活方式。这样，自然属性的人，就变了身份，产生了社会意识，社会责任意识，形成人思想中的意识形态。随着社会的进化，受客观环境的左右，人思想中形成的意识形态，又会发生变化，尤其是一种信仰的形成，会使人改变自我，思维方式、生活方式、行为准则，都会发生变异，比如宗教信仰。虔诚信佛的人，相信因果报应，行为处处重德、重诚、重善，总想着要做善事，结善缘，积德求来生；相信轮回转世，行为处处重正气，总想着消除业障，防诱惑，防歪理邪说、歪门邪道进入自己的思想，信仰推动心灵，知错则改；相信斋戒能求净土，时时处处修身养性，非理不为，非理勿视，清心知净土，寺庙木鱼人。

人格修养的悟性

人格修养的悟性,可分为领悟、醒悟两个层次。明白人生道理或哲理的人,能领悟人的生命是可贵的,又是有限的,不虚度年华,谓之领悟。能从迷惑中清醒过来的人,为醒悟。醒悟的人更懂得对待生命的未来岁月,倍加珍惜、自爱,保持人格不再受到污染。

领悟是醒悟的思想基础,所谓灯越拨越亮,道理越讲越明,心里亮堂了,便能产生醒悟的自觉要求。

从理念上讲,现实中希望"悟"的人居多。"早知现在,何必当初"这句话,就是思悟的人对自己过去行为的反省。然而从理念到实践又相当不易,犹如从此岸到彼岸,需要经历大风大浪,艰难险阻的航程一样。有的人一件事情过后,认识到自己错了,下决心不再重犯类似的错误,这个人此时的心境是清洁的,心里有一盏灯,有杆子秤,处于良性循环之中,尝受心里的自安和平静。可是到下次碰到同类的事情,又管不住自己,重蹈覆辙。此时,这个人的心境又从清洁回到被污染的原处,浊垢重生。

如果他还想醒悟,必将又要经历一番痛苦的反思,捶打自敲,骂自己是个不成器的东西,是个混蛋。如若果真自醒了,又是一番自我承诺。若是他下的功夫不深,还会出现反复。说明要真能醒悟,改过自新,弃恶从善,做一个灵魂净化,礼义仁智的好人,有益于社会,有益于他人的人,不是说做就能做到的,是一个不断拨开云雾,看清航向,稳住舵,战胜自我的过程。

淡泊明志人生亮点

从生理的角度观察，放弃、退出、从高处下来，并不意味生命的弱势，恰恰是生命平衡旺盛、健康的反映。在放弃、退出面前不能保持心境平静，经受不住从高处下来考验的人，会活得很痛苦，会自伤，正常的机体功能，会遭受撕裂破坏。生命不健康的种种表现，都是因此而产生。这恰恰是淡泊明志的人，可以避免的。淡泊明志的人所以能够如此，又是因为他们始终保持着人生的醒悟，心胸坦荡，虚怀若谷，没有功利的牵制，相识为友，不与人结仇，结怨，因而，他们的人生岁月，在平静舒坦中走过，没有失落、迷茫、绝望，没有恐惧与惊吓。

淡泊明志的人，属于真正醒悟的群体，对人类社会的进步起着正面影响的作用，对新的生命起着潜移默化的作用，是历朝历代淳朴民风的中流砥柱。

当今社会，名与利，权、钱、色的力量是可怕的，常常摧毁政党的党禁，国家的政令。有些人公然违反宪法、法律，干着危害社会，扰民、害民、侵犯人权的事情。为什么三令五申，还是有令不行，有禁不止，甚至顶风作案呢？就是名、利、权、色，挡了“令”的驾。

找准夕阳人生的方向

退下来了的人，回忆过去，但不要留在过去，过日子要想今天、今后。今后的生活之路，对老年群体讲，会有变数，在变数面前，要看远点，看开点，看深点，保持乐观，老人们没有能力笑傲江湖，但可笑自己，笑熟悉的朋友，互相笑笑。看古人是怎样评述历史的，我们身上的那点儿事儿，何足道哉！找好朋友谈谈心去，找个环境清秀的地方静静心去，向大自然乞讨好心情！这不当乞丐了吗？是的，向大自然乞讨，向好心情乞讨，向一切能给自己快乐人生的人和事乞讨，这就找准了夕阳人生的方向。

生活简单也要加减并重

人们常说,人老了生活越简单越好,如果指的是饮食起居,这样讲是对的,如果指的是人的兴趣爱好,那就不符合老有所乐的信条了。兴趣爱好对老年人十分重要,比如老人需要聊天,在兴趣与爱好中与人聊天,会内容常新,新鲜的东西,才能提振精神。健康专家说,老人每天需要笑,恰恰是在兴趣与爱好中,能找到笑料。健康专家还说,老人每天需要唱与跳,那么去广场舞中凑伴儿,不就对上号了吗?所以,生活简单也要加减并重,该减不减,会影响健康,该加就必须加,多一点兴趣爱好,不是增加负担。把时间安排在爱好里,让爱好陪伴,打发时间,只要调节好,就多了一种快乐的筹码。老年人度时光就是要快乐,快乐才能享受恬静的生活。

从不同的角度品尝人生

他是一位老师,几十年的中教,在课堂上吃粉笔灰,心血都用在学生身上,没有多少时间想自己的人生,青春是怎样过去的,青壮年时期又是怎样走完的。退休后有养老金,不愁吃,不愁穿,按常理应当待在家里安闲养老。冬天,同别的老人一样,三三两两在懒洋洋的阳光下面取暖,夏天坐在有树荫的青石上,享受迎面清风,闲聊人间世故。该有多好！他却不适应这种生活,就干起了放牧的事情。开始的时候,有的人也按照世俗常理看他,说他放着清福不享受,偏要在风里雨里放羊,拿一把老骨头当"放牛娃"使,他对发议论的人说,我这样做是要转变一下自己的人生,用一句时髦的话说,就是换一种活法,从不同的角度品尝人生的趣味。

在社会百态中学习

社会百态中,有官有民,有富人有穷人,有智者、愚者、贤者,有君子有小人,有忠有奸……就群体而言,有正道、黑道、旁门左道、黑白混合道。大家都生活在社会百态之中。社会百态的生存,什么事情都有可能发生,一些闻所未闻、见所未见的事,常常触动人的神经,闹得人心不宁。有些老人,因看不惯社会百态中违背常理的事,竟然不看报,不听新闻,不看电视,用拒绝社会的办法,颐养天年。其实,善于学习的人,在社会百态中学习,不用交学费,就能够学到东西,多好!人在学习人,人也被人学,善于向社会学习的人,也是善于知进退、知荣辱的人。这样想来,社会百态,也是社会的一所大学校,在这所大学校里,有真知灼见,有良师益友,学到的东西,长的见识,会更现实,更有用,更发人深省!

在社会百态的生存中,遭人贬损、诽谤的事,也常常稀奇古怪地发生,建议当事人不要太在乎,就当它是秋风中的一片败落的残叶。

社会百态,有些是隐蔽的,并不都在明处,并不都能一看就一目了然。因此,善于探寻社会百态秘密的人,都是善于多思多想的人。我们的社会,应鼓励人们对社会百态多思多想。

佛门弟子与凡夫俗子道场同心

厦门市有座山，叫金榜山，十分秀丽，巨大的怪石，裸露在苍翠茂密森林的外面，给人以锦绣的美感。山上有座寺庙，建造得很精美，周围有树木掩映，显得很清静，也很清洁。游人们来到这里，既可呼吸山间的新鲜空气，又可宁心散步，享受超脱。

这寺庙是南普陀闽南佛学院金榜山紫竹园分院的附设庙宇，它的主要功能，我想不是供香客朝拜，而应当是紫竹园佛学分院的教学实验基地。我在庙宇周围观赏景色，忽见从山下驶进一辆中型货车，停在庙宇的正前方，从车上卸下十几布袋大小不等的蛇。干什么？我见了顿时不解，因为这里不是市场，蛇贩子将蛇运来这里是何用意？不一会，从学院的宿舍里出来三十多名尼姑身份的学生，在老师兼主持的带领下，围着那十几布袋蛇，进行集体诵经。见此情景，来庙里敬香的香客和游人，都围拢了来，同诵经的僧尼们一样，合掌静默站立。这种场面，可说是佛门弟子与凡夫俗子道场同心了。事后我对这件事情的意义请教领诵的主持，主持告诉我说，是为蛇超度，超度完后，再将蛇运走放生，受过超度的蛇生还自然后，就不会再伤人了。这件事，给我上了一堂别开生面的佛教课。过去只知道佛教有五戒，其中之一是不杀生。今日这堂课告诉我，佛门不仅不克伐，不究众生恶，还从外到内呵护生灵。这是何等的仁爱，何等的慈悲！佛教文化博大精深。人与自然的和谐统一，在佛门找到了真谛。

西边的太阳快要落山了！

没有云层，也就看不见漫天落霞。一百天过去了，想见到落霞的期盼，终是失望了。有句歌词："西边的太阳快要落山了。"我现在就在太平洋西岸，我看到的太阳，因为不见有云层堆集的云山，所以落山的太阳，在人的观感上并不是落山，而是走完了西边，又向东边移去。

宇宙轮回，昼夜颠倒，时光水逝。生命岂有例外！同一个年代出生的一代人，如同每天看到的太阳，时候到了，纷纷西沉。一个跟随一个来到岸边，不是来看落日，而是跟随落日，走向生的反面。前面的过去了，又有源源不断的来者，循着先一批人的去向，也殁了。不可违抗的规律，对谁都公平。

险峰险境

振作精神往前奔，奋斗，再奋斗，百尺竿头，更上一层楼，一直走向你期盼的高处，无限风光在险峰！但要记住，既然是险峰，那就不只是有好风光供欣赏，供你享用，还有你看不见、识别不了的险境。摔重了，一切都完了，包括生命。

往前奔，奋斗，再奋斗，混出个人模人样了，富裕了，不要看不起从前同你一起过贫困日子的兄弟姐妹们。有了一官半职，还想往上爬，可以理解，但是不要贪得无厌，不择手段，用贪腐的办法，去贿赂贪腐。更不要错误地认为，只有这个办法，才能使自己如愿。那样的话，纵然你官运亨通，仍然是个混蛋。在百姓的眼睛里，混蛋是不值钱的。

摘柿子的故事

这是我2005年来美时遇见的一件事情。一次,我在公园附近散步,与我同行在一条人行道上的一位男士,忽然在一棵柿子树下站住了,他昂首观看树上成熟的柿子。我没有往前走,伫立在路旁观察,没想到那位男士的手,伸向了他看准的几个柿子,摘了下来,他身上无包,衣上无兜,摘下柿子,双手各拿两个,大大方方地离开那棵柿子树。巧的是,这男士的行为,正是在院内果树主人的目击下进行的,那位对果树享有物权的主人,不仅没有制止行为人,反而还向行为人招手,示意认可这种行为。我有点好奇,加快脚步,向男士"哈喽"一声,男士蓦然转身向我,他看准了我是中国人,就用汉语问我:"中国来的吗?你好!"我同他握手,问他:"这私宅院内的柿子可以摘吗?"他友好地向我讲了美国的法律。他说:"美国保护私产不受侵犯,执法很严,私宅院内的果子,外人是不能摘的,否则视为盗窃。但是,私宅院内果树的果枝,如果长出院外,伸向了人行道,过路行人是可以摘取果枝上的果子的。主人见了,笑笑而已,不可以侵权报警。这是因为果枝超出了私宅地界,进入到公共地界,其果被摘,不属侵权。"

我的人生经历主要是从事法律工作,司法、立法我都经历过,听了这个故事,颇有所思。我们对美国法律的研究,还很不够,甚至可说很肤浅。

海外淘金

中国人到海外淘金，为世界之最，遍及世界各地。我归纳的原因有五点：一、中国人生存能力强，有吃得苦中苦的民族传统精神，希望改变自己的人生处境的劳动者，立志宏图，就下定决心去国外闯，要闯出个人模人样来。二、中国人敢冒风险，单枪匹马的奋斗力强，在环境所迫的时候，具有惊人的涉险力、模仿力。三、高、中级知识分子奔向国外，也是为了淘金，但他们要淘的“金”不能简单理解为财富，而是追求科学技术的进步，实现英雄有用武之地的意愿。四、政治流亡，在两个三十年的前三十年，频繁的政治运动，思想改造，在灵魂深处闹革命，迫使生存不下去的人及其子孙，义无反顾地去土、去国，做了天涯沦落人。五、不安现状而出走，这一类出走者，实为对社会制度的选择。

以上归纳并不完全。但淘金人无论因何种原因出去，到了海外，都殊途同归，淘金求生，求发展，求造福子孙。美国是世界上科技最发达的国家，最富有的国家，所以做美国梦的人最多，是海外淘金人的中心。

海外淘金族，出走前无论有何种背景，何种社会地位、身份，都会在感情上、环境上面临一段天涯沦落人的境遇。大多数人都要走一段艰难困苦、曲折多变的路。其中的偷渡者，为了逃避非法移民的法律追究，躲躲藏藏，过着爬黑洞、困窟的生活，但他们很坚强，偷偷地挣钱上社区学校，学语言，学技能，长时间的磨炼、奋斗，解决了身份的人，成为成功者，他们个个都有一部亡命求生的奋斗史，他们的人生最具有戏剧性。有影响的人，譬如学者、教授，在海外也有失意落泊的，但失意不失志，落泊不堕落。在餐厅打工洗碗刷盘子的，给人当保姆的，拾荒的都有。可是，他们并不认为这些是低下，反倒去掉了原有的虚荣心，感觉自食其力的踏实、平安。淘金族有不少人在海外同外国人结婚，改变了祖宗的血统。

我在美国见到的“拾荒”人

我们的隔壁邻居,是越南人,一家三代。年长的一代是年轻夫妻的父母,他们看上去还未老,我估量也就五十五岁左右。我早晨出门,时常见他们手里拿着大塑料袋出去。傍晚见到时,有三种情况:一是同我一样,在外散步;二是只见男不见女;三是夫妇俩都拎着在外拾取的丢弃物满载而归。在中国,这叫做“拾破烂”,也有的说“拾荒”,走投无路拾碗饭吃。这就是说,在中国“拾荒”的人都是穷人,而且不如此无别的路可走,不愁吃不愁穿的人家,是不会干这种事的。在美国,我了解到的是另一种境况、另一种说法了。在“拾荒”者中,有穷人,也有不愁吃、不愁穿的有钱人,他们是上班族,有固定的收入。还有一种人,就是不能享受低收入津贴而相对富有的人,在需要的时候,他们也拾别人还有使用价值的丢弃物件。在中国有地位、有名望的一些人,来到美国,观念大转变,路见可用之物,也捡回去,见到能值钱的东西,无论自己是否需要,也捡,积少成多去卖,谁也不把这种行为看成卑贱。更可说的是,有些丢弃物,并非废旧,之所以被丢弃,是因主人喜新,才丢掉仍然有使用价值的东西。

一个月后,这对半老未老的夫妇,见不着了,据说是搬迁至他们大儿子买的新房子里去了。

农民是人类的原祖

农民是人类的原祖。人类的生存技能、生存环境、文化元素，都是经农民原创而发展、沿革到人类现代社会的。中华民族敬奉“黄帝”为始祖，其实“黄帝”首先是农民，而后成为农民的领袖。因此，农民是最值得书写的人。

在幅员辽阔的大地上，居住着贫富不均的农民，他们终年面朝黄土，背朝天。骄阳下，炽热的阳光，晒黑他们的皮肤，旷野的风，抽去他们身体的水分，润泽的面容变得干裂，终年劳碌，在他们的双手上留下厚厚的老茧。他们是人类的大多数，又是人类最辛苦的群体。

在中国，自邓小平主政政坛，改革的春风，首先吹向农村，农业劳动生产力，逐渐从受桎梏的管理模式中解放了出来。从此，农民的劳动，向商品经济转化，农村的面貌发生了根本性的转变。随着城市改革开放的深入，农业生产结构，朝着城乡经济协调发展的要求，不断得到调整。农业又进入新一轮的改革进程，城乡交流开辟了多元化途径，农民的收入结构变了，开始走出靠天吃饭的传统经济的局限。先富起来的种田人，生活已进入小康，他们在生活方式上，也开始时髦起来。别墅式的住宅、汽车、电器用品、现代通信工具等，在农村虽不普遍，却也不再是新鲜玩意儿。

知识与智慧的区别

知识与智慧是有区别的,知识渊博的人不等于智慧高。概念上讲,知识是显示学识,读的书越多,学的门类越多,知识就越广泛。智慧则是显示人的思维方式、行为方式和行为准则。在开拓市场经济的大潮中,涌现出来的农民企业家,论知识,他们相当贫困,有的人大字不识几个,却实现了创业成就。相反,知识很高的人,在别人的成就面前望尘莫及,农民企业家身边有不少学士、硕士甚至博士。有学问的人跟没有学问的人打工,反映出时代转型的特征。

知识启迪智慧,让智慧更有效地最大限度地发挥。缺乏知识的农民创业者们,使用有知识的人,就是懂得把别人的知识同自己的智慧和敢于攻坚克难的精神结合起来,求发展的最大效应。

入乡随俗

对每天必喝半斤八两酒的瘾君子来讲,长时间不闻酒香,是相当难受的,而对于我,则永远不会有如此感觉。可是,当我看书看到描写酒肆,人们猜拳闹酒的场面,也会不自觉地想起自己同亲友碰杯,喝上三钱的时候,想起家中常放有晨光拿回来孝敬我的茅台酒,想起“我一辈子不喝酒”的“不”字有点不纯,想起我喝酒虽然无瘾无量,反倒喜欢白酒。

在中国,请客吃饭,朋友相聚,必是要排场体面。没有名酒、名菜,就觉寒碜,移民美国的中国人,入乡随俗,一改往日的陋习。什么菜不菜,酒不酒的,大家在一起聚就有乐,有酒也喝,却不闹酒,没酒谁也不说三道四,照样说说笑笑,热热闹闹。五个人相聚,四个人不喝酒,那喝酒的一个人并不因无人陪酒而觉扫兴。多随便呀,随便就有轻松,轻松才快乐!

幻 想

“幻想”这个词,常常被人当作贬义词去讥讽别人。“他能把那件事干出结果来吗?我看他简直是幻想。”“王三这小子,长年不正经找点事干,整天生活在幻觉中,看别人在珠江三角洲淘金,他也到处借钱,折腾着要出去闯世界,说是要去深圳,要去上海,要去北京。他要是真的去了,不要说淘金,能穿一身干净衣服回来,就不错了。”类似的言语,常在生活中出现。同一个人,他自己抱有强烈的幻想,却又骂别人是疯子,是幻想狂。骂过之后,他又在做梦,幻想有一天他的艺术天才的发挥,会超过当代最为走红的明星。为什么会这样呢?因为幻想是美好的。

朝阳取代了月光

近来睡眠一直不好,不是睡不着就是睡不踏实。上床前,浓浓的睡意老是黏贴在身上,可是上床闭上眼睛,又没有了睡意,睁开眼,睡意又来了。晚上如此受捉弄,白天午睡也是如此受捉弄。白天寄托晚上,晚上寄托白天,只能是自寻安慰而已。各种办法都试验过,意念入净,让五脏六腑都放松,进入"无我"状态,活动身体,做入睡动作等,能起点作用,也只能是一睡三醒。今晚,这睁眼睡又来捉弄我。没法,我干脆坐了起来,靠在竹椅背上,心想,我不睡了,实施起疲惫疗法,这是我用以调节睡眠的最后一个招数。我睁着双眼,看着窗外的夜空,一轮满月挂在星际间,明月清风,呈现出美好的夜色。顿时,我的心情骤然好了起来,渐渐地朦胧了,睡着了,醒来时,朝阳取代了月光

09-8-15

“传记”他们定能产生醒世的感染效果

任何人都有自己的人生历史。工人、农民、市井小贩、脚夫、无业混混、乞丐，也都概莫能外。当然，这类人的人生史，比较从事脑力劳动而功成名就的各色人物展现出来的辉煌灿烂、光彩夺目，获得“家”称号的人生历史，是没有可比性的。但是，在他们的人生历史中，也有“家”们不具有或者欠缺的东西。他们数十几年的人生经历，见证了社会的发展，时代的变迁，见证了人际关系中的光明与罪恶。蹉跎岁月的第一批报到者是他们，自然也是这个岁月最后的离开者。他们中的很多人身上披着荆棘，脚底踏着泥泞，总是寄希望苦尽甘来，再艰难也忍受着，硬撑着，在辛酸中走完一生。把他们的辛酸史写出来，不是也能感动人、启迪人的吗？对于人的伦理道德、人的良知来讲，定然会产生醒世的感染效果。更何况把他们加起来，才是社会大厦的建造者，阳光大道的开拓者。

改革转型

十八届三中全会提出,要全面改革开放。从发展全局,社会功能的协调平衡角度讲,不能改一部分,让另一部分继续因循守旧,因此部署全面改革开放,是正确的。但为民族复兴而进行全面改革开放,有一个向哪个方向改与放的角度问题,不能一如既往地把视线凝聚在速度上、金钱的储备上、争世界第一上,不留死角地全面改革开放,更应有重点,我认为今后改革的重点,要针对影响民生安定、安静的社会问题,加大改革力度。要把改革开放,从物质财富型,逐渐向精神文化型转移,建设精神家园是更符合民心的改革,社会主义道路,应当也是建设精神家园的路。不久前,我在武汉游览"园博园",那真是名副其实的"博",总面积为213.77公顷,区域横跨江汉区、硚口区、东西湖区边际,可用"园在城中,城在园中"来形容它的"博"。更可喜的是,园区的建造价值,不仅在设计的精美上,更在利用废墟、洁净环境、美化城市的决策上,有四分之一的面积是变废为宝,建在一片生活垃圾填埋场上,这才是科学发展观的建设思维,科学利用资源,建设精神家园的思维。

恩将仇报的人类

美丽的大自然,太空的日月星辰,给予了人类天泽与慈善,倒是人类时而施行恶性恶行,痞顽虚荣,张扬跋扈,恩将仇报。为了自身的利益,破坏星空的宁静,破坏大地的纯真。“猿”进化到人类,是追逐文明,文明的取得,不应该走破坏文明的路径。

一个个都在强词夺理,明明到了极限,城市还要扩容,城市里交通拥堵不堪,却强调这是发展中不可逾越的阶段。明明在磨刀,却自欺欺人,说他在向人类的和平献鲜花。话说回来,不这样不行啊!他们把刀架到你的脖子上了,你能不磨刀吗?所以越是和平的鲜花耀眼,越在向战争走近。这就是今天的世界,没有好与不好,只有手段要得巧与不巧。不要听他们满嘴甜蜜的话,就信以为真。

2014－9－9

用平常心观察名利

名利也就是一块招牌,是给别人看的,亮牌人的心情是要在看的人眼里出现闪光,从而在自己心里产生一种荣耀的享受。可是看的人并不都是这种心态,在他们的眼里,并不都会产生亮点,他们看过后,要想一想亮牌人的招牌是怎样取得的,要评介这块招牌的价值,是否与使用价值相等。倘若招牌的价值背离使用价值,招牌在看的人眼里,非但没有产生闪光,还会遭到看者的鄙视。人们经常从媒体那里了解到,有不少亮牌人是骗子,这些骗子亮出的牌子,也有闪金光的,但一旦揭露出真相,便成了过街的老鼠。至于金钱,在商品社会里,没有金钱不行,生命的基本需要,是通过金钱的媒介作用来维持的。但是,在平常生活中,钱的意义又是几何?豪富们骄奢淫逸、灯红酒绿的生活,其人格品位,其精神寄托,其安危平稳,都比不上在平淡中生活的人。他们穿金戴银的装裱,在纯真的大自然面前,更会被透视出十分的渺小。平常心,平常的生活,才是真正的财富,而且安全稳当。

用平常心想象大自然

用平常心想象大自然，便会产生许多纯朴的感觉。在诸多感觉中，最通常，最珍贵的，是大自然对人类无私的恩赐。思想融入大自然，大自然会启迪思想，什么是真正的幸福？穷人同富人比，没有五花八门的享受，杂七杂八的所谓幸福，可是，只要把自己放进大自然，在观念上同自然界的生物站在一起，就会觉得人活着本身，就是幸福。健康地活着就是最大的享受。我每天都要在户外走路，做些健身的活动，我经常想自然界的生命的生存与延续。时间久了，我对自然界的生物所想、所感、所悟，也逐渐深刻了。自然界的所有生物，也都是生命，作为生命，除基因有异同外，它们同人的生命没有区别，死亡前，都是活生生的。动物界的飞禽走兽、水族、昆虫，植物界的树木花草，这些生命的主体，它们的生存、繁殖同人的生存、繁殖只是方式不同而已。吸取营养的方式，抗御天敌的方式，内部交换，外部交流的方式等等，都不同于人类，有它们自身的规律。然而，它们对生存环境的选择，同人类无本质的区别，共用着一个“物竞天择，适者生存”的规律。动物族类，也有亲情，有爱，有恨，有强者，有弱者，伪装，狡诈，厮斗，弱肉强食等，人在与它们的共处中，互相感应，也互相补充。人类向大自然索取，也向大自然学习，人类的文明进化，科学的发展，在许多方面，就是从动物的生存能力中借鉴仿效，才得以研制成功的。

时间里的幸福

人来到这个世界，是要参与这个世界，同她共享荣华。所有参与的人，扮演的角色可以不一样，但都是主人的身份。因此人要在参与中，放松自己，敞开自己的心门，展示自己的智慧，去追求理想、幸福！

理想、幸福是人心灵需要的选择，不同年龄段的人，不同文化背景、生活背景下的人，有不同的选择。时间向前移动，物质文明和精神文明的人文环境发生了变化，人们对幸福的感受也会发生变化，追求幸福的路，自然会改弦易辙。追求幸福的路径，对每个人来讲，都会刻上时代的印证。反过来，人们对幸福的感知，又是书写那个时代的证明。你回过头去想几十年前的往事，你就是那些往事的证人。对你经历过或你亲身参与过的往事的评判，有你自己的独立思考和认识，不跟随别人瞎吆喝。这就是主人。在20世纪五六十年代，人们讲话很朴实，说某人本分老实，那么这个人便感到满足，这是因为那个年代做老实人光荣，做老实人可说是一种时代的追求、时代的特征。现时代的人，把老实人当傻瓜，鄙视老实人，出口便是油腔滑调。现在的一些领导干部，常用语言作秀，而在那时，会受到批评。我记得很清楚，领导干部出场讲话，凡使用百姓语言同大家交流的，都很受欢迎，赢得好口碑，凡装腔作势的，背后必遭吐骂。

教育孩子须先向孩子学习

儿童是祖国的花朵,成年人总喜欢把儿童当花看,却不多思多想在儿童身上萌发出来的智慧也有超过成年人的时候。学龄前儿童,是“文盲”,可是他们的想象力,常常会使成年人不知所措。许多家长苦于孩子难教,难就难在他们对孩子的心灵缺乏感应。孩子们有时在对话中、在欢乐中,不自觉地向他(她)们的父母提示出施教思路的信号,父母们如果能敏感地捕捉到这些信号,两代人之间就多了沟通,多了心灵的相印。可是有些父母,由于自身的缺陷,反应迟钝,甚至把孩子们传递的信息,当成负面的东西去观察,又顽固地坚持己见,所以就不能从孩子身上得到心灵感应,孩子偏偏不吃你那一套,自然总觉得孩子难教。这里的启示是,要教育好孩子,须先向孩子学习。

审美与施教

审美属美学范畴,同心理学、社会学相关。“审物”能看出一个人的兴趣与爱好,推测出这个人的性格与发挥作用的方面;“审人”能透过人物的外表、言谈举止,推测出人物的内心世界,为人际交往提供借鉴,从这个角度讲,审美是做人不可缺少的。做父母的,对孩子的审美观,应倍加注重,因势利导、取长补短地对孩子进行教育培养。有些孩子在受教方面,可能不入围父母的意图,安排他们学习的重点,他们不感兴趣,未被作为重点的安排,可能成为他们好学的内容。父母确定重点,是从孩子成长的一般意义上进行设计的,而孩子自己的爱好,则多出自于个性。观察一下千家万户,几乎都程度不同地存在这种矛盾,如何解决家庭教育中的这一普遍存在呢?最现实的办法,是对孩子多点理解,尊重孩子的个性。孩子处在全面成长时期,对于他们与成长有积极意义的任何爱好,都应支持、鼓励,让孩子的个性得到充分的发展,不能抑制他们的正当爱好,对孩子爱好的抑制,实际是对他们智力开发的抑制,客观上会影响孩子德智体的全面发展。

“微信”纳百川

现在生活在微信中的人，从启蒙人到拐杖族，不厌、不怠，甚至不知疲倦。有的人带着倾向性读微信，不合自己口味的就不高兴，甚至要敲打人家一下，才觉是正能量。有的人则是抱着趣味性，陶冶情操，在微信里玩，而更多的人则是抱着学养生、学健康、学技艺，了解社情、民意，了解历史事件、人物，在微信中求知悟道，尝人间百味。

刚开始，我以为微信是青少年追求的地方，有人建议我也玩玩，我说那东西不适合我，后来省政协老委员联谊会建了个微信群，许多老朋友在群中说话、点评、玩耍，很热闹，我才感到落后了，就加入到群中，才知微信是知识学校，百家之言中可淘金。我想很多朋友会有这样的感受：当你听一人之言时，觉得受启发，认为言之有理，可是当你就同一事件，听到第二、第三，乃至更多人的不同说辞时，就产生了比较，改变了对第一个人所持观点的认识。我觉得每个人，不管他站得多高，其认知能力总是有限度的，汇众人的认识，加以比较研究，才可减少以偏概全，对事物得到相对全面的了解、认知。古人提倡海纳百川，实在是睿智卓识。

人还是多点希望好

有个人写文章说:没有雕琢的美,才是自然天成的;没有伪装的话,才是真话;没有不良动机的相处,才是真诚可靠的;没有想入非非,才是最安稳的。我虽然不相信有完人,有足赤,甚至对完美无瑕的主张,没有好感,认为那是虚构的。但我欣赏这几句话,说得很好,人还是多点希望好,也许这几句话的作者,也只是希望。虽然人类注定是在倾轧中,写着曲折的历史。但希望总是美好的。人类有些事梦幻成真,这“梦幻”就是希望的变身。为什么要“倾轧”呢?其实倾轧是想变希望为现实的不择手段。

台上台下

下了台的思考者还有不少在台上的朋友,思想观念常常不谋而合。这类朋友在八小时内,与媒体宣传保持一致,八小时外也放松了,朴实了,实事求是了,讲实话了,连走路的步态也发生了变化,同台下的思考者们一起,走在独立思考的路上。

06

诗 词

杨慎诗存

滚滚长江东逝水，浪花淘尽英雄，青山依旧在，几度夕阳红。

白发渔樵江渚上，惯看秋月春风，一壶浊酒喜相逢，古今多少事，都付笑谈中。

历古千年，是非荣辱，你争我夺，不过如此！

这首传颂古今的词作者杨慎，是明朝嘉靖时期内阁首辅杨廷和之子。因其带领群臣毫不妥协地反抗权奸，同嘉靖皇帝抗争，被流放到云南三十余年。他未因此沉沦，而是坚定心志，专心研究学问，著书立说，成了大器。以博学多才而论，他居明代三位学问大家之首。这三人就是杨慎、解缙（明史《永乐大典》的总编）和在杨慎之后成名的徐长文。

浓墨重彩一弯虹(古风)

周太平先生,是地质学专家,但不局限本行,热心文学,诗写得好。最近他对我说,正在积极准备出版一本诗集。

《浓墨重彩一弯虹》(古风)是周太平先生对我的《人生的感悟》的读后感。他写道:童振华先生赠我《人生的感悟》系列,洋洋数十万言力作,深深地打动了我的心,读毕,犹如看到高挂在天际的一道美丽彩虹。

一支锐笔似刀锋,入木三分"感悟"丰。
"三自"把握大方向,"三性"赢得才思聪。
漫漫人生光辉路,浓墨重彩一弯虹。
桑榆美景足堪羡,童心未泯更倍崇。

2013年6月4日作

朋友之间

朋友之间,经常沟通,有益于安平乐道,促进健身。

老朋友尹双增(原海南大学校长),给我发短讯,讲他八十人生的思绪。他写道:我已年届八十整,除了感谢父母,感谢国家,感谢师友,我自己也自默一下,作八秩三默:

一默,人到八十整,人称老顽童,争九也可能。

二默,夕阳无限好,八十不算老,耄耋也逍遥。

三默,继续开心玩,阎王若下令,回归大自然。

读罢他的三默,我写了回复:

争九没问题,争百也可能。阎王不去逍遥谷,继续唱乐笑阎王,余年度春秋,远航二十年。

说不准

大梦初醒，
一缕曙光斜射。
艳阳高照，
山河灿烂。
又到晚霞时，
映红了天际。
明日也许依旧，希望大梦初醒后的重复。
也许在阴霾的天气里，也要面对。
也许纵情狂暴，风雨呼啸，大地顷刻阻隔了行人，那也不能怨天。
天有不测风云，说不准的事不说，人在现实中，就要现实的自我安抚。

各有所取

在春风细雨里，享受滋润，
在夏日的清风中，享受清凉，
在秋色的夜晚，观赏明月，
在寒冬的飞雪中，拨弄旷野的银枝。
春、夏、秋、冬，都有所取，全在心灵的把握。

绿　园

走进绿园赏百花，
其中就有你我他，
哈哈笑，说说话，
宜心是良药，
健康拥抱大家。

梦连古今

夜梦游远古，
归来省乾坤。
古今五千载，
生逝谁能清。
何故忧生死，
快乐抚心灵。
仰高山流水，
慕天籁之音。

陈年的积雪

在静静的黑夜里，它更显出灿烂、无污、美洁。
在阳光下，它的全身闪烁着光亮，点缀山川景色。
在纷乱的大地，它净化尘埃，为回春的万物洗礼一切。
看陈年的积雪！

放 逐

勘透人间事，摒弃世俗心。
眷恋自然物，出与山水亲。
去向无定址，一切随心行
放逐天地间，漂泊走人生。

诗中的“放逐”其意为自我流放。我曾写过《孤独天堂》一文，也是同样的意境，绝不是凭空杜撰，是我常在外独处人生的感悟。近几年，为了陪伴常年身体有恙的老妻，每每想出“放弃”又每每收回了想法。但“放逐”的心未泯，也许还会伺机而出。前提是老妻的健康要相对稳定，或有人照顾。我也想过，自己的身体状况能给自己机会吗？要真的不给机会，那就只好死心了，真的到了死心的时候，岂不也好！彻底“放逐”！

一幅字写到中间，出现因手颤抖出现败笔，又无法解救，不得不全幅报废的情形时，会引起烦恼，常不由自主地发出呻吟的怒吼。不知情的人，不知发生了什么事情，只有我婆婆知道我怒吼声中的苦涩，她听到声音，连忙跑过来，向我说几句安慰的话。

世外桃源

柳林池畔，游鱼欢跃。
溪边的小草与野花伴摇，似在牵手，又似风中舞蹈。
林中的鸟儿叫，地面听虫鸣，蝈蝈声细，枝头的蝉声高。
水中青蛙和唱，低空蝶舞蜓跃。
燕雀飞过，大雁高空喧嚣。
大自然都在动，生机蓬勃，美景任人逍遥。
醉心如梦，梦醒恬笑。
切勿控制思绪，不要自我嘲笑。
在茫茫的大自然中奔跑。
流放自己不动摇，也是生命的骄傲。
（这首“世外桃源”，是“自述”和“放逐”的系列作。）

随意杜撰

（一）

飞雪迎春北国景，南国不见雪染门。
此生岂能不看雪，敢冒朔风往北行。
鹅毛大雪笑迎我，冰山银枝招我心。

（二）

霜叶随风落尘埃，蜡梅孕育苞待开。
此景撩起诗人兴，吟诵梅花唤春来。

（三）

云动云飞云聚会，霞光穿云云彤红。
天边又见彩虹出，辉映人间乐无穷。
阿弥陀佛众生好，佛与我们同做工。

爱心教育

爱父母,没有父母,哪有自己。

爱老师,师教把人类送进了知识的殿堂。

爱朋友,是生存的必备条件。

爱家乡,生命的发源地。

爱公共财物,也是自爱。

爱国家,不忘祖宗。

爱卫生,讲文明,是社会的共同公德。

多一点爱心教育,自然会减少社会的仇恨心态,减少突发事件的发生。

吟大众书艺

这里有气氛,这里有温馨,这里是传承书法文化的地方。来这里切磋书艺,赢得师教。

这里有气氛,这里有温馨,这里是艺术的天堂。来这里沐浴古今书海,赢得墨宝。

这里有气氛,这里有温馨,这里是精神的净土。来这里劲笔健身,赢得心悦。

这里有气氛,这里有温馨,这里是朋友聚集的场所。来这里以书会友,赢得高雅。

楚辞、汉赋、唐诗、宋词、元曲、明清小说

中华优秀传统文化,在文学艺术领域,树大根深,传承中,逐渐形成了反映鲜明时代价值的体系,其主脉为楚辞、汉赋、唐诗、宋词、元曲、明清小说。在这些文学艺术的传统主脉中,精蕴着厚重的思想精华和道德精髓。深入挖掘和阐发其中讲仁爱、重民本、守诚信、崇正义、尚和合、求大同的价值观,是汲取中华优秀文化,使其成为涵养社会主义核心价值观的重要源泉。在体裁上,汉赋属散文类,楚辞、唐诗、宋词属诗歌类,元曲则为曲艺(包括散曲、戏曲)。